勇者、辞めます
I'M QUITTING HEROING
～次の職場は魔王城～
クオンタム イラスト 天野英

CHARACTER
I'M QUITTING HEROING
《元勇者》
レオ・デモンハート
《魔王》
エキドナ
《魔王軍兵站担当》
獣将軍リリ

《魔王軍諜報担当》
無影将軍メルネス
《魔王軍実務担当》
魔将軍シュティーナ
《魔王軍軍務担当》
竜将軍エドヴァルト

「最近、何故だか知らぬが料理の質がグッと上がってな」
「は」
なお断っておくと、このソーセージを作ったのは俺だ。
上司と地獄のサシ飲み（正体隠蔽中）

勇者、辞めます
～次の職場は魔王城～

クオンタム

ファンタジア文庫
3165

口絵・本文イラスト　天野英

CONTENTS

I'M QUITTING HEROING

第一章　いいから俺を採用しろ

1. 勇者、採用面接を受ける

コン、コン、コン、コン。

丁寧にノックを四回。『どうぞ』という声を待ってから、赤く分厚い鉄扉《てっぴ》に手をかける。

……内定を取るぞ。内定を取る。絶対に内定を取ってみせる。

俺にはもう、ここしか行き場がないのだ！

気合いを入れて前を向き、ぐいと扉を押す。面接室の……王の間のひんやりとした空気が俺の頬を撫《な》でた。

ここを訪れるのは何ヶ月ぶりだろうか。かつては荘厳《そうごん》な雰囲気すら漂っていた王の間は、ひどく殺風景な空間になっていた。

ビリビリに破けた赤い絨毯《じゅうたん》。完膚なきまでに粉砕されたフルプレートアーマーの残骸。床や壁をはじめ、あちこちに魔王と勇者の戦闘によって刻まれた破壊跡が残っており、それらは特に修繕される様子もなく完全に放置されている。

そんな王の間の深奥《しんおう》で待ち受けるのは、玉座に悠然と腰掛けた真紅のドレスの少女。

魔界の覇者、爆炎の女帝――魔王エキドナ。

彼女の両脇を固めるのは四人の側近。エキドナ直属の四天王達だ。

全員の視線が俺に集中した。

俺は彼らに深く一礼すると、《正体隠蔽《ゴーストフェイス》》の呪文をかけておいたローブを脱ぎ捨て、素顔を晒《さら》す。エキドナが驚愕《きょうがく》の表情を浮かべ、玉座から腰を浮かせるのが見えた。

驚くのは無理もないことだ。なにせ、彼女と俺はつい三ヶ月前まで血みどろの殺し合いをしていたのだから。

殺《や》るか殺られるかの真剣一本勝負――勝ったのは勇者。つまり、俺だ。一言では言い表せない複雑な想《おも》いが、俺とエキドナの間に渦巻いている。

だが、過去のことは忘れよう。戦争は終わった。今は未来を見据える時だ。

人と魔族で手と手を取り合い、希望に満ちた明日へと踏み出す時だ。

エキドナだって馬鹿じゃない。今の魔王軍が深刻な人手不足に陥っているのは彼女が一番わかっているはずだ。たとえ相手が誰だろうと――そう、たとえ憎き勇者が相手でも、とりあえず話くらいは聞いてくれるはずだ。

俺はいかにも急ごしらえな木製テーブルに履歴書を置き、道すがら熟読した『必勝!

就職面接マニュアル』に書いてあった通りに自己アピールを行った。

言葉はできるだけはっきりと。経歴は包み隠さず。

胸を張って堂々と、自分に出来ることを伝える。

「元勇者、レオ・デモンハート！　特技は剣術、黒魔術、精霊魔術、神聖魔術、その他全般！　一対一で魔王エキドナを打ち倒した実績あり。即戦力として活躍可能！」

『打ち倒した実績あり』のあたりでエキドナの額に青筋が立った気がしたが、まあ気のせいだろう。事実は事実として伝えましょう、とマニュアルにも書いてあったし。

志望動機は……ううむ、多少脚色してもいいか。面接で嘘《うそ》を吐くなんて、今時みんなやっていることだ。大きく息を吸い、志望動機を口にする。

「愚かな人間どもを滅ぼし、魔族の千年王国を作るため、新生魔王軍への入団を希望する！」

「…………」

静寂が訪れた。

春のやわらかな日差しが大広間の窓から差し込み、外をツバメが飛んでいった。

自己アピールが終えた俺は堂々と胸を張り、面接官――魔王と四天王――の反応を待っている。

四天王どもはピクリとも動かない。誰も彼も、どうするべきか困惑しているようだった。

彼らのあるじ、魔王エキドナ本人はどうだろうか。

……うむ、かなりの好感触を与えられたようだ。心強い人材が来てくれたことに感激したのか、エキドナは先程から顔を伏せ、一言も発さず、ふるふると肩を震わせている。

一分近くが経過した頃、ようやくエキドナが立ち上がり、こちらに向けて手をかざした。

そして、

「不採用に決まっとろうがボケェェ！」

――怒号と共に放たれた爆炎によって、視界が赤く染まった。

2．勇者、志望動機について説明する

……遡ること、かれこれ一年前のことだ。

選ばれし勇者として聖都レナイェを旅立った俺は、魔界より人間界に攻め込んできた魔王エキドナを打ち倒し、世に平和をもたらした。

諸事情あって一人旅を強《し》いられた俺ではあったが、戦いにおいてはさほど苦労しなかった。自分で言うのも何だが、俺は強い。王国騎士の称号を持ち、あらゆる武具の扱いに精

通し、魔術師としても超一流。戦闘技能だけではなく、錬金術師《アルケミスト》ギルドや野伏《レンジャー》ギルドで頭目を張れるだけの知識もある。

こうなると、その……ぶっちゃけたことを言ってしまうと……仲間とか、邪魔だ。

冗談抜きに、本当に仲間が邪魔になってくるのだ。回復呪文しか取り柄のないプリーストだの、魔術に対して全く理解のない剣士だの。そんな足手まとい共と信頼関係を築き、友情パワーの連携プレーで敵を倒し、町に着く度に宿屋の部屋の割り振りを決めて——めんどくさッ！　アホか！　そんなことしてる間に俺一人で五回は世界を救えるわ！

そう思った俺は一人で旅立ち、一人で魔王を倒したのだ。

「レオ殿。貴公、そういう性格だから一人旅だったのでは？」

「人の話は最後まで聞けって。今は心を入れ替えたんだよ！」

「そうだよー！　入れ替えたんだよー！」

「リリ、うるさい。飛び跳ねるな」

「……はあ」

テーブルの向こう、俺の反対側に座っている淫魔族がこれ見よがしにため息をついた。

ウェーブのかかった金髪を白い指先にからめ、もう片方の手で神経質そうにテーブルをコツコツと叩《たた》く、淫魔族の女魔術師——こいつこそ魔王軍四天王の一人にして魔王エキドナの腹心。《全能なる魔》の異名を持つ大魔術師、魔将軍シュティーナだ。

ゆったりとしたローブの上からでも分かる大きな胸に、整った顔立ち。本来ならば真っ先に口説きに行くところだが、今のところは……残念ながら……あまり俺のことを歓迎はしてくれていない様子である。

この場に居る四天王はシュティーナだけではない。最初に茶々を入れてきたのは、二メートル近い身長を持つ大柄な男。鋼鉄を凌《しの》ぐ強度を誇る竜鱗《ドラゴンスケイル》を持つ竜人族の剣士――四天王の一人、竜将軍エドヴァルト。

その横でぴょんぴょこ飛び跳ねている、リリと呼ばれた能天気そうな少女。あれもまた四天王だ。一見すると人間の女の子にしか見えないが、髪の毛の間からのぞく白と茶が混ざった狼《おおかみ》の耳と、ショートパンツからはみ出た尻尾がよく目立つ。俗に言う半獣人《デミ・ビーストマン》というやつだ。獣人や魔獣を統率する獣人少女――魔王軍四天王の一人、獣将軍リリ。

そんなリリに冷めた目線を向けている銀髪の少年は、無影将軍メルネス。弱冠十六歳にしてアサシンギルドの頭領に上り詰めた、暗殺の天才。いつもフードを目深《まぶか》に被《かぶ》っており、仲間である四天王に対してもまるで愛想《あいそ》というものがない――当然、こいつも四天王。

四人の顔を順番に眺めた後、俺は率直な感想を漏らした。

「ほんとにバリエーション豊かだよな、お前ら」

「なんですか？　唐突に」

かつて命のやり取りをした勇者と四天王が一堂に会し、仲良くお茶を飲み交わす。魔王城の離れ、貴賓室にあたる部屋で、そんなシュールな光景が展開されていた。

何故《なぜ》こんなことになっているのか説明する必要があるだろう。

事の起こりはつい一時間ほど前だ。魔王軍の採用面接にやってきた俺は、面接開始から一分と経《た》たぬうちに魔王エキドナの怒りを買い、強制退場を喰《く》らってしまった。

俺の志望動機を聞くやいなや、激怒して攻撃呪文をぶつけてくる魔王エキドナ――彼女に燃やされながらも俺は『自分がいかに魔王軍で役に立つか』をまとめたプレゼン資料をかかげ、昨晩徹夜で考えてきた自己アピールを繰り返した。……火に油だった。

城の正面玄関からゴミでも捨てるように放り出された俺は、これはいかんと城に再潜入。副面接官の四天王どもをこっそり捕まえ、説得し、なだめ伏せ、貴賓室に拉致し、なんとかこうして二次――二次？　面接に持ち込んだというわけだ。

もちろん、これら全てはエキドナには秘密。にっくき勇者レオが未《いま》だに城内をうろついているなんてことをあいつが知ったらどうなるか――エキドナは烈火の如《ごと》く怒り狂い、それこそ城が焼け落ちても構わない、という勢いで俺を殺しにやってくるだろう。それだけは避けねばならない。

俺だって遊びで魔王城にやってきたわけではない。俺は内定を取りにきたのだ。

魔王軍に入りたい、エキドナのそばで働きたい。そんな真面目な想いを胸に、聖都から遠く離れたここセシャト山脈中腹にそびえる魔王城までやってきたのだ。話も聞かずに『帰れ』なんてあんまりだろう。せめて話だけでも聞いて欲しい！　もう一度俺にチャンスをくれ！　体裁を捨ててシュティーナにすがりつき、土下座し、なんとかして整えた二次面接の場がこの貴賓室なのだ。失敗するわけにはいかない。

「本題に入る前に、軽くプレゼンテーションをしたい」

「ぷれぜん？」

頭にハテナマークを浮かべるリリに軽く手を振り、

「俺の強さを……俺の腕前を思い出してほしいんだ。実際、俺はお前たち四天王を一人で倒した。性格面に多少問題があるかもしれないが、腕前だけは買ってくれてもいいんじゃないか？」

「うはは！　なるほど、なるほどな」

赤い髪の大男が呵々《かか》と笑った。

「確かにレオ殿の腕前は見事なものよ。この俺が真正面からの一騎打ちで敗れるなど、まあ久々なことであったわ！　ふふははは」

「エドヴァルト……！　笑い事ではないでしょう！」

シュティーナの叱責をそよ風のように受け止め、エドヴァルトと呼ばれた大男がワインの入った大ビンを傾けた。ひといきで中身を喉に流し込み、次のビンに手をかける。シュティーナが眉間にシワを寄せた。

四天王の中で最初に戦ったのがこいつ。《赤い咆哮《ほうこう》》の異名を持つ剣士、竜将軍エドヴァルトだった。

思うに、純粋なスペックだとこいつが一番手ごわかった気がする。なんといっても竜人特有の竜鱗《ドラゴンスケイル》がバカみたいに硬い。俺が魔術にも精通していたから良かったものの、剣一本で戦っていたらどうなっていたかわからない。こいつが真正面からの一騎打ちを好むバカ……失礼、武人肌でなかったら、俺でも苦戦は免《まぬが》れなかっただろう。

それほどの実力者でありながらエキドナの配下に甘んじているのが不思議で、つい尋ねてしまう。

「なあエドヴァルト」

「うん？」

「なんでお前、エキドナの下についてるんだ？　お前なら狙えるだろ。世界の支配者」

「なんでと来たか。ふむ、じっくりと考えたことはなかったが……やはり一介の剣士として強敵と戦っている方が俺の性に合っておるからだろうな。それと」

エドヴァルトがそこで一度言葉を区切った。豪快にワインを飲み干し、笑う。

「王というのは大概が忙しいもの。娘のジェリエッタと話す時間が減ってしまうのは、困る。辛《つら》い！　耐えられぬ！　はははは！」

「娘、ねえ」

水のようにかぱかぱワインを飲み干していくエドヴァルトを見ているとこっちまで喉が渇いてきた。カップに入った紅茶を一口すすり、改めてエドヴァルトに目を向ける。

見ての通り、竹を割ったように豪快な男だ。いまの言葉は嘘《うそ》偽りない本音だろう。

こいつの上司である魔王エキドナは少々変わり者だ。魔界から人間界へやってきた侵略者でありながら『侵略はしても無駄な殺しはしない』という方針を貫いており、部下にも『占領地は可能な限り穏便に統治せよ』という命令を出していた。

可能な限り穏便に——中には魔王軍によって悪徳領主が排斥され、かえって統治が良くなったという土地すらあるというのだから笑える話だ。そんな魔王軍の幹部にエドヴァルトのような実直な男が選ばれたのは、当然といえば当然なのかもしれない。

「その点、こいつは可哀想《かわいそう》だよね」

「あん？　何がだよ」

横手から声が飛んできた。声の主は、フードを目深に被った銀髪の少年だ。どこか憐《あわ》れみを含んだ視線を俺に投げかけている。

「一人旅ってことは、一緒に旅をする友人の一人も居なかったんだろ。哀れだよね」

「……お前にだけは言われたくないぞメルネス。お前だって友達いないだろ」

エドヴァルトの次に戦ったのはこいつだ。《見えざる刃》、無影将軍メルネス。

とにかく面倒くさい、無口で無愛想で陰気なガキだった。もともとは暗殺ギルドで飼われていた半人半魔の天才少年という触れ込みで、実際、気配を断つ力とスピードは圧倒的だった。その速さたるや、この俺ですら目で追うのが困難だったほどだ。

とある町にある古びた教会がこいつとの決戦場だった。ステンドグラスから漏れ出る光の中、文字通り目にも留まらぬ速度でメルネスが駆け、縦横無尽に飛び回り、短剣で俺の全身をずたずたに切り刻んでいく――あと五分もあれば奴《やつ》が勝っていただろうが、俺は最初からスピード勝負に付き合うつもりなどなかった。

奴が元気に飛び回っている間、俺は防御に専念しながら呪文の詠唱を続け、術者ごと周囲一帯を吹き飛ばす禁呪《天魔炎獄球《クリムゾンコメート》》の発動タイミングを見計らっていたのだ。最終的には、教会ごとメルネスを焼き尽くしてやった。おかげで俺もあちこち火傷《やけど》して苦しい思いをしたのだが、四天王を倒せたのなら安いものだろう。

どちらかというとメルネスを倒した後の方が辛かった。《天魔炎獄球《クリムゾンコメート》》の破壊力が大きすぎたのか、町のどこかにあった彫像——貴重な文化的遺産らしい——をブッ壊してしまったのだ。満身創痍《まんしんそうい》の俺のもとに駆けつけた町の住人は、お礼よりも先に莫大《ばくだい》な損害賠償を請求してきた。なんと図々《ずうずう》しい奴ら！　こっちは精一杯気を遣い、メルネスは倒せるけど一般人には死者が出ない——そんな感じに破壊力を調整してやったというのに！

もう二度と町中で禁呪は使うまい。そう思った瞬間だった。損害賠償は払わず逃げた。

「だいたいお前、街の奴らと揉《も》めてたのはどうしたんだよ。損害賠償がどうとかって」

「あーあー聞こえない。全然聞こえなーい！」

「おい」

耳を塞いでメルネスの追及を避けていると、その向かいに座っているリリが俺のポーズを真似《まね》してくる。

「きこえなーい！　あーあー！　きこえなーい！」

「……リリ。あのな」

「えへへへ。ねえねえレオにいちゃん、いまのモノマネ似てた？　似てた？」

リリがにへらっと顔を崩し、尻尾を上機嫌でぶんぶん振りながらこちらへと近寄ってくる。そう、メルネスの次――三番目に戦った四天王はこいつだったな。

《無慈悲の牙》獣将軍リリ。西方のエルキア大陸出身で、あらゆる獣と心を通わせ、凶悪な獣に変身する力を持つ恐るべき半獣人《デミ・ビーストマン》。……そう述べると聞こえは良《い》いが、実際はおバカな犬娘と言う外ない。

結論から先に述べると、こいつとは関わるべきではなかった。

「なんで関わっちゃったんだろうなあ、俺……」

「？　なーに？」

擦り寄ってくるリリの頭をなでてやりながら、こいつと出会った当時のことを思い出す。

実に馬鹿馬鹿しい出会いだった。あれは……そう、メルネスを倒して次の町へ向かう最中の話だ。

通り雨に見舞われて街道の木陰で雨宿りをしていると、知らない少女がいつの間にか俺の隣に立っていた。少し話したところ、そいつはどうも記憶喪失らしく、親もおらず友もおらず、行くアテもないということが分かった。

さすがに、こんな子供を見捨てるわけにもいかない――俺はそいつを（記憶が戻るまでという条件で）一時的に保護し、いくつかの事件を一緒に解決した。

で、いざ記憶が戻ってみたら、他でもないその少女が獣将軍リリだったというオチだ。

見捨てればよかった！　本当に、心の底からそう思う。

「……なんで関わっちゃったんだろうなあ、俺……」

もう一度同じことを繰り返すと、リリが不思議そうに見上げてきた。撫《な》でてやると、ごろごろと気持ちよさそうに目を細める。

正体が四天王だったことはいい。いずれ戦うのだから、記憶を取り戻したなら遠慮なく倒せるというものだ。最初はそう思っていた。そして、倒した。倒してしまった！

あとで知ったのだが、こいつの部族にとって『強い異性に倒される』というのは伴侶との出会いを意味するらしい。こいつが西方大陸を出て魔王城のある中央大陸にやってきたのは、強い男と戦うため。つまるところは婿探しだ。俺は、婿探しをしている狼《おおかみ》娘の懐《ふところ》に全速力で飛び込んでしまったというわけだ。

つまり、一言で言うとだ。やたらとリリに気に入られてしまって、とても困っている……。

「ねえにいちゃん、あたしと結婚しよ！　ね！　けっこん！」

「そうだな。お前がもうちょっと大きくなったらな」

「やーだー！　今すぐ！　いーまーすーぐー！」

リリを倒してからはずっとこんな調子だ。勘弁してほしい。

俺にしがみついてくるリリをべりべりと引き剝がしていると、どこかからじっとりとした視線を感じた。視線の主は、先ほどから眉間に皺《しわ》を寄せている美人サキュバス、魔将軍シュティーナだ。

そう、最後に戦ったのがこの《全能なる魔》魔将軍シュティーナだった。こう言うと悪いが、こいつは笑えるくらいに楽勝だった。

淫魔の中でも飛び抜けて高い魔力を誇り、古代の禁呪も含めたあらゆる呪文を極めた――という噂《うわさ》だったので、こちらも敵味方問わずあらゆる呪文を封印する古代呪文、《封魔十二結界《スティシス》》を使って強制肉弾戦を挑んでみた。

あらゆる呪文を封印された魔将軍は、俺自身もちょっとヒくレベルで弱かった。

二分ほどボコったら泣きを入れてきた。情けないやつだ。

「――わたしは魔術師ですよ！　肉弾戦で勇者に勝てるわけがないでしょう！」

「いや、それをなんとかするのがプロだろ……」

「出合い頭に！　私の防護呪文とか全部無視して！　いきなり全呪文封じてくるやつがどこの世界に居るんですか！」

「いるだろ！　ここに！」

そんな具合に四天王を全て倒し――そのあとは知っての通りだ。俺、勇者レオ・デモンハートはついにセシャト山脈の魔王城へ乗り込み、魔王エキドナを打ち倒し、世に平和が訪れた。

四天王どころか魔王まで倒されてしまったという報を受け取り、魔王軍の残党は混乱の極みに陥り、次々と戦意を喪失。各地で次々と降伏していった。

一時期は世界の半分以上を支配下に置いていた魔王軍の規模はあっという間に縮小していき、僅かに残った軍勢も中央大陸の奥地にある魔王城にまでおいやられ、もはや脅威とは見なされなくなっていた。

「――ここまではいいよな？」

「いいですけど」

細く白い指で眉間を押さえ、シュティーナが口を尖《とが》らせた。

「なぜ勇者のあなたが魔王軍の採用面接に応募してきたのか。私が聞いたのはそこですよ？　我ら四天王をどうやって倒したとか、そんな思い出話をする必要は無いでしょう」

「プレゼンテーションだって言ったじゃないか。本題に入る前に俺の強さを思い出してほしかったんだよ。あとほら……他の四天王がどうやって倒されたか？　って、やっぱちょっとは興味あっただろ？」

採用面接には流れというものがある。話し方次第で薄っぺらいアピールが真摯な訴えに化けることもあれば、その逆、話し方が下手だったばかりに能力のある奴があっさり落とされたりする。

このあとに控える志望動機アピールにたしかな説得力を持たせるためにも、こいつらに俺の強さをもう一度思い出してもらう必要があった。

会話の流れを支配する。それが内定を摑《つか》み取る一番の近道なのだ。

なお、思い出話をしたもう半分の理由は――正直に言おう。シュティーナの無様な負けっぷりを聞いた他の三人がどういう反応をするのか見たかった。それだけだ。

「確かにね。気がついたら全員やられてたから、他がどうやられたのかは知りたかったな」

「うむ！　そうだな」

「気になってたー」

「それにしても、シュティーナのやられ方は無様すぎると思うけど」

「うむ！　そうだな」

「かわいそうー」

視界の端で、無様な負け方を晒《さら》した魔将軍シュティーナ様の顔が赤茄子《トマト》のように真っ赤になるのが見えた。

うーん、本当にストレートな反応をしてくれるやつだ。淫魔ってもう少しこう、人を弄ぶ種族じゃなかったっけ。自分が弄ばれるのは弱いのだろうか？

何かしら気の利《き》いたフォローを入れようと思ったが、その前に怒りの咆哮《ほうこう》が飛んできた。

「……本題に入りなさい！」

バン、とテーブルを両手で叩《たた》き、シュティーナがわめきたてる。

注ぎたての紅茶がこぼれ、テーブルクロスに茶色い染《し》みを作った。

「あなたは！　どうして！　魔王軍に入ろうと思ったのですか！」

シュティーナ、メルネス、リリ、エドヴァルト。四人ぶんの視線が俺に集中した。

繰り返すが、俺は遊びで魔王城にやってきたわけではない。魔王軍に入りたい理由が、根拠が、動機がある。

俺はチマチマかじっていたクッキーを一息に飲み込み、執拗《しつよう》に膝の上に乗っかろうとしてくるリリを引き剝がすと、椅子に深く座り直した。

そして、志望動機について詳しく話すことにした。

かつてたった一人で魔王軍に挑んだ俺が、

何故《なぜ》いまさらこちら側に肩入れしようとしているのか。そのワケを。

3．勇者、志望動機について更に詳しく説明する

世界を救った勇者が、なぜ魔王軍に入ろうとするのか――

くだらない。いざ話してしまえば本当にくだらない話だ。

一年ちょっとの旅の末、勇者レオ・デモンハートは魔王エキドナを倒した。

そうしてふたたび聖都レナイェに戻った俺を出迎えたのは、民衆の歓喜の声でもなければ、王からの莫大な褒美《ほうび》でもなかった。

俺に向けられるのはただ一つ。奇異と、畏怖と、猜疑《さいぎ》心が入り混じった視線。それだけだった。

『魔王より強い怪物がいる』

『人の姿をしたバケモノがいる』

『そんな奴《やつ》が我々に牙を剝《む》いたらどうしよう』

『誰も勝てない』

『どうしようもない』

『――そうなる前に、勇者を殺せ！』

次の魔王は俺。人間たちの多くがそう思ってしまったわけだ。

疑心暗鬼を証明するかのように、翌日からは俺を狙った暗殺者《アサシン》共がわんさか送り込まれてきた。

正直言って馬鹿馬鹿しいにも程がある。頼むからもう少し考えてみてほしい。

俺が旅立つ前、魔王軍は世界の半分以上を支配下に置いていた。つまり、世界中の軍隊・世界中の戦力をかき集めても魔王軍と拮抗《きっこう》するのがやっとだったのだ。

たった一人その魔王軍と渡り合った俺を！　今更、どこの誰がどうやって殺すというのか！

そもそも俺が倒した四天王の一人は暗殺者《アサシン》ギルドの秘蔵《ひぞ》っ子《こ》だったんだぞ。気づけ！

凡百の暗殺者《アサシン》を何人送り込んでも無駄だと気づけ！

いや、暗殺者《アサシン》は無駄だと気づいた賢い奴らもいたな。そいつらは暗殺者《アサシン》ではなく、野盗に変装させた聖騎士団を送り込んできた。そういう意味じゃねーよ。

ここまでくるともう呆《あき》れて何も言えない。

勇者を殺すの、無理です。こんなの子供にだって分かる理屈だ。

ならば、多少思うところがあってもレオを英雄として担《かつ》ぎ上げ、機嫌を取っておこうじゃないか。少なくとも彼は一度世界を救ってくれたのだから、めったなことがない限り人類に牙をむくことはないだろう。

そう世論が傾いてくれるのを期待していたのだが、無駄だった。一度火がついた恐怖と不安は誰にも止められず、とうとう聖都の聖王みずから俺に対する国外退去が命ぜられることとなった。

王は表向き俺に同情してくれているようだったが、目の奥に民衆と同じ猜疑の色が宿っているのを俺は見逃さなかった。

国外退去と言っても、俺はもともと根無し草だから、どこへ帰るわけでもない。あてもなくフラフラと彷徨《さまよ》う世界は、ひどく色あせて見えた。

街の人々の営みも、豊かな緑も、青い空も、すべてがどうでもよく思えた。

俺は何故、命をかけてこんな世界を守ったんだろうか。

俺は何故、魔王軍と戦ったんだろうか。

ああ、魔王軍。魔王軍か。あいつらは今どうしているだろう。

――あるいは、あそこならば、俺を受け入れてくれるのだろうか？

寂れた村の酒場で『魔王軍が人材を募り、再興を企てているらしい』という噂を耳にした時、俺は決意した。

人間の味方をした自分が間違っていたことを認めた。海を渡り、いくつもの山を越え、かつての敵である魔王エキドナの城を訪ねた。徹夜で自己アピールを考え、腕の立ちそうな上級魔族のフリをして新生魔王軍の採用面接に潜り込んだ。

もう、俺を迎え入れてくれるのは魔王軍以外に無いのだ。

世界が俺を殺そうとするなら、その前に俺が世界を殺してやる。

そう思い、あの面接に臨んだのだ。

「――以上が、この俺の志望動機だ」

「うっ、うおうっ、うゔゔ～」

すっかり冷めてしまった紅茶を流し込み、喉を潤す。

人間の愚かさここに極まれり。話を聞き終わった四天王たちはすっかり静まり返っていた。

いつのまにか俺の隣に椅子を引っ張ってきたリリだけが、奇妙な呻《うめ》き声――いや泣き声だ――泣き声かこれ？　をあげていた。

4．勇者、おためし採用される

試用期間という制度がある。

もとは港町ラベルタの商人ギルドが考案したもので、新しい職員を本格採用する前に一月から数ヶ月間ほどの期間、仮採用を行う制度だ。

これの良《い》いところは、雇う側と雇われる側の双方にメリットがあるところだ。

雇う側は、相手が使えるやつなのかどうかを見極めることができる。雇われる側は、実際に働いてみなければ分からない職場の雰囲気や文化を肌で味わうことができる。

実際のところ、世の中には『やってみないと分からないこと』が非常に多い。

戦いと同じだ。一の実戦は一〇〇の座学に勝ると言われるように、相手の人となりを把握するには肩を並べて戦ってみるのが一番手っ取り早い。

お互いに相性を見極めるためのおためし期間。それが試用期間であり、試験採用だ。

――

「……はあ。いいでしょう」

ふう、と長いため息をついた後、魔将軍シュティーナが口を開いた。人差し指を唇にあて、しばし思案した後、しぶしぶといった体で言葉を続ける。

「世界を救ったにも拘《かかわ》らず、人間たちに裏切られた哀れな勇者よ。仕えるべき相手、守るべき相手を見誤った悲しき男よ——貴方《あなた》の志望動機に嘘《うそ》偽りはない。そう信じます」

「ありがとう。魔将軍シュティーナ」

本心でお礼を言った。

先程も言った通り、聖都の王をはじめとする権力者たちは俺に刺客を差し向けてきた。正直、刺客だけならいいのだ。エキドナや四天王クラスならともかく、そこらへんの有象無象がお徳用パックみたいに群れをなして襲ってきたところで、俺が後れを取ることはまずない。殺さない程度に撃退するのも容易《たやす》い。問題なのは風評被害の方だ。

郵便、伝書鴉《がらす》、《使い魔《ファーミリア》》をはじめとする伝令魔術、張り紙、演説、その他もろもろ。権力者どもはありとあらゆる手段を用いて俺が危険人物であることを市井《しせい》の皆様に呼びかけた。刺客もだんだんと趣向を変え、『俺を殺す』ことから『俺に攻撃された』ところを一般市民に見せつけることを主眼とするようになってきた。

こうなると流石《さすが》の俺でも手詰まりだ。そのうち泊まる宿にも事欠くようになり、木のウロやら馬小屋の隅やらにひっそりと身をひそめて眠る日々を送ることになってしまった。

その点、魔王軍はいい！　少なくとも最低限の食い物は出してくれるようだし、屋根のあるところで寝られるし、連日のように俺を殺しにやってくる刺客をあしらう必要もない。

まあ、俺に恨みを持つ旧魔王軍の生き残りが命を狙ってくるかもしれない。いや、『かもしれない』じゃないな。俺に恨みを持ってる奴は多いだろうから、むしろそうならない方がおかしいのだが――その時はその時だ。なんとか平和的な解決法を模索するとしよう。

シュティーナも同じ懸念《けねん》を抱いていたのか、しつこく念を押してきた。

「いいですか？　まず、あなたが魔王軍入りしたことはエキドナ様には内緒です。万が一にもバレないよう、魔術なり魔道具《マジックアイテム》なりで正体をしっかり隠すように。あなたに恨みがある者も少しは残ってるんですから、見つかったら大事になりますよ」

「少し、か」

「……少しですね」

本当に少ししか残っていないのだろうな、と思った。

なにせ今の魔王軍は――主に俺が暴れまわったせいで――ガタガタだ。人員は歯抜けで、田舎の国境警備隊みたいな規模にまで落ち込んでおり、組織としてはまるで機能していない。人員の増強が目下の最優先課題と言えるだろう。

ことわっておくが、別に俺は魔王軍兵士をかたっぱしからブチ殺していったわけではない。《天魔炎獄球《クリムゾンコメート》》のような大量破壊呪文を使ったのは、それこそ魔王や四天王クラスを相手取った時くらいだ。

なにせ相手は、無駄な殺しを極力控えて侵略を進めていったエキドナ軍だ。虐殺は虐殺を呼び、怨恨《えんこん》は更なる怨恨を呼ぶ――魔王軍が平和的に動いているなら、こちらも平和的に動くしかなかったという、それだけの話だ。町を占拠している雑魚《ざこ》兵士どもに《誘惑術》を使って部隊の内部崩壊を狙ったり、《虚脱呪》で体調を悪化させたところをふん縛《じば》って牢屋《ろうや》に叩《たた》き込んだり、余計な禍根を残さないよう色々と工夫してきた。

それでも、避けられない戦闘というのはどうしても出てくる。とりわけ全ての四天王を倒し、ここ魔王城へエキドナを討ち取りに行こうとした際は多くの兵士達が立ちふさがった。流石の俺も手加減などしていられなかったから、あそこで命を落としたやつもいた。

結果として、俺に恨みを抱いている奴は『死んだ』か『重傷で魔界に帰った』が大半を占めることになる。エキドナのようにとことんタフな奴を除けば、あとは酒場の喧嘩《けんか》レベルの恨みしか持たない奴しか残っていないだろう。

「俺も面倒事はごめんだ。正体がバレないよう気をつけるよ」

「分かっているなら構いません。というか、ただでさえ私は仕事で忙しいのです。これ以上無駄なトラブルはごめんですからね」

シュティーナの目に多少の安堵《あんど》が浮かんだ。仕事で忙しい、か。毎日のように採用面接を開いていれば、そりゃあ忙しくもなるだろうな。

――そう、仕事だ。採用面接をはじめとする仕事はエキドナと四天王がやるのだろうし、兵力増強が済むまで人間界へちょっかいを出すことはないはずだ。当然、俺がやるべき仕事もそんなに多くはないだろう。

食べて、寝て、ダラダラできる。魔王軍は俺にとって理想の職場になりそうだった。

「あと、これはあくまで一ヶ月間のお試し採用です！　このシュティーナが監督役となって、あなたの仕事ぶりをチェックします。試用期間のうちに然《しか》るべき成果を出して貰《もら》いますからね！」

――訂正する。

理想の職場になるはずだった。流石にダラダラ遊んで暮らすのは無理か。

俺の顔色が僅かに変わったのを見逃さなかったのか、シュティーナがツカツカと歩み寄ってきた。杖《つえ》の先端で俺の足を小突き、じとっとした目で俺を睨《にら》む。

「まさかあなた、しばらくは遊んで暮らせそうだーとか、食べて寝てダラダラできるぞーとか、そんなふざけたことを考えていたのではないでしょうね」

「まさか！　とんでもない！」

「……はあ」

あわてて両手を振って否定する。深い溜《た》め息をつき、シュティーナは俺に言い聞かせるような口調になった。

「いいですか勇者レオ。これはあなたの為《ため》でもあるのですよ」

「俺の？」

「ええ。この試用期間で成果を出せたなら、お試し採用なんてケチくさいことは言いません。私たち四天王が、エキドナ様へあなたの正式採用を進言してあげます」

「なるほどな。逆に、成果が出せなかった場合は？」

「追い出します」

ぴしゃりと言われてしまった。

そりゃそうだ。ただでさえ財政が逼迫《ひっぱく》している状況でごくつぶしを雇っておく理由など無い。しごくまっとうな理屈だった。

「わかってるよ、仕事はする。追い出されて野宿生活に戻るのはゴメンだからな。まずは魔王軍を立て直すのが急務だ。そうだろ？」

「ええ。兵力の増強、城の修復、武具の調達が第一。そこから経費削減と福利厚生の充実とカウンセリングと……軍団の再編成って大変なんですよ。ほんとに」

まあそうだろうな。だって再起不能直前まで追い込んだの、俺だし……。

怪我《けが》を癒やすため魔界へ帰った奴《やつ》、まだ人間たちに捕まってる奴、戦うのが嫌で逃げ出した奴。理由はどうあれ、一度去っていった者を再び軍団へ呼び戻すのは極めて難しい。

一文無しから大富豪になるのが困難であるように、ゼロに近い状態からふたたび大軍団を結成するのは、それこそ茨の道どころではない険しさだろうと思えた。

そんなだから、むしろ俺はエキドナに聞いてみたかったのだ。

『なんでここまで追い込まれても人間界から撤退しないのですか？』

『なんか理由があるんですか？』

と。人間界に居場所が無くなったのは事実だが、俺が今回魔王軍へ入ろうと思った一番の理由は、正直言うとこれ――『エキドナと話してみたい』だった。

残念なことに今回の面接ではエキドナと話すどころではなかったが、正規採用された暁には色々とチャンスもあるだろう。一度じっくり話をしてみたいものだ。

「他にも魔力炉のメンテナンスとか新兵の教育とか……ちょっとレオ。聞いてますか？」

「おっと。聞いてる聞いてる」

「シュティーナだけじゃないよー！　あたしもね、あたしもね、大変なの！」

先程からずっと話し続けていたシュティーナが口を尖《とが》らせると、リリも思うところがあったのか、バネじかけの人形のように椅子からぴょんと飛び起き、尻尾をぶんぶんと振りながら自分の仕事の大変さをアピールしてくる。

「最近ね、ヘイ……ヘイタン？　を任されたけど、大変なの！　仕事、いーっぱいあるんだよ！」

「正気か」

思わず本音が口をついて出た。

上司――エキドナ――の正気を疑う。このバカが兵站《へいたん》担当……？　エキドナのやつ、ストレスでとうとう頭がどうにかなってしまったんだろうか？　心配だ。すごく心配だ。

他の四天王の方に目を向けると、シュティーナとエドヴァルトが気まずげに顔を背けた。メルネスは我関せずといった風で卓上の籠に入っていたリンゴの皮を剝《む》いている。

……無理もない。エドヴァルトのおっさんは武闘派だから、コボルトやオークといった肉体派の兵士を鍛えて一人前の戦力にするのが主な役割なのだろう。

採用面接に来た奴の中には、少数ながら竜族――つまり、人語を解する大型竜《ウィルム》や飛竜《ワイバーン》――も混ざっていた。あいつらはシャレにならないくらいプライドが高いから、上に立てるのは竜人族のエドヴァルトだけのはず。それだけで十分に手一杯なはずだ。

シュティーナはその反対。淫魔をはじめとする魔族はもちろん、妖精族《ピクシー》や幻想種といった魔力の高い亜人・魔獣を束ねた魔術兵団を指揮しているはずだ。他にも、人事や経理といった頭をつかう仕事はだいたいこいつがやっていると見た。貴重なインテリだしな。

遠目には分からないが、よく見ればシュティーナの目の下には濃いクマができているし、顔色も悪い。本来もう少し艶があったはずの金髪はくすんでおり、手入れも満足に出来てない様子が見受けられた。もしかするとこいつ、過労死寸前なんじゃないか……かわいそうに。

メルネスは――見ての通りコミュニケーション能力に問題があるので、兵站のように細かな手配や交渉が必要な仕事には根本的に向いていない。気配遮断に長《た》けた幽霊族や、ゴブリンのように手先の器用な獣人を統率して、偵察・斥候・工作部隊を率いているはずだ。

このように、リリ以外の三人にはそれぞれ役割がある。そして勿論《もちろん》、兵士達の生活基盤を支える食糧やら何やらはちゃんと確保しなければならない。

軍隊で一番重要なもの。それが兵站だ。

「で、リリ。お前に白羽の矢が立ったわけか……」

「そーゆーことです！」

俺の呟《つぶや》きに含まれた重みも理解しないまま、リリが大きく頷《うなず》いた。

何をやっているか分からない魔王エキドナを除けば、手の空いている最上級幹部はリリしかいない。この能天気娘に兵站部門を任せるしかないわけだ。軍の生命線を。

あまりにも酷《ひど》い話である。シュティーナの文句を聞くまでもなく、今の魔王軍が深刻な人手不足に悩まされているのがよく分かり、しみじみと口にする。

「いやー……予想以上に大変だなあ、これ」

「あ！　な！　た！　の！　せいです！」

「――あっぶね！」

シュティーナが無詠唱で飛ばしてきた《火炎球《ファイアーボール》》を、こちらも無詠唱の《無淵黒霧《ヴォイドミスト》》で受け止め、丁寧に包み込み、跡形もなく消滅させる。

発動が楽な《風盾《ウィンドシールド》》をチョイスしなかったことを褒めて貰いたい。考えなしに《風盾《ウィンドシールド》》で弾いたが最後、《火炎球《ファイアーボール》》は壁か天井にぶつかって大爆発を起こし、この貴賓室はしばらく――いや、下手をすると永久に――使用不可能となっていただろう。

おわかりだろうか？　今の一瞬でそういう気遣いまで出来るのが、この俺、レオ・デモンハートという天才勇者なわけだ。そんな有能人材が魔王軍への入団希望を出しているのだから、シュティーナはもう少し敬意を表してほしい！　そして、そう思ってもけっして口には出さない俺の奥ゆかしさを見習ってほしい！

「まあ落ち着け魔将軍。レオ殿が仲間になってくれるなら、これほど心強いことはなかろう？　常日頃から人手が足りん足りんとこぼしていたのは、他ならぬお前ではないか」

「う……それは、そうですが……」

エドヴァルトになにか言い返そうとするシュティーナに向け、リリが両手でバッテンを作って抗議する。それでもまだ何か言いたげな風ではあったが、

「……くっ。わかりました。私は冷静です。冷静ですとも、ええ」

不承不承黙り込む。それ以上蒸し返すつもりは無いようだった。

シュティーナが静かになった後、丸太のように太いエドヴァルトの腕が俺の肩に置かれた。

にっかりと笑うエドヴァルト。よかった、どうやらこいつの信頼は勝ち取れたらしい！

「ともかく、かつての遺恨は忘れるとしよう。よろしく頼むぞ、レオ殿！」

「よろしくねー！」

「おう、よろしくなエドヴァルト。リリも」

腰にしがみついてくるリリの頭を撫《な》でてやりながら、ちらとテーブルの隅に目をやる。

良くも悪くもオープンな感情をぶつけてくれる魔将軍シュティーナ。

これまでの経緯もあって友好的な竜将軍エドヴァルトと獣将軍リリ。

そんな中で、一人だけこの輪に加わらず、終始だんまりを決め込んでいる奴が居る。

「……」

それが無影将軍メルネスだった。志望動機を話し終わってからこっち、無言でリンゴを齧《かじ》ってじっと俺の方を見ているだけで、歓迎してくれているのかどうかまるで判別がつかない。

――まさか、俺の境遇に同情して言葉を無くしているとか？

いやいや、そんなわけはない。頭を振り、馬鹿馬鹿しい考えを否定する。

こいつは暗殺者《アサシン》だ。言ってみれば、数秒前まで談笑していた相手の首を笑顔のままで掻《か》っ切って殺せる人種だ。しかもメルネスはその中でも頂点に立つ、暗殺者《アサシン》ギルドの若き頭首《ギルドマスター》である――そんな奴に、他人に同情する心が残っているだろうか。断じて否だ。人間らしい心を持ったままで、暗殺者《アサシン》なんぞ務まるわけがない。

ギルドマスターにのみ代々受け継がれると言われる、姿隠しの加護が込められた紫色のフード。その下の顔はとことん無表情で、かつての敵である俺の加入に際してすら、特に何の感想も抱いてないように見えた。冗談交じりで手を振ってみる。

「やあメルネスくん。元気？」

「……」

銀髪の隙間から翠玉《エメラルド》を思わせる薄緑色の目が覗《のぞ》いた。返答は無い。

「元気みたいだな。これからヨロシク」

「……」

見事に無視されてしまった……いや、無視ではないな。だんまりを決め込んでいるように見えるが、目だけはじっと俺の方を向いている。

まあ、万一こいつが『レオくんよろしくね！　一緒に頑張ろう！』なんて言ってきたらそれはそれで気持ち悪いし、そういう意味では無言でも構わないのだが。構わないのだ、が。

これから同僚になるのだし、何か一言くらい喋《しゃべ》ってほしいというのが本音ではあった。

――

――魔王エキドナに不採用を叩《たた》きつけられてから数時間後。

こうして二次面接は終わり、元勇者レオ・デモンハートは魔王軍に仮採用された。

「ふう……」

魔王城の一角、あてがわれた個室で一息つく。

ボロいベッドに横たわって目を閉じ、明日からの仕事を思い浮かべる。

やることは多い。深刻な人手不足の解消。組織運用ノウハウの蓄積。一般兵の教育。同僚《四天王》とのコミュニケーション。正式採用に向けた実績作り。上司《エキドナ》との和解。

人間達とのいざこざも起きるかもしれない。なにせ連日のように採用面接を開いているのだ、どうしても魔獣や人の移動経路は目立ってしまうだろう。魔王軍が再起を図っているということが人間界の権力者どもに伝われば、新たな火種になることは想像に難《かた》くない。その火種が燃え広がらないうちに素早く解決すれば、エキドナも俺のことを見直してくれるかもしれん。

「……見ていろよエキドナ。必ず入ってみせるからな、魔王軍」

新しい職場で俺がやるべき仕事は、どうも山積みのようだった。

第二章　勇者vs魔将軍シュティーナ

1．新人は誰よりも早く出勤せよ

――魔王城の朝は早い。

仮採用の新入りならばなおさらだ。一日でも早く正式採用してもらえるよう、誰よりも早く出勤し、誰よりも早く仕事に取り掛かり、全力で己のやる気をアピールする必要がある。

なにもそこまでと思うかもしれないが、新しい環境に馴染《なじ》むにはそういう細かい気遣いこそが大事なのだ。そうやって同僚や上司の信頼を勝ち取っていくのが、新人のつとめなのだ。

そういうわけで、俺は《完全解錠《マスターキー》》の呪文で鍵を開け、堂々と室内に足を踏み入れた。

部屋の主はまだ寝ているようだった。カーテンが閉め切られていて、中は薄暗い……つかつかと窓に歩み寄ってカーテンを開けると、爽やかな日差しが部屋一面に広がった。

（ああ、実にいい天気だ）

陽の光が全身の細胞一つ一つにまで染《し》み渡り、一日の活力がチャージされていくような錯覚を覚える。

朝から曇っていたり雨が降っていたりすると気も滅入《めい》るものだが、これだけ晴れていれば楽しく仕事ができそうな気がしてくる。絶好の仕事日和だ。

「しっかし、まだ寝てるのかあいつは……どれ」

更にもう一枚。

部屋の奥にある扉に向けて指先を伸ばし、やはり同じ要領で解錠する。静かに中へ足を踏み入れると、こちらの部屋は先の部屋よりも更に暗かった。何かしらの香が焚《た》かれており、壁際《かべぎわ》にはそこそこ豪華なベッドが置かれている。カーテンを開けると、朝の光が室内を明るく照らし出した。

「すー……むにゃ……」

「……おい」

だというのに、ベッドの上の『彼女』は未《いま》だに起きる気配を見せず、すうすうと気持ちよさそうな寝息を立てている。

呆《あき》れたねぼすけだ。どれ、これも新人のつとめだ。ひとつ俺が起こしてやるしかあるまい。

声をかけたが、目覚める様子はない。ゆさゆさと肩を揺する。

「ん……んう……」

「もう朝だぞ。起きろってば」

「ううん……あと、五分……」

ダメだった。多少強めに揺さぶっても効果がない。

こいつ、そんなに疲れてるのか？　いったいどれだけ寝不足なんだ？

最初に通った部屋——つまり、普段彼女が仕事をしている執務室の方——に目をやる。

なるほど、マホガニー材で作られた木製机の上には書類がうずたかく積まれており、一日や二日では到底片付かない量の仕事が溜《た》まっている様子が確認できた。

あらかじめ予想はできていたが、どうもこの女——目の前でぐーすか寝ている、魔将軍シュティーナは、新生魔王軍が持っている仕事の半分以上をたった一人で抱え込んでいるようだった。

そんなオーバーワークでもなんとかなっているのは、こいつが人間よりも頑丈な魔族だからだろう。普通の人間がこの量の仕事を抱えたら、三回ほど過労死を迎えた上、そろそろ四回目に手が届きかけているはずだ。

「おい、起きろ」

そりゃあ寝不足にもなるわ。俺は一人頷《うなず》き、少しだけ声色を甘くして再度声をかけた。

「おいシュティーナ。俺だ、レオだ。仕事が残ってるんだろ？　手伝ってやるから起きろ」

「やだぁー……今日はベッドでごろごろする……」

「朝イチで私のところに来なさい、仕事の指示を出します、って言ったのはお前だろ。おいってば」

「うーん……むにゃ……」

「……ダメだな。これは」

参った。本気で起きる気配がない。小一時間も待っていればじきに目を覚ますだろうが、こんなところで朝一番の、それも出勤初日の貴重な時間を浪費するのも馬鹿馬鹿しい。

少々迷った末、俺は少々乱暴な手でシュティーナを叩き起こすことにした。

口の中でもごもご呪文を唱えながら、とある人物の姿を強く強く思い浮かべる。その人物の身のこなし、声の高さ、喋り方――よし、いける。

「――《変声《ボイスチェンジ》》。魔王エキドナ」

あー、あー。小声で発声練習して術の効き目を確かめる。

あー、あー。こほん。よしよし、大丈夫そうだ。

俺は大きく息を吸い込むと、目の前のねぼすけ女が見ている楽しい夢の中にまでしっかり届くよう、とびきりの大声で言ってやった。『こいつの上司である、エキドナの声』で。

『──魔将軍よ！　新人採用の書類選考状況はどうなっている！』

「──ひいいっ⁉」

『このエキドナをいつまで待たせるつもりなのか！』

効果てきめん。即座に飛び起きた彼女はベッドの上で平伏《ひれふ》し、まくし立てた。

「たいっっっへん申し訳ございませんエキドナ様！　応募者数が予想を遥《はる》かに上回っており、選考に遅れが……若干の遅れが出ております！」

「遅れが出てるのか？　そりゃあ良くないな」

「いえっ！　遅れが出ているといっても私一人でカバー出来る範囲ですから、明日中、いえっ、今日中には最終面接に進む者のリストをお送りできるかと！」

これだ。これがこいつの寝不足の原因だろう。別に仕事を頑張るのはいいんだが、自分の首を自分で絞めてどうするというのか。

「バッカ野郎。そうやって一人で全部片付けようとするから駄目なんだ。信頼できる部下を育てて仕事をそいつらに投げろ。それも上司のつとめだぞ」

「はっ！　まこと仰《おっしゃ》る通りでござい、ま…………？」

ぱたりとシュティーナの言葉が途切れた。ここにきてようやく、この女は目の前に立つのが魔王エキドナではないことに気づいたようだった。

というか、寝起きとはいえ気づくの遅すぎだろう……このシュティーナ、敵対していた頃はクールな切れ者というイメージがあったのだが、今となってはそんなイメージは欠片《かけら》も残っていない。さっきの寝言といい今のコントといい、もしかするとこいつ、根は随分とユルい奴《やつ》なのかもしれないな。

改めて、俺は朝日に照らされるシュティーナの顔に目を向けた。

ぽかんと口を開けた間抜けな顔がこちらに向けられている。やや寝癖のついた、ウェーブのかかった美しい金髪が、窓から差し込む朝日を反射してきらきらと輝いた。

視線を少し下に持っていく。ピンク色の薄いネグリジェに包まれた彼女の胸は淫魔らしく豊満で、目の保養としてはなかなかに悪くないものだった。

俺――魔王軍期待の新人勇者、レオ・デモンハートは、ようやく目を覚ました魔将軍シュティーナに微笑《ほほえ》み、さわやかな朝の挨拶を投げかけた。

「おはようシュティーナ。早速だが、なんか仕事をくれ」

「――ぴぎゃああああああああああ!?」

彼女の返事は『おはよう』でも『起こしてくれてありがとう』でもなかった。

無数の氷柱で鉄巨人《アイアンゴーレム》すら串刺しにする氷結系呪文――《百烈氷槍破《アイシクルランス》》が、期待の新人めがけて最大出力で放たれた。

2. 明日の自分が楽になる仕事をしろ

シュティーナの寝室の隣、執務室。目下、この部屋の空気は最悪に近かった。

「ありえない。ありえないわ」

「おっよかった、窓枠は無事だぞシュティーナ。これならすぐ元通りにできる」

「ありえない……本当にありえない……」

「おい、さっきからうるさいぞ。ブツブツブツブツと」

執務室の窓際《まどぎわ》、ホウキを使って割れた窓ガラスを片付けている俺の背後で、部屋の主はかれこれ五分以上文句を言い続けている。

よくもまあ飽きないものだ。べつに独り言をやめろとは言わないが、こうもしつこいと流石《さすが》に気が散る。

仕事において、同僚とのコミュニケーションは重要だ。ちょっとした――本当にちょっとした雑談が同僚との信頼関係の礎《いしずえ》となる。

俺は片付けの手を止め、彼女の悩みを聞いてやることにした。

「なんだ？　いったい何が不満なんだ？」

顔を真赤《まっか》にしながら、魔将軍シュティーナは怒鳴り声をあげた。

「――あなたの全てに決まっているでしょうがーッ！」

―

おさらいをしよう。いまの魔王軍は深刻な人材不足に陥っている。

これは別段不思議なことじゃない。なにせ獣将軍《リリ》のやつに兵站《へいたん》――軍の生命線――を任せるくらいだしな。

面接の時にシュティーナもぼやいていたが、仕事自体は山積みだ。俺との戦いで多くの幹部級魔族が魔界で療養生活を送る羽目になったこともあり、彼らが持っていた仕事がいっせいに残った幹部へ流れ込んでいる。その中にはシュティーナにしか出来ない仕事も多い。

シュティーナにしか出来ない、というのは少々語弊があるかもしれない。出来ないわけではないのだが、彼女しかやり方を知らない仕事が多いのだ。ほら、あるだろ？　正しい手順を古参メンバーしか知らないくせに手順書《マニュアル》が無い仕事。ああいうやつだ。
例えばそう、俺が昔つきあいで入ってやった騎士団もそうだった。騎士団長が左利《ひだりき》き
だから彼の剣と盾だけ左右逆に配置しろだとか、経費で赤ポーションを購入する時は百個
単位でないと承認できませんだとかな。
それでいてそういう決まりはどこにも書いておらず、問題が起きてからはじめて「何故《なぜ》
知らないの？」という顔でお説教をしてくるからたまらない。こっちは新入りなんだぞ。
最初に言え、最初に。
話を戻そう。とにかく、シュティーナは忙しい。手順書《マニュアル》を作っている時間の余裕などど
こにも無い。他の四天王も忙しいから自分以外に仕事を任せられる人材は居ないし、そう
いった人材を育成する時間も取れない。
しかし、上司――エキドナは、一日でも早い魔王軍の再建を希望している。
もうどうしようもない。こんなの、自分の睡眠時間を犠牲にするしかない。
止まれば沈む自転車操業。人手不足を補うべく懸命に奔走した結果、俺の見立て通り、
シュティーナは本当に過労死直前まで追い込まれていたのだった。
どうりで先程の《百烈氷槍破《アイシクルランス》》、やたらと威力が貧弱だったわけだ。おそらく魔力も通
常時の数分の一まで落ち込んでいるのだろう。今のこいつなら、以前使った

《封魔十二結界《ステイシス》》無しでも楽に倒せそうだった。仮にシュティーナが持つ最強呪文を直撃させたとしても、俺の防御呪文を貫通できるかは怪しいものだ。

とにかくシュティーナに仕事が集中しすぎている。

昨日の面接時にそれをひと目で見抜いた俺は、こいつの負担を軽減してやるべく、朝イチで部屋を訪れたわけなんだが――

「俺はお前の仕事を手伝いに来たんだぞ？　もう少し愛想《あいそ》よくしてくれてもいいだろう」

「バカなんですか？」

即答だった。

返ってくるのは呆《あき》れたような声と、冷たい視線ばかりだ。

「人の部屋に勝手に入るわ、魔王様の真似《まね》はするわ……非常識！　あまりに非常識です！」

「あー」

「そんな人間にどう愛想よくしろと言うんですかあ！」

「わかった、わかったよ。機嫌直してくれって」

魔王軍の大幹部が常識を語るなよ！　そう思ったが、口に出すのはやめておいた。これ以上シュティーナを刺激すれば、それこそ本気の殺し合いに発展しかねない。俺は話題をそらすべく、彼女の机の上に載っていた一枚の紙をサッと拾い上げた。

「それよりだ。これがお前が抱えてる仕事のリストか？」

「……ええ。上に行くほど優先度が高いものです」

唇を尖《とが》らせたままシュティーナが頷《うなず》いた。上から順にサッと目を通す。

応募者の書類選考。魔術兵団の再編成。魔王様のお世話をする魔力人形《ホムンクルス》達の定期メンテナンス。城内経費削減——エトセトラエトセトラ。紙切れの上にはあらゆるタスク名がずらりと列記されていた。その数、ちょうど五十個。

キリが良《い》いと言えばキリが良い数ではあるのだが、こうしてリスト化されると正直ちょっとヒいてしまう。これ全部一人でやってるのか……おかしいだろ……。

「投げろよ。他のやつに」

「だから昨日言ったでしょう。居ないんですっ、任せられる部下も同僚も！」

「わかったわかった。ごめんごめん」

再度ヒートアップしかけたシュティーナを宥《なだ》めながら、俺は赤いインクのついた羽根ペンを手に取った。そしてリストのいちばん下——もっとも優先度が低い仕事にマルをつける。

50個の仕事の中で一番優先度が低いもの。

つまり、城内に点在する魔力炉への魔力供給。

魔力炉というのはその名の通り、魔力を溜《た》め込んでおく為《ため》の装置だ。紅玉《ルビー》、藍玉《アクアマリン》、翠玉《エメラルド》など、よく磨かれた宝石は魔術の触媒として最適で、魔力をプールしておくこともできる。そういった触媒を中心に作られた装置が、魔力炉だ。

魔力炉というのは便利なもので、炉に回路《パス》をつなげることで様々な魔道具《マジックアイテム》を稼働《かどう》させたり、門番のゴーレムを動かしたり、あるいは自分の魔力が底をついた時の補給所として使ったりできる。メンテナンスも意外と簡単で、炉に触れた状態で魔力を注ぎ込んでやればそれでいい。中身が満タンになれば補充完了だ。

城内の施設のいくつかはこの魔力炉を使って動いているのだろう。炉の魔力は使えば当然無くなるので、定期的に補充をしてやらねばならないというわけだ。

そんな仕事、それこそ適当な魔術師に任せればいいじゃないかと思うかもしれないが、そうもいかない。魔力炉というのは原則として、それを作った魔術師本人のみが魔力を供給できるものだからだ。

同じ人間でもひとりひとり声が違うように、同じ魔術師でもひとりひとり魔力の波長が違う。その波長に合わせて少しずつ調整を繰り返していき、最後にやっと完成するのが魔力炉なのだ。メンテナンス——魔力を注ぎ込むのもまた、同じ波長の者。製作者にしか務まらない。

無理やり補充することもできなくはないのだが、それをやると炉の寿命を大きく縮めることになる。最悪の場合は魔力が暴走して炉心がぶっ壊れ、使用不能になることすらあるのだ。そうなれば貴重な触媒を使って一から炉の作り直しだ。

触媒に使えるほどの宝石というのは割と希少で、手配するだけでも結構なコストがかかる。ただでさえ資材や人手に困窮している魔王軍としては、炉の破損は絶対に避けたいところだろう。

「ひーふーみー……なるほどな。お前が作った炉は四つか」

「ええ。城全体では百基以上の炉がありますから、割合としては微々たるものですね。数日に一度、魔力を補給してあげるだけで済みます」

言うほど簡単ではないのか、シュティーナがやや苦い顔をして言った。

それはそうだろう。ハードワークの合間に時間を見つけ、わざわざ炉まで出向き、貴重な触媒を壊さないように魔力を注ぐ――簡単な仕事だからこそミスは許されず、数日に一度は必ずそれをやらないといけない。面倒に決まっている。

そこで、俺だ！

そんじょそこらの三流魔術師ならともかく、勇者レオ様の手にかかれば『シュティーナの魔力波長を真似る』程度は朝飯前だ。むろん、彼女が作った炉に魔力供給するのも容易《たやす》い。

魔術に長《た》けていて良かった、と俺は内心ほくそ笑んだ。この調子でどんどんシュティーナの負担を軽くしていけば、こいつも俺のことを見直してくれるに違いない……！

四天王からの推薦。そして正式採用。薔薇《ばら》色の未来が待っている！

「なんですかニヤニヤして」

「なんでもない。それより、炉への魔力供給。これは今日から俺にやらせろ。やらせてくれ」

「ああ、それですか。助かります。地味に大変でしたから」

さして驚くわけでもなく、シュティーナがほうと息を吐いた。

「なんだよ。アナタに出来るんですかー、どうやるんですかー、って聞かないのか」

「私の波長を真似るのでしょう。魔術師にとってはそれくらい常識ですよ。私を馬鹿にしているのですか！」

「し、してないしてない！」

突きつけられたシュティーナの指をやんわりと押さえ、首を横に振る。

魔力波長を真似て他人の炉に魔力を供給する――魔術師の世界でも知らないやつが多い、

ちょっとマニアックな裏技なのだが、さすがに『魔将軍』の名を冠する大魔術師。そんな裏技もちゃんと知っていたらしい。ちぇっ。波長を真似るコツを教えて恩を売ろうと思ってたんだがな。

それにしても〝常識〟扱いと来たか。こいつの弱点が少し見えた気がする。

「とにかく、魔力供給は俺に任せろ。三十分と二時間。三十分と二時間で終わらせてやる」

「三十分〝と〟ってなんですか。二時間半と言えばいいでしょう」

というか、と声色が失望に満ちたものに変わった。

「そんなにかかるんですか？　私がやったら一時間もせずに終わるのですけど」

「あのなあ」

これだから目先のことしか見えてない奴《やつ》は困る！　自分の仕事が減るのだから、ここは素直に喜んでおけばいいものを。仕方がないのでよくよく言い聞かせてやった。

「そう言うなよシュティーナ。いいか、勇者の名に懸けて保証してやる」

「何をですか」

「俺が、お前を後悔させることは絶対にない。絶対にだ。二時間と三十分後のお前は――〝やった、明日から仕事が楽になるわ！　レオ様ステキ！　サイコー！　愛してる！〟と狂喜乱舞し、俺にキスしていることだろう」

「はあ」

俺の言うことを信じてくれたのか、単にそれ以上追及するのがバカバカしくなったのか。

シュティーナのリアクションは極めて薄味だった。

そうですか、じゃあお願いしますね、と言ったきりだ。すでに俺から視線を外し、机に向かって別の仕事に取り掛かっている。

「んじゃ、ちょっと行ってくる」

パチンと指を鳴らし、《転身》《メタモルフォーゼ》の呪文で自分の姿を変化させる。頭からつま先までを包み込む漆黒の全身鎧《フルプレートアーマー》。血のように赤いマントと、同じ色の剣。兜《かぶと》の前面はまるで髑髏《どくろ》のような意匠が施されており、眼窩《がんか》にあたる部分は不気味な薄紫色の光を放っている。

どこからどう見ても、闇に堕して魔王軍入りした、どこぞのスゴ腕騎士様の姿だ。

《正体隠蔽》《ゴーストフェイス》で魔術・直感方面へのカモフラージュもするから、まさか中身が勇者だとは誰も思うまい。

『名前も変えなきゃな。なあ、〝ゴッドハート卿《きょう》〟とかどう思う？』

「どうでもいいから早く行きなさい！」

『……ちぇっ。わかったよ』

羽根ペンと紙をひっつかみ、俺はシュティーナの部屋を後にした。

そして——予想通り、俺の仕事自体は三十分で終わった。

—

『————うむ。戻ったぞ』

「なんですかその口調は」

きっかり三十分後。

シュティーナの部屋に戻った俺は《転身《メタモルフォーゼ》》を解いて適当な椅子によりかかった。魔力で編んだ見せかけの鎧《よろい》とはいえ、全身鎧は全身鎧だ。これまで分厚い兜に包まれていた顔は知らぬうちに火照《ほて》っていて、ひんやりとした外気が心地よかった。

「いや、正体を隠すなら口調も変えたほうがいいかなーってさ。面白かったぞ。廊下で出会う下級魔族やら妖魔達がみんな敬礼してくるの」

敬礼してくる連中の中には、旅の最中にどこぞの町でボコボコにしてやったダークエルフの妖術師やら、町を襲って住人すべてを自分の眷属《けんぞく》に変えようとして俺に返り討ちにあったヴァンパイアロードやら、難攻不落の砦《とりで》に引きこもっていたのでその砦ごと崖下に落としてやったゴブリン盗賊団の生き残りやらも居たが、敬礼している相手が元勇者のレオ・デモンハートだとは誰も気づいていない様子だった。

「〝四天王の補佐をすることになった、クールかつスゴ腕の黒騎士〟――そんな感じで話を通してくれるんだろ？　配下の連中には」

「あなたが今日でクビにならなければ、の話ですけどね」

またキツいことを言う。

とはいえ、何らかの形で正体は隠さないと満足に城の廊下も歩けないのだから、シュティーナが俺の提案を承諾してくれたのは良かった。

魔王エキドナと同格の――というか、実際にエキドナを倒した俺が四天王の補佐という立場に甘んじるのは少々納得いかないところもあるのだが、なにぶん今の俺の立場は崖っぷちだ。今は謙虚に身を潜め、正式採用に相応《ふさわ》しい実績を積み重ねていかなくてはならない。

シュティーナは俺がきっかり三十分で戻ってきたことに満足したのか、心持ち穏やかな表情でウェーブのかかった金髪をいじり、俺に渡す次の仕事をピックアップしていた。

「じゃあ、さっそく次の仕事をお願いしましょうか。ええと……」

「いや、いい。ちょっと疲れた」

「え？」

はやくも他の仕事を振ろうとするシュティーナを制止する。

俺は指をパチンと鳴らし、魔術で生み出した黒い物質――極小の《魔眼》を彼女の頭上に浮かべた。魔眼は空中でピタリと静止し、シュティーナと執務机の両方を上からじっと見下ろす。

「――《遠見魔眼《ミラージュアイ》》？」

「ああ。休憩がてら、お前さんの仕事を見学したいんだ。いいだろ？　ちょっとくらい」

《遠見魔眼《ミラージュアイ》》は遠見の魔術だ。魔眼が目にしたものが、そのまま術者にも視覚情報として送られてくる。

習得難度が低い割に応用が利《き》く呪文だから、今の世の中ではいろいろな場面で役に立っている。偵察、諜報《ちょうほう》、牢《ろう》に入れた犯罪者の監視に商店の盗難防止。果ては留守番中の子供を親が見守ったりと便利なものだ。

――まあ、元々はどこかのエロ魔道士が女の着替えをコッソリ覗《のぞ》きたいと考えたのがきっかけらしいのだがな。

戦争と性欲は文明を大きく発展させる。それは分かるが、それにしてももう少しマシな理由で術を開発しようとは思わなかったんだろうか。

俺は窓際《まどぎわ》に寄りかかり、心地よい日光を浴びながら彼女の仕事っぷりを見学することにした。

「邪魔するつもりはない。ここで黙って座ってるから、安心して仕事してくれ」

「……いいでしょう。休憩が終わったら次の仕事を振りますからね」

――

――三十分後。そろそろいいだろう、というようにシュティーナが切り出してきた。

「レオ、いいですか？　そろそろ次の仕事を……」

「待て。《転身《メタモルフォーゼ》》を久々に使ったら疲れた。もう少し休憩したい」

「……」

支給されたパンを齧《かじ》りながらモソモソと応える。このパン、あまり美味《おい》しくないな。時間《い》が出来たら食堂改革もした方が良いかもしれない。

――

「一時間経《た》ちましたよ。もう十分に休んだでしょう」

「いや。もうちょいだ。もうちょい見学させてくれ」

「このっ、怠け者！　いいから立ちなさ……重いっ！」

「ははははは。《重力根絡《グラビティルート》》には敵の動きを止める以外にこういう使い方もあるんだ。勉強になるだろ」

「立ちなさいっ！」


――

そして、二時間後。


「……」

「うーん。どっちかな」

「……」

「〝ゴッドハート卿〟か。それとも〝ブラッドソード卿〟か」

「……」

「いや、方向性を変えて〝黒騎士オニキス〟も悪くないか。なあシュティーナ、どう思う？」

　返答はなかった。

　シュティーナが執務の手を止め、ゆらりと立ち上がった。愛用の魔杖《まじょう》クラウストルムをその手に喚び出すと、何を思ったのか魔力を全力でチャージしだした。彼女が着込んでいる丈の長いローブが音を立ててはためき、翻《ひるがえ》る。

「分かりました、勇者レオ」

「おう」

「やはり貴方《あなた》はダラダラダラダラサボってばかりの、最低最悪の穀潰しです」

「ちょっと待て」

　怒りに燃える瞳が俺に向けられる。どうもまずいことに、魔将軍は本気で俺を追い出す気になってしまったようだった。

　まあ無理もない。三十分ほど外に出て仕事をしてからというもの、俺はずっと《遠見魔眼《ミラージュアイ》》でシュティーナの仕事ぶり……と、胸の谷間……をのんびり見物していただけだ。

　いや実際は違うのだが、少なくともこいつからはそうとしか見えなかっただろう。慌てて立ち上がり、シュティーナをなだめにかかる。

「待て。落ち着け。冷静になれ」

「私は冷静です。冷静に冷静に冷静に考えた結果、あなたはまったくもって、これっぽっちも魔王軍の役に立たないという結論に至りました」

シュティーナが杖《つえ》を一振りし、魔力を解放した。魔力圧だけで書類が宙を舞い、窓枠がガタガタと音を立てて軋《きし》んだ。暖炉の火が消え、灰が舞い散る。

「なぁにが〝お前を後悔させることは絶対にない〟ですか。後悔だらけです！　私の胸の中では、今！　後悔という大波が荒れ狂っています！」

「大航海《大後悔》というわけか」

「やかましい！　《ディオー・ニール・ゾッド、極光の螺旋《らせん》・貫くもの、神鳴る一撃・我が手に満ちよ！》」

杖と左手が螺旋を描き、中空に魔法陣を刻んだ。杖の先端を取り巻くように光が収束し、詠唱に混ざってバチバチという嫌なスパーク音が聞こえてくる——これはマズい！

何がマズいって——この詠唱！　こいつ、室内で雷電系の最大呪文を放つつもりだ！

そんなことをすれば室内の書類は全てパーだ。自分の仕事成果を無に帰してでも俺を始末するつもりなのだろう。完全に頭に血がのぼってやがる！

「やめろバカ！　いいから聞け、話せばわかる！」

「――《顕《あらわ》れよ滅びの光刃、爆《は》ぜ、翔《と》べ、我が敵を穿《うが》て！》」

「バカ野郎！」

「《極光《ゲイ》――――！」

――コン、コン。

「……」

「……」

俺に向けて《極光雷神槍《ゲイアサイル》》が放たれる、まさにその直前。控えめなノックの音が執務室に響いた。

俺は両手をあげ、敵意がないことをアピールしつつ、ゆっくりと言った。

「客……客だぞ。ほら。入れてやらなくていいのか？」

「……」

「大事な用かもしれないぞ」

「……はぁ」

シュティーナがため息をつき、足元に開いた小魔法陣の中に魔杖を放り投げた。とたんに荒れ狂う稲妻の片鱗《へんりん》が消滅し、執務室に平穏が戻ってくる。

俺は額の汗を拭い、《転身《メタモルフォーゼ》》を使って黒騎士オニキス卿《きょう》の姿になる。

シュティーナも咳払《せきばら》いを一つし、魔将軍の威厳を取り戻してから来訪者を出迎える。

「どうぞ。入りなさい」

「――はい、失礼します」

俺とシュティーナが見守る中、執務室の扉がゆっくりと開いた。おずおずと姿を現したのは予想通りの奴《やつ》だった。

真面目そうなダークエルフの女。即《すなわ》ち、先ほど俺が仕事を教えてやったやつだ。

「あの――――シュティーナ様の魔力炉四基、魔力供給終わりました」

「は？」

よかった。

俺の目論見《もくろみ》。つまり、シュティーナ以外の誰でも魔力供給の仕事をできるようにするのは、どうやら成功したようだった。

あっけにとられたシュティーナが口を滑らせる前に、俺が先回りして応対する。

『――ご苦労であった。その様子だと、特に問題はなかったようだな』

「は、はい。万事問題なく」

地の底から響くような低く威厳に満ちた声でねぎらってやると、恐縮したダークエルフがただでさえ伸び切っていた背筋を更にぴしりと伸ばした。シュティーナはまだ事態を把握できていないのか、なんとも言えない顔でこちらを見ている。

さあ、ここからは答え合わせの時間だ。シュティーナの驚く顔を想像し、俺は漆黒の全身鎧の中でほくそ笑んだ。

今はまだ仮採用だが、俺は絶対に魔王軍に入る。

いや、必ず入ってみせる。そうしなければいけない理由がある。

そのためにはとにかく実績を上げ、四天王全員からの推薦を貰《もら》うしかない。

『――では、炉への魔力供給業務。その詳細を報告せよ』

これは――そのための、第一歩だ！

3．明日自分が死んでも組織が回るようにしろ

報告に来たダークエルフの女――名前は確か、そう。ディアネットだ。彼女は、言いつけ通り俺の代わりに魔力供給の仕事を終わらせてくれたようだった。

ディアネットの手には、俺が渡した紙切れ……つまり、仕事の手順を記載した手順書が

握られている。あれもちゃんと活用してくれたようだ。偉いぞ。

『――では、炉への魔力供給業務。その詳細を報告せよ』

「はい。ええっと、ゴッドハート卿」

『改め、黒騎士オニキスである。以後オニキス卿と呼べ』

「は、はあ……とにかく、オニキス卿より賜りました護符《アミュレット》。あれは正常に動作しました。耐久にも問題は無さそうですので――」

「ちょっと待って。ちょっと待って」

未《いま》だ事態を把握できていないシュティーナが、両手で〝待った〟をかけながら口を挟んでくる。

「護符？　どういうことです？　レ……オニキス卿が魔力供給してきたのではないのですか？」

「あ、あの、ええと」

『聞けば分かる。まずは報告を聞いてやるといい、魔将軍よ』

やれやれだ。部下の報告を落ちついて聞いてやるのも上司のつとめだというのに。

実際、なにがあったのかは聞けば分かることだし、変に口を滑らせて俺の正体がバレても困る。俺は頷《うなず》き、ディアネットに説明の続きを促した。

「護符の耐久にも問題はなさそうですので、お許しを頂けるようであれば、明日からの魔力供給はわたくしどもで代行させて頂きます。いかがでしょうか、シュティーナ様」

「──あれは私の作った魔力炉ですけど、お前たちで大丈夫だったのですか？」

「はい。お聞きになっていないのですか？」

ディアネットは、紐《ひも》で首からさげていた小ぶりな護符をシュティーナに差し出した。執務室を出てすぐ、ゴブリン彫金師の工房を借り受けた俺が十五分ちょいで作ったものだ。

作るのはさほどの手間ではなかった。

まずは俺がシュティーナの魔力波長を真似《まね》る。手頃な紫水晶《アメジスト》を魔法陣の中央に置き、ゆっくりと手のひらから魔力を流し込み、波長をなじませる。こうすることで紫水晶《アメジスト》自体が魔力波長を記憶し、装着者の魔力波長を自動的に補正してくれるようになるのだ。

あとは紫水晶《アメジスト》を六角形状に加工し、適当な革袋に入れるだけ。これで護符の完成だ。

紫水晶《アメジスト》は頑固な石で、一度記憶した魔力波長はけっして忘れない。駆け出しの彫金師はこの性質のせいでいくつもの紫水晶《アメジスト》をダメにしてしまうのだが、今はそれがプラスに働いていた。

メンテナンスも何も要らない。石が割れたり砕けたりしない限り、半永久的にシュティーナの魔力波長を真似することができる。

まあ、波長を真似たところで魔力炉への補給を代行するくらいしかできないのだが、いま必要なのはまさにそれだ。問題はないだろう。

最初の十五分で護符を作る。残ったもう十五分のうち、五分でディアネットを捕まえ、五分で仕事の手順を教え、「レオにいちゃんと同じにおいがする！」と変に鋭いリリを残り五分でなんとかあしらってこの部屋に戻る。

全部で三十分。これが俺のやった仕事の内訳だ。

最初シュティーナに『二時間と三十分かかる』と言ったのは、ディアネットの作業時間も含んだ見積もりだった。だいたいそれくらいかかるだろうなーとは思っていたが、さすが俺。狙い通りだ。

「これを身に着けていれば、自分の魔力波長が一時的にシュティーナ様と同じものになる。我々でも、シュティーナ様が作られた魔力炉へ魔力を供給できる、と……その、オニキス卿が」

「……」

シュティーナがパッとこちらを向いたが、無視する。お前は後だ、後。俺は一歩進み出ると、ディアネットに尋ねた。

『そして、我はこうも言ったな。〝お前と同程度の魔力を持つ者をもう数人見つけ、そいつらと共に魔力供給の仕事をせよ〟と』

「はい。私以外にもう三人ほど同レベルの魔術師がおりましたので、四人でタリスマンを使いまわして本日の作業を行いました」

『結構。ならば、四人全員が手順を把握できたことだろう』

大仰に頷いてやる。これ、魔王になったみたいで結構楽しいな……シュティーナはというと、徐々に事情を飲み込んできたのか、黙って俺達のやりとりを聞いてくれている。

『魔将軍殿は忙しい。明日からはその四人でチームを組み、交代で炉心への魔力供給を行え。人数分の護符は三日以内に支給させる』

「はっ」

『本日は少々時間がかかったようだが、初日ゆえ許す。次からは手際《てぎわ》よくやることを意識し、仕事を進めよ』

「はっ、承知いたしました！」

『我からは以上である』

会話が途切れ、ディアネットがシュティーナの方を見た。

部屋の主はあくまでこいつだから、彼女の許しがないとディアネットも退室できない。かわいそうに、ディアネットはカチコチに固まり、退室許可を今か今かと待っていた。

固まってしまうのも無理はない。そもそもこのシュティーナ、習得困難な数々の呪文を修めた魔界の賢者ということで、魔術師の中ではだいぶ名の通った存在なのだ。《全能なる魔》の二つ名は伊達《だて》ではない。

魔王軍が大所帯だった頃は、こうして直接会話することなどまず許されなかった相手。そりゃあ緊張もするはずだ。

しかし、その《全能なる魔》は己の身に起きたことを整理するのに必死らしく、マヌケ面でモゴモゴと言葉にならない何かを口走っていた。

「あー。その、えーと……」

「シュティーナ様？」

「ええと……うう……」

「あの……」

このままだと、四天王への畏怖と尊敬がガラガラと音を立てて崩れ去るのも時間の問題に見える。仕方がない。助け舟を出すか。

『魔将軍殿。見ての通りだ。我に一任頂いた魔力炉への魔力供給は、これにて完了した』

「はっ？　は、はい。ええ、ご苦労でした」

『こうして貴殿の負担を減らすのが我らの仕事だ。ディアネットも心配していた』

「……この子も？」

「はっ。あ、あの、僭越《せんえつ》ながら」

エルフ特有の長い耳をぴんと伸ばし、ディアネットがたどたどしく告げた。

「シュティーナ様が大変なのは存じ上げておりましたが、その……恥ずかしながら、いったい何をすれば貴方様《あなたさま》のお力になれるのか分からず、どうしたものかと困っておりまして」

「……」

「オニキス卿《きょう》のおかげで、魔力供給だけは我々でも代行できそうです。他にも何かお手伝いできることがあれば、何なりとお申し付け下さい」

「――そ、う。……そうね」

「？」

「おほん」

偉そうに一つ咳払いする。シュティーナは、少なくとも表向きはいつものペースを取り戻したようで、凛々《りり》しく指示を出した。

「わかりましたディアネット。大義でした。下がりなさい」

「はっ、はい！　失礼します！」

ようやく退室許可が得られて安堵《あんど》したのか、ディアネットがかすかな笑みを浮かべる。俺とシュティーナに深々と一礼し、ディアネットはぱたぱたと走り去っていった。

扉が完全に閉まったのを確認した後、

『どうだ。我のやったこと、理解して頂けたかな。魔将軍殿』

「まず、その喋《しゃべ》り方をやめなさい。《転身《メタモルフォーゼ》》も解きなさい」

『あいよ』

黒騎士の姿から元の姿に戻ると、さっきまで腰掛けていた椅子に座る。

その間、シュティーナはじっとこちらを見ていた。何も言わずとも、目が〝説明しなさい〟と言っている。何が起きたのかは大方把握しているのだろうが、やはり俺の口から聞かねば納得できないようだった。

「紫水晶《アメジスト》ですね？　使ったのは」

「そうだ」

シュティーナの言葉に頷いてやる。

「〝お前にしか出来ない〟というのが問題なら、そこを解決してやればよろしい。紫水晶《アメジスト》の護符で、誰でもお前の波長を真似できるようにする――作業者はディアネット含めて四人。タリスマンは予備も含めて六個支給。それだけあれば十分だろう」

懐《ふところ》から予備のタリスマンを取り出し、軽く振る。ころころと宝石が転がる音がした。

もしディアネットに渡したものが破損したり上手《うま》く動作しない時は、こいつを渡した上で俺も同行するつもりだった。宝石を加工するのは数年ぶりだったので内心ヒヤヒヤしていたのだが、どうやら杞憂《きゆう》だったようだ。俺の彫金技術もまだまだ捨てたものではないらしい。

「タリスマンの核となる、波長を記憶させた紫水晶《アメジスト》。これはもうゴブリンの彫金師たちに渡してあるから、残りのタリスマンもじきに出来上がるはずだ。今後、お前は定期的にディアネット達の報告を聞き、何か問題があった時だけ現地に向かえばいい。わかったか？」

「……むう」

「約束通りだ。二時間と三十分で、お前の仕事をほぼ永久に一つ減らしてやったぞ」

「……むう……」

反論しようにもなかなか言葉が出てこないようだった。

戦いにおいて重要なのは、相手の隙をつくことだ。

リーダーがやられて統率が乱れた隙。砦《とりで》の見張りが交代する一瞬の隙。大技を叩《たた》き込み、相手が必殺を確信した瞬間の隙を狙い、攻勢に転じるのだ。

それは人間関係においても変わらない。シュティーナが呆《ほう》けた隙をつき、俺はずっと言いたかったことを言うことにした。

「いいか。仕事ってのは一人でやるもんじゃない。いろいろな奴《やつ》が所属してる組織の運用ならなおさらだ。スペックの高い奴が単独で頑張るよりも、凡夫でいいから一人一人が自分に出来ることをやるだけでいい。それだけでだいたいの仕事はうまく運ぶもんさ」

もちろんこれは理想論だ。うまく運ばないときだってある。個人個人の能力が低かったり、そもそも人数に対して仕事の総量が多すぎる時とかな。

あれはいつだったか——前に少し商人ギルドの手伝いをしてやったことがあるのだが、あれは酷《ひど》かった。

とにかく仕事量が多すぎたのだ。二倍か三倍の人数がいないと到底こなせないような量の仕事がバンバン入ってくるもんだから、人は倒れるわ責任者は逃亡するわで散々だった。

　今でこそ世界各地に支部を持つ商人ギルドだが、当時は小さな港町から始まった弱小組織に過ぎず、運営のノウハウも皆無だった。無責任に仕事を取ってくる当時のギルドマスターを叩き出して俺が組織を立て直さなかったら、今の商人ギルドは存在しなかっただろう。

　そういう特殊なケースはともかく、今の魔王軍のように〝特定の誰かがいないと仕事が回らない状況〟というのは、組織を運営していく上で極力作ってはならないのだ。

　部下に仕事を教える。部下に仕事を任せる。いつ誰が組織を抜けても──極端な話、自分が明日死んでも組織が正常稼働《かどう》するようにする。それが幹部の役目だ。なまじっか能力があるばかり、シュティーナはそこのところを履き違えていた。

　全部やらなきゃ。私がやらなきゃ。私がいないと魔王軍は立ち行かない。

　そうではない。

　良《い》い意味で代わりはたくさん居るんだから、お前が全部やらなくてもいいんだ。そうやって支え合うのが組織というものだ。そういうことをずっと言いたかった。

　言いたいことがシュティーナに伝わったのかどうかは分からない。今の彼女はただただ、神妙な顔を俺に向けていた。

　随分と長い沈黙のあと、ようやく出てきた第一声は、

「なんで言ってくれなかったんですか？　ディアネットに仕事を教えたと」

「お前は心配性が過ぎる」

ズバリと言う。

「《遠見魔眼《ミラージュアイ》》で仕事ぶりを見ててわかった。慎重なこと自体は、べつに悪いわけじゃないが——もしお前にこのことを伝えたら、どうせ〝気になるからちょっと様子を見てきます〟とか言ってただろう」

「うっ」

「だいたい、今の魔王軍に居るやつはお前たちが直接面接して、能力を評価して採用したやつだろうが。そいつらを採用した自分を信じて、部下を信じて、仕事を投げろ。下についたやつを信じるのも上司の務めだぞ」

「……ずっと一人旅をしていた人の言葉とは思えませんけど……」

頬を膨らませてシュティーナが反論した。妙に子供っぽいその顔が面白く、つい笑ってしまいそうになる。

「いいんだよ俺は。人生経験豊富なんだから、たまの一人旅は許される。なにより、こうして結果を出したからな」

「人生経験ってあなた……いや。いえ！　そうです！」

黙り込み、俯《うつむ》きかけたところで、反撃の一手を思いついたらしいシュティーナがぱあっと顔を上げた。勝ち誇ったように人差し指を突きつけてくる。

「教育した部下に仕事を任せたのは良いとして――――彼らが仕事を頑張っている間、あなたがこの部屋で何の仕事もせずダラダラしていたのは事実です。怠惰！　たるんでいる！　これをどう説明するつもりですか！」

「心外だな。ダラダラと日光浴はしてたが、ちゃんと仕事はしていたぞ」

「へ？」

ぺらりと紙を突き出す。

それは――そう、一番最初にシュティーナから貰《もら》った、こいつが持っている仕事のリストだ。

書いてある内容自体は最初と変わらない。そのかわり、五十個の仕事それぞれに番号と注釈が振られており、更にその中の数個は赤マルで囲われている。

「後ろからずっとお前の仕事と胸を見ていてわかった。いくつか非効率的な部分がある――五十個のうち、いくつかの優先順位を再考案してやったから参考にしろ。詳細は横の注釈を読め」

「胸……？　いえ、ちょっと見せて下さい」

ひったくるように俺から紙を受け取り、上から目を通していく。

「ああ、それと」

俺は羽根ペンでぺしぺしと赤マル部分を叩き、強調した。

「赤い印をつけた七つ。これは今日からやらなくていい。魔力供給と同じように、暇そうな奴らを探してそいつらにやらせるとしよう」

「……出来るのですか？」

「出来るように教育する。それが上司の仕事だ」

「…………」

黙ってしまった。

いや、完全に黙りきってはいない——何かうんうん唸《うな》りながら、室内をウロウロと徘徊《はいかい》しはじめる。シュティーナはひどく複雑な表情を浮かべていた。

まあ、何を迷っているのかはだいたい察しがつく。俺はあえて部屋から出ず、のんびりと日光浴を楽しみながら遠くの山々を眺めることにした。

天気が良いこともあってか、昼下がりのセシャト山脈の見晴らしはなかなかに良い。ここが魔王城ではなかったら一流の観光地としても通用しそうだった。

「おっ。この部屋、少しだけど海が見えるんだな」

「……」

「知ってるか？　ベーメル海で採れるサーディン、刻んだオニオンと一緒に食うと絶品なんだぜ」

「……」

「それに比べてさっき食ったパンときたら！　悪いが、正直に申し上げてクソ不味《まず》かったからな。ここはひとつ、かつて調理ギルドにもスカウトされた俺の腕前を――」

「レオ」

　小粋なトークが遮られた。

　振り向くと、俯いて左右の指をからめ、何かを言わんと必死になっているシュティーナの姿があった。

「はい？　なんでしょう、《全能なる魔》、魔将軍シュティーナ様」

「その……ですから……」

「……」

「謝罪します。あなたのことを誤解していました」

　自責の念のこもったため息をつき、シュティーナが頭を下げた。

「おいやめろ。俺はやるべきことをやっただけだ」

「だから余計にです」

そっけない返事に怒り出すかと思いきや、食い下がる。シュティーナがコツコツと俺の正面にまわりこみ、じっとこちらの目を見つめてきた。

「私は面接時から貴方《あなた》につらく当たってきましたが、貴方はそれにもめげずにきちんと仕事をしてくれた。ここで礼を言わねば、四天王として示しがつきません」

「いいんだよ。お前が倒れたら魔王軍は立ち行かない……とは行かないが、確実に潰れかかる。残念ながらそれが真実だ」

書類が積まれた執務机に目をやる。シュティーナはこの数時間仕事にかかりっきりだったというのに、書類の量は一向に減っていなかった。

「魔王軍が潰れたら、今度こそ俺も行き場がない。それは困る。だからなんとかしただけだ。礼なんざする必要はない」

「可愛《かわい》げがないですね、もう！　人がせっかく素直に謝っているというのに！」

「だから一人旅だったんだろ」

我ながら説得力のある言葉だと思った。他人に愛想《あいそ》をふりまく才能があるなら——いや、昔は俺もそれなりに愛嬌《あいきょう》を振りまいていた気がするが——人間界を追い出されたりもしないし、一人で魔王を倒したりもしない。

可愛げがない。素直ではない。性根が捻じ曲がっている。これはもう性分なのだろうな。

「じゃあな。俺は次の仕事にかかる。なんかあったら呼んどくれ」

「はい。改めて、明日からよろしくお願いしますね。レオ」

「は」

俺の背中にかけられた言葉が予想以上に柔らかく、思わず振り向いてしまった。

振り向いた先には、微笑を浮かべたシュティーナが立っていた。複雑そうな、しかし確かな感謝と親愛の情をこめた笑みと共に、ぺこりと小さく頭をさげる。なんだ、かわいい顔も出来るんじゃないか。

「……はっ」

「ふふ」

頭をあげたシュティーナと目が合った。こちらも小さく笑い返し、執務室から退室しようとし――とあることを思い出した。

そうだ。こいつが素直になった今ならいけるんじゃないか？

「シュティーナ。一つ忘れていた」

「はい？　なんですか？」

「『お前を後悔させることは絶対にない』。その後に俺がなんて言ったか、覚えてるか？」

「は？」

小首を傾《かし》げ、シュティーナが記憶の糸を手繰る。

ちょっとした間があり、魔将軍の頬が紅色に染まった。……こいつ本当に淫魔なのか？　魔術に夢中になったあまり、淫魔としての経験はゼロとか、そういうアレなんじゃなかろうか？

俺は唇をつきだし、これみよがしに報酬を催促した。

「唇でもいいし、頬でもいいぞ。ああ、なんならベッドの上で、」

「――――出ていきなさいッ！」

気苦労がなくなった証拠だろう。今朝喰《く》らったものよりもだいぶ威力の強まった《百烈氷槍破《アイシクルランス》》が、再び室内で炸裂《さくれつ》した。

《全能なる魔》
魔将軍シュティーナ

(実)年齢……241歳

種族…………淫魔《サキュバス》

魔界出身の淫魔。幼い頃より天才魔道士と呼ばれ、魔界に伝わるあらゆる呪文を己のものとしてきた。

性格はとことん真面目で几帳面。頭は良いのだが想定外のトラブルにはめっぽう弱く、肉弾戦にも弱い。

軽薄で型破り、しかも剣と呪文どちらも使えるレオは天敵のような存在であり、色々な意味で相性が悪い。

好物はハーブティー。中でも安眠・リラックス効果のあるカモミールティーに目がない。

第三章　勇者vs獣将軍リリ

1．はじめてのおつかい（大惨事）

「いくよー！　みんないいかな？　いいよね？」

『ちょっと待て』

あわてて呼びかけるが、一段高い岩の上に立つ彼女には聞こえていないようだった。俺は人混みを強引に押し分け、前へ出ようとする。

押されたせいでつんのめりかけたオークが不機嫌そうに絡《から》んでくるのを《雷光撃《スタンボルト》》の一撃で悶絶《もんぜつ》させ、そのまま流れるようにボディブローを叩《たた》き込んで沈黙させる。ごめんよ！

君に構ってる暇はないんだ。それよりあの馬鹿だ。

「さん、にー、いちでスタートねー！　ずるっこはだめだからねー！」

『おい聞け。ちょっと待て！』

駄目だ。聞こえていない。

「さーん！　にーい！　いち！」

『──あああァ止まれ！　リリ！　このクソガキ！』

俺は黒騎士オニキス卿《きょう》としての口調も忘れ、あらん限りの罵り声をあげた。

「スタ────トっ！」

雄叫《おたけ》びと共に、獣将軍リリ配下の兵站《へいたん》部隊が一斉に駆け出した。

魔犬族が我先にと大地を駆け、巨鳥《ロック》族は翼を広げて空を飛び、その後ろをコボルトやゴブリンといった比較的身軽な獣人が、さらにその後ろをオークや巨人族といった鈍重な奴《やつ》らがのそのそと走っていく。

それらを圧倒的に引き離して先頭を独走するのがリリだ。実に元気で、非常に楽しそうだった。

遠巻きに見ていた農家の皆さんは、〝大丈夫なの？〟〝はやく帰ってくれない？〟と言いたげな、実に不満そうな目を俺に向けている。

『………………』

兵站部隊、もとい獣将軍リリの頭の悪さは、俺の予想の遥《はる》か上を行っていた。

ラルゴ海。

魔王城があるセシャト山脈を抱く、世界でも最大の大きさを誇る中央大陸。その中央大陸のはるか南東に位置する、全体の八割以上が謎に包まれた前人未到の海域と島々――それがラルゴ海だ。

もしラルゴ海の情報を集めたければ、それこそ適当な港町の適当な酒場に行き、適当な船乗りにエールを奢《おご》ってやるだけでいい。ラルゴ海のことが聞きたいと告げるだけで、中央大陸では採れない希少鉱石がいっぱいだとか、見たこともない生物が生息しているだとか、旧時代――俺達が日々お世話になっている魔術とはまた違う『機械文明』の遺産が眠ってるだとか、色々な話が聞けるだろう。信憑《しんぴょう》性はともかくとして。

そんな感じに、とにかくオトコノコの冒険心をくすぐるエリアなのだが、だからと言ってバカ正直に船で行くのはおすすめしない。

理由は簡単。死ぬからだ。

海域のあちこちに複雑な海流があって、足を踏み入れたが最後、二度と生きては出られない。しかも海域のあちこちに得体のしれない海竜・海獣が生息しており、仮に海流を凌《しの》いだとしても今度はそれらの相手をしないといけない。

船で近づく者は誰もいない。気ままに行き来できるのはせいぜいが渡り鳥くらいだ。

それでもなお、美しいラルゴ海に浮かぶ無数の島々の噂《うわさ》は、人々を魅了して離さない。

中には西方エルキアに匹敵する大きさの大陸まであると言われているが、結局はそれも噂に過ぎない。

だって、〝魔のラルゴ〟から生きて帰った者など、誰もいないのだから——

（まあ、ここにいるんだけどね）

そういうことで、俺は今ラルゴ海に浮かぶ島の一つに来ている。ここに来るのは何度目だったか……回数を忘れるくらいには来ている。

出力を弱めた《風刃》で南国の木の実——名前はココナッツ——を叩き割り、したたる果汁に肉厚の果肉を浸して食べる。甘ったるいジュースとほどよい酸味のある果肉が良《い》い感じにマッチして、疲れきった俺の頭を活性化させてくれた。

疲れている理由は言うまでもない。今まさにココナッツの匂いをかぎつけ、ちぎれんばかりの勢いで尻尾をぶんぶん振りながら天幕に飛び込んできた駄犬娘のせいだ。

「あーまって！　にいちゃん！　だめ！　あたしがあーんってしてあげる！」

木製スプーンごとココナッツをひったくられ、再度口元につきつけられる。勢い余り、果汁が俺の服をはじめとするあちこちに飛び散った。ああ、これベタベタするんだよな……。

「はい、あーん！」

「ありがとうな……」

「どういたしまして！」

リリがえっへんと胸を張ると、オレンジの髪から突き出た犬耳——いや、正確には狼《おおかみ》の耳なのだが——がぴょこぴょこと動いた。もちろん、その間も尻尾を一心不乱に左右へ振り続けているのだから、つくづく感情が分かりやすいやつだと思う。

俺がラルゴで何をしているのか？　断っておくと、リリと仲良く南国の新婚旅行を楽しんでいるわけではない。魔王軍を辞めてバカンスに来たわけでもないし、シュティーナに内緒でサボっているわけでもない。真面目な仕事の真っ最中だ。

なにを隠そう、ラルゴの住人と魔王軍は協力関係にある。この島だけでなく、ラルゴ海に浮かぶ島々のほぼ全てが、魔王軍の補給基地なのだ。

そして——

「せい！」

ココナツを素手で叩き割り、中のジュースをゴクゴクと飲みだすリリ。この野生児がこの責任者である。

なぜ秘境中の秘境たるラルゴが補給基地なのか、という部分にはちゃんとした理由がある。ラルゴの住人は人の世界との繋《つな》がりを絶ち、ひっそりとこの地に住んでいる竜人という種族で、彼らが魔王軍に全面協力してくれているのだ。

竜人族の情報は古い書物にしか残っていないだろうから、ちょっと説明しよう。

そもそもの話になるが、この世界には人間以外にも色々な種族が存在する。はるか昔は人間しか居なかったのだが、今から三千年ほど昔、魔王ベリアルを名乗る魔界からの侵略者が配下の魔族や獣人・亜人を率いてこの世界――人間界へ進撃してきた。

結果的にベリアルは倒され侵略戦争は終結したが、人と和解し、戦争後も人間界に残った魔界の住人は多かった。彼らの子孫と人が交わっていった結果、今やこの世界は人種のサラダボウルとも言うべき多民族社会を作り上げている。

狼人や蜥蜴《とかげ》人のような限りなく獣に近い獣人もいれば、エルフやドワーフのように人間に近い見た目を持つ亜人種もいる。

リリのように、殆《ほとん》ど人間と変わらないまま狼の耳や尻尾のような特徴を持つ奴らは半獣人《デミ・ビーストマン》と呼ばれるが、こういった分類はあくまで学術的な話だ。実際のところ、人間とそれ以外の種族の垣根は無いに等しい。あえて区別をつけないといけない時以外は、みんな同じ『ヒト』扱いだ。

街に出てみれば分かる。人間の行商人が風呂敷《ふろしき》包みを広げる横で、ドワーフの武器職人とリザードマンの宝石商が談笑している。サキュバスの娘が酒場で男を物色していると、毛むくじゃらの狼人が彼女に馴《な》れ馴れしく声をかけてビンタを喰らっている。それが現在の世の中だ。

ラルゴの話に戻ると、いまラルゴに住んでいる竜人族も、ほんの百年ほど前まではこの輪の中に居て、中央大陸で仲良く暮らしていた。

竜人の見た目は殆ど人間と変わらない。リザードマンのような『トカゲ人間』というわけでもなく、言われなければ普通の人間と間違えてしまうくらいだ。

人間との差異と言えば、竜の力の一端として高い魔力を有することと、鋼鉄よりも硬い竜鱗《ドラゴンスケイル》が身体《からだ》の一部を覆っていることくらい。

だが、この竜鱗《ドラゴンスケイル》こそが彼らの不幸のはじまりだった。

本来ドラゴンを討伐するには国家規模の戦力が必要だ。それゆえに竜の鱗《うろこ》は極めて高価な素材として扱われているし、めったに市場にも出回らない。

だが、どこかのあくどいクズが気付いてしまったんだろうな。『危険を冒してドラゴンを狩らなくても、竜人族を狩れば竜鱗《ドラゴンスケイル》が手に入るじゃないか』ということに。

彼らは竜人族の子供を次々と誘拐し、竜鱗《ドラゴンスケイル》を剝ぎ取り、武器商人に売り払った。人間で言えば生爪や生皮を剝がされるようなものだが、圧倒的な儲《もう》けが全てを正当化した。

時には国がらみで竜人族の村を襲撃するなんてことまで起こり——これには温厚だった竜人達も激怒した。彼らは徒党を組み、欲深い武器商人どもと彼らを裏から支援していた軍事国家ネフタルをまるごと一つ滅ぼしてしまった。そして南方のラルゴ諸島へ一族ぐるみで隠匿することとなったのだ。

海を渡るにはやはり相当な危険があったようだが、それでも彼らは中央大陸を出た。それほどまでに他種族との関わりを断ちたかったのだろう。

そんな経緯があるものだから、竜人族がほか種族に……とりわけ人間に対して抱いている恨みは相当なものだ。

彼らは魔界から侵攻してきたエキドナを歓迎し、魔王城とラルゴを結ぶ《転送門《ワープポータル》》の設置を許可した。それればかりか、魔王軍が持ち寄る多少の資源と引き換えに様々な物資の提供を約束してくれた。俺もこうして魔王軍入りしてはじめて知ったことだが、ラルゴの竜人の支援があったからこそ、魔王軍は人間界で戦い続けることができたのだ。

「あのねあのね、畑でにんじんも貰《もら》ったの！　たべる？」

「いや、俺はいい」

「ふーん？」

リリが生でバリボリと人参《にんじん》を齧《かじ》りだした。

こんな具合に、たとえば農作地を尋ねれば新鮮な野菜がどっさりと手に入るし、沿岸部を尋ねればナマで食っても美味《うま》い獲れたての魚が山ほど貰える。それだけではなく、竜人の集落に行けば武器や防具、霊薬、毛布に衣服といったあらゆるものが手に入る。

食糧、装備、その他もろもろ。ここラルゴ海域とそこに浮かぶ島々は、まさに魔王軍の生命線というわけだ。俺は思わず唸ってしまった。

「竜人族か。そりゃあ、そう簡単に恨みは晴れないよなあ」

「ほあ？　なにが？」

「いや、ちょっとな。よく噛《か》んで食えよ」

リリの口の端っこについた人参の皮を取ってやりながら生返事する。

貿易という面で考えれば、魔王軍との取引で竜人族《彼ら》が得することは殆ど無いのだろう。そりゃあ確かに、魔王城のある中央大陸と南海のラルゴでは採れる資源が違う。中央大陸でしか採れない魔力鉱石、中央大陸でしか採れない薬草を使ったポーションなんかもあると言えばあるし、シュティーナはそういった品を優先的にピックアップしてラルゴとの貿易に用いていた。

だが、それらの大半はラルゴでも代用品が作れるレベルで、凄《すさ》まじく貴重な品というわけではない。ぶっちゃけた話、得をしているのは魔王軍ばかりなのだ。にも拘《かかわ》らずラルゴの住人は俺たちへの全面協力を崩さないのだから、彼らが抱く恨みがどれだけ激しく、そして根深いものなのか分かろうというものだった。

そういった事情を知ってはじめて、俺の目の前で二本目の人参にかぶりつくバカ娘が兵站部門に配備された理由を理解できた。

なにせここまで環境が整っているのだ。あとはもう簡単なおつかいでしかない。

村々を周り、シュティーナが予《あらかじ》めリストアップしておいた物資と物資を交換する。部下総出でそれらをポータルまで運搬し、ポータルを通じて魔王城の倉庫へ運び込む。

規模こそ大きいが、やることは子供のおつかいだ。しかもリリの配下には様々な獣人・亜人・魔獣どもが揃《そろ》っているから、業務の効率化もしやすい。

巨鳥族《ロック》は空が飛べるから、船を待たずとも別の島々に用意された物資を回収してこられる。巨人族の腕力なら、穀物や野菜を入れた木箱も軽々と運搬できる。

数量指定や現地挨拶をはじめとする交渉はゴブリンのような賢い亜人に任せればいい。魔犬族にソリでもひかせれば、脚の遅い亜人達でも島中に点在する村々をラクに移動できるだろう。

適材適所で運用すれば、それこそ一日で物資の運び込みは完了するはずだった。

適材適所で運用すればな！

「はあああ」

「どうしたの？　おなかいたい？」

「頭が痛い」

「――たいへん！　まってて！」

いや、本当に痛いわけじゃなくてね……と俺が付け加えた時には、既にバタバタと天幕を飛び出していったあとだった。外から元気な声が聞こえてくる。

「薬！　くすり持ってるひとー！」

「はあああ」

何の話だったか……適材適所だ。さすが野生児というかなんというか、リリはそういった適材適所の運用をまったくしていなかった。

見ててね！　あたしの仕事っぷりを見ててね！　自信満々にそう言い放った彼女は、招集した部下たちに「誰が一番はやく物資を運んでこれるか競走ね！」と指示を出し、唖然《あぜん》とする俺の目の前で〝チキチキ！　魔王軍・かけっこ大会〟を始めたのだった。

一度にどれくらい運べばいいんですか――比較的賢明なコボルト君はそう問うた。比較的賢明ではない獣将軍閣下は両腕を大きく広げ、「いっぱい！」と仰《おっしゃ》った。

一往復で終わりでいいんですか――別のゴブリンがそう尋ねた。遊び盛りの獣将軍閣下は「きょうはそれで終わりで、のこりは明日やろう！」と仰った。

言わせてくれ。

こんな調子で仕事が終わるわけねーだろ！

こんな！　調子で！　仕事が終わるわけねーだろ！　バカ‼

長くとも二日で終わるはずの補給作業は既に六日目に突入し、魔王城のシュティーナからは『物資不足で兵士の訓練が滞っている』と連絡が入っていた。

現地住民――竜人の皆さんからも大量のクレームが届いている。そりゃあ、あれだけの軍団が秩序なしに移動すれば文句も出るよなあ……。

とりあえず部隊をいくつかに分けてあちこちの村に置き、農家の手伝いなどをさせてお詫《わ》びとしているが、こんなの焼け石に水だろう。

率直に言って帰りたい。シュティーナかメルネスかエドヴァルトの仕事を手伝いたい。

「俺が……俺が指揮すれば、容易に終わるが……」

駄目だ。それではリリのためにも、軍団のためにもならない。

俺とて、ずっとここにつきっきりで面倒をみられるわけではない。リリが一人でこの仕事をこなせるようにするには、俺がなんとかして、

『組織のために納期を守ろう』

『みんなで協力して効率よく作業を進めよう』

『現地の人にめいわくはかけないようにしよう』

みたいなことを教えてやるほかないのだ。

さもなければ、兵站《へいたん》部隊は永久に今の生活を続けることになるだろう。いや、その前に補給不全で魔王軍が潰れるか、竜人の皆さんからのクレームによって業務提携を解消される可能性のほうが遥《はる》かに高い。そうなれば魔王軍は即おしまいだ。

「かと言ってなあ～。業務効率とかそういうのをバカ正直に子供に説くか？　それでこの状況が改善するか？　無理だろ……」

頭を抱える。シュティーナの時と違い、子供には〝理〟が通じないから困る。

いっそ、子持ちの竜人さんに『たのしくお勉強させるコツ』でも聞いてくるべきだろうか。外からは未《いま》だにリリのうるさい声が聞こえてくる。

「おくすりもってる人ー！　にいちゃんが大変なのー！」

「いい子ではあるんだよなぁ……」

リリの良《い》いところは、俺の言うことは（理解できる内容なら）聞いてくれるし、俺の為《ため》ならばどこまでも真摯に頑張ってくれるところだった。

はあ。俺を気に入ってくれるのは嬉《うれ》しいんだが、その情熱の半分、いや、一割でも仕事に向けてくれれば――。

ピンと来て跳ね起きる。

「……………これだ！」

うん、うん。頭の中で作戦を描く。島中に軍団が散らばっている今がチャンスだ。

子供を納得させるのは、言葉ではない。経験だ。成功経験が人を育て、楽しかった経験が人を惹《ひ》きつける。『協力して仕事をするのは楽しい』という経験をさせてやればいいわけだ！

俺は思いついた計画を即座に実行へ移すべく《獣召喚《サモンビースト》》の呪文を唱え、お目当ての動物を足元に呼び出した。

――

数分後、リリがバタバタと天幕に戻ってきた。

「にいちゃんごめんね！　遅くなっちゃった！」

「……」

「にいちゃん？　だいじょうぶ？」

「……」

「あたまいたい？」

返事が無いのを訝《いぶか》しみ、ゆっくりと倒れ込んだ俺に近寄ってくる。ぺたぺたと歩いてきて俺の顔を覗《のぞ》き込み——驚きのあまり目をまんまるに見開く。

「……！　！」

果たしてそこには——猛毒に冒され、顔を赤紫色に染め、荒い息を吐く勇者レオの姿があった。

俺を噛んだ毒蛇、エルキアマダラヘビがリリの足元をすりぬけ、しゅるしゅると逃げていった。

2．ダメな相手には何をやってもダメ

——頼む。頼むぞ。マジで頼む！　今度こそうまく行ってくれ！

もはや祈るような気持ちで懇願する。俺が用意した試練はこれで最後だ。ここでリリが苦戦してくれないと、今日やったことは全て無駄になってしまう。

いやいや、大丈夫だ。今度こそ大丈夫。だって全部で十二個も試練を用意したんだぞ。そのことごとくをあっさりと突破されるなんて、そんなことあるわけがない。あるわけが——

『おりゃあああああ！』

あああ、突破しやがった！

必死の祈りも虚《むな》しく、十二個目の試練こと『部下のみんなと協力しないと倒せない超大型泥巨人《クレイゴーレム》』は、リリ一人の手によって爆発四散を遂げた。

俺のかけた《難問結界《リドルルーム》》の呪文も解除され、先に進めるようになる。リリが嬉しそうにこちらを振り返った。

『やったー！　詩人のおじさん！　倒したよー！』

「ああ、うん。倒しちゃったね……」

『じゃああたし、急いでるから！　またね！』

「そうだね……」

去っていくリリを見送る。俺の計画は完全に失敗した。

どうしてこうなった。いったいどこで間違えた。

何故《なぜ》こうなったのか説明させてくれ。言い訳をさせてくれ――

――

時間を戻す。そうだな、俺がヘビに噛《か》まれた直後あたりがいいだろう。

俺だって考えなしに毒ヘビを呼んだわけではない。あれにはちゃんとした理由があった。

「——にいちゃーん⁉」

持ってきた頭痛薬をほっぽりだし、リリが両手で俺の身体を揺さぶった。

俺を噛んだエルキアマダラヘビは彼女の足元をぬけ、しゅるしゅると天幕の外へ逃げていく。

「リリ……あ、あの蛇……は」

「あたし知ってる！　ヒトカミコロリ！　ヒトカミコロリだよ！」

そう、エルキア出身のこいつはエルキアマダラヘビの恐ろしさをよく知っている。一度噛まれれば高位の聖職者でも解毒《げどく》は困難、わずか数時間で全身が赤紫色になって死ぬ、ひと噛みで人を殺す猛毒ヘビ——ついたあだ名が『ヒトカミコロリ』。

俺が召喚したこのヒトカミコロリ様こそが、リリを成長させるキーアイテムだった。

「助けてくれ……ど、毒が回って死にそうだ……」

「にいちゃん！　しっかり！」

「もうだめだ。流石《さすが》の俺でもあと半日くらいで死ぬ気がする……」

「死なないでー！」

——筋書きはこうだ。まず、猛毒に冒されて死にそうな俺をリリが発見する。

この猛毒の治療法は二つ。高位の術者を呼んできて《清浄光《クリアランス》》を使うか、西の山に生えているラルゴ諸島特有の薬草を使うか。

ただし。

「ね、シュティーナ！　シュティーナなら治せるよね?!」

「無理だ……誰かが《転送門《ワープポータル》》をブッ壊しやがった。城には当分戻れねえ……！」

「わわわ……あわわわわ……」

この通り、前者の選択肢は封じてある。今この付近に《清浄光《クリアランス》》が使えるような聖職者が居ないのも確認済みだから、こいつは薬草を取りに行くしかない。薬草が生えている西の山までは結構な距離があるが、リリが本気を出せばお散歩感覚で薬草をゲットできることだろう。

だがバカめ、そう簡単に行くか！　西の山へと繋《つな》がる道には無数の試練を設置済みよ！

たとえば土精霊《ノーム》の力で生み出した大クレバス。これは巨鳥族《ロック》や妖鳥族《ハーピー》の協力を得ないとまずクリアできない。仲間との連携がキモになるだろう。

あるいは火精霊《サラマンダー》の力で生み出した豪炎の回廊。これは氷結呪文を使えるコボルトやゴブリンの呪術師を連れてきて、間断なく呪文を浴びせないと通れない。

そして極めつけは、指定条件をクリアしないと出られない結界に相手を閉じ込める拠点防衛呪文、《難問結界《リドルルーム》》。いくつかの試練にはこいつを採用した。例えば一番最後、十二個目の試練は、全高百メートルはある超大型泥巨人《クレイゴーレム》を倒さないと結界からは出られない。ゴーレムの弱点は後頭部だ。確実に後頭部を叩《たた》くには、〝部下に足止めさせ〟、〝その間に巨鳥《ロック》族に乗って空を飛び〟、〝ゴブリンと妖鳥《ハーピー》族の弓兵部隊が矢を射掛けて怯《ひる》んだ一瞬のスキをつき〟、〝リリが後頭部に一撃を食らわせる〟――という連携が必要になる。

こんな具合の難題が全部で十二個。いずれもリリ一人では対応困難だが、部下と協力すればちゃんと突破できるものばかり。

この試練を通じ、リリに部下との連携を学ばせる。それが今回の狙いだった。

なお、ラルゴ諸島と魔王城を繋ぐ貴重な《転送門《ワープポータル》》を誰が壊したのかについてだが、これはさほど重要ではないので割愛する。いいんだよ後で直せば。いいんだって。

「――薬草ね？　薬草もってくればいいのね！」

「ああ頼む、西の山だぞ……もう目も霞《かす》んできた」

「わかった！　大丈夫、あたしの脚ならすぐだから！」

「ああ、信頼してる」

バタバタと天幕を出ていこうとして、再度戻ってくる。

「西ってどっち？」

「……あっち」

「まかせて！」

今度こそ出ていく。

即座に自前の《清浄光《クリアランス》》でさっさと解毒を済ませ、獣召喚を切ってどこかへ行ってしまったヘビを消去する。

そして、上空に浮かべた《遠見魔眼《ミラージュアイ》》でリリの様子を見守ることにした。

――

「西の山の薬草……西の山の薬草……！」

追尾する《遠見魔眼《ミラージュアイ》》にも気づかず、ものすごい勢いでリリが走っていく。暖かな日差しに満ちた野を駆け、小川を跳び越え、木の枝をジャンプ台のようにして勢いをつけ、更に加速する。

この時点でもうかなりのスピードだ。全力疾走中のこいつに追いつけるのはせいぜい鷲獅子《グリフォン》くらいだろうが、まだ本気ではない。こいつにはまだ先がある。

ふいにリリの全身が輝いた。淡い光が全身を覆っていき、光が激しく明滅する。ふいに狼《おおかみ》の唸《うな》り声が聞こえ、光が晴れた。

『――西の！　山の！　薬草！』

そこに立つのはリリではない。真っ白な毛並みを持つ巨大な狼だ。がっしりとした四肢で地面を踏みしめ、矢のように走り出す。

こうなると速度は桁違いだ。文字通り飛ぶような勢いで大地を駆けていく。すれ違った竜人の親子が目を丸くするのが《遠見魔眼《ミラージュアイ》》越しに見えたが、まばたき一つしない内に親子は遥《はる》か彼方《かなた》に遠ざかり、次の瞬間にはそれすら黒い点となって地平線に消えた。

神狼《しんろう》フェンリル。

リリの故郷、エルキア大陸の守り神として古くから伝わる、巨大な狼。

何故あいつがそんな大層なものに変身出来るのかは知らない。あいつの部族全員がフェンリルになれるのか、それともリリ特有のものなのかも分からない。ただ一つ確かなのは、早くも彼女が最初の試練に到着したということだけだった。

『む……！』

西の山に繋がる唯一の洞窟。その入り口は今や、魔術で生み出した巨岩にすっぽりと塞がれている。

当然ながら俺の仕業だ。あの巨岩には物理衝撃をほぼ百パーセントカットする防御呪文、

《絶対物理防御《インビンシブル》》をかけてあるから、物理攻撃で破壊するのは不可能に近い。

《絶対物理防御《インビンシブル》》は〝効果対象が移動できなくなる〟デメリットを併せ持っているが、現状ではそのデメリットがメリットとして働いていた。なにせ、今やどんな力持ちでもあの岩を動かすことはできないのだ。

この試練を突破するには呪文を使える部下を連れてくるしかない。一見無理でも仲間に頼ればなんとかなる――まずはそこに気づかせるのだ！

『この岩、壊せないやつかな……？』

フェンリルが巨岩にガツガツと体当たりする。当然、無駄だ。弾《はじ》き返される。

『やっぱり！　壊せないやつだ！』

何度も何度も繰り返し体当たりする。さすがのリリもこの岩が普通ではないことに気づいたようだった。よしよし、いいぞ。ここまでは狙い通りだ。

『んもう！　いそいでるのに！』

フェンリルが何度も何度も体当たりを――だから、おい、無駄だってば！　物理攻撃じゃ突破できないことくらい分かっただろ……！　近くの村へ戻って、呪文を使えるコボルトやゴブリンどもを連れてこい！

憤《いきどお》る俺の声は届かない。フェンリルは愚直な体当たりを続けるばかりだ。

――リリが正解に気づくまで少し話題を変えると、誰だって最初は初心者だ。どんな大魔道師も最初は《薄明《ディム・ライト》》からはじめただろうし、どんな剣士だって最初はへろへろの斬撃しか繰り出せなかっただろう。

はじめてやることは失敗して当たり前。教わったことがないことをいきなり上手《うま》くやれないのは当たり前。

じゃあどうやって人は成長していくのかというと、それはひとえに『経験の蓄積』に外ならない。

〝ああ、自分にはこんなことができるんだ〟

〝ああ、こういう風にやってみると楽なんだ〟

いろいろな経験をするうちに、そういった小さな気付きが積み重なり、人は徐々に成長していく。それまで出来なかったことが出来るようになっていく。リリに課したこの『巨岩の試練』は、まさにその〝気づき〟が狙いだった。

自分ひとりでは時間がかかることも、皆で協力すれば早く終わる。そこに気づいてくれれば、リリもきっと部下との連携を意識するようになってくれるだろう。そうすれば、

『あ！　いけそう！』

――なんだって？

《遠見魔眼《ミラージュアイ》》に目を戻した俺は信じがたいものを見た。

洞窟の入り口を塞ぐ、破壊不可能なはずの巨岩……その表面に、小さな、しかし確かなヒビが入っていたのだ。

いやいやいや、待て待て待て。ありえないだろ！

《絶対物理防御《インビンシブル》》だぞ！　物理衝撃をほぼ百パーセントカットするんだぞ。おかしいだろ！

いや、わかる。〝ほぼ〟百パーセントだから、厳密に言えば九十九パーセントとか九十八パーセントとかそういう感じになるんだろうが、それでも体当たりのような純然たる物理攻撃には〝ほぼ〟無敵と言っていい。このバカ、ちょっと目を離した間にどれだけ体当たりしたんだよ！

『もうちょい……もうちょい……！』

もうちょいじゃねーよ！　やめろ！　ほんとにやめろ！

フェンリルが繰り返し体当たりする。爪を立て、牙をくいこませ、グリグリと捩《ね》じ込んでいく。その度にヒビは徐々に大きくなり、巨大な亀裂と化していった。巨岩がミシミシと頼りない悲鳴をあげた。

『もうちょい！　もうちょい！』

やめてくれ……！　これはそういうやり方でクリアしちゃいけないんだよ！　魔眼越しに呼びかけるが、当然、遠く離れたフェンリルに俺の声が届くわけもない。どうするべきか……数秒ほど熟考した末、俺は賢明なる獣将軍閣下が考えを改めてくれることに賭けた。

ほら、いいから諦めて近くの村に行こう。君の脚なら走って一分もかからないし、部下のコボルト呪術師部隊だって常駐してるよ。

その岩だって、呪文を叩き込めば一発だから。呪術師のみんなを呼んでこようじゃないか。みんなで協力して一緒に試練を乗り越え、『わっしょ——い！』　ああああ壊された！

《遠見魔眼《ミラージュアイ》》の映像が一瞬ブレるほどの轟音《ごうおん》が響き、巨岩が砕け散った。もうもうと立ち込める土煙の中、脳みそが筋肉で出来ている神狼が満足げにひと吠《ほ》えし、薄暗い洞穴にひょいと身を投じる。

ウソだろ……こいつ一人でクリアしやがった……部下との連携とか無しで……。

——思わず呆《ほう》けてしまったが、気を取り直す。洞窟内に配置した第二の試練、あれは一筋縄ではいかない。今度こそ大丈夫だ。

『む！』

薄暗い洞窟内でフェンリルが足を止めた。

彼女の視線の先。狭い洞窟いっぱいにひしめき道を塞いでいるのは、巨大な緑色のスライムだ――その数、数十体。

当然、これも俺が配置したものである。このスライム軍団、一見すれば動きが遅く、毒なども持ってなさそうに見えるだろうが、正解だ。こいつらに戦闘力はない。ただひたすらに図体《ずうたい》がでかく、通路を塞いでいるだけのでくのぼうだ。

フェンリルもそれに気づいたのか、迷わず前脚の爪を振るった。鋼鉄の剣よりも鋭い切れ味のそれはスライムをバラバラに切り裂き、バラバラに四方へはじき飛ばした……のだが。

『ふおっ⁉』

フェンリルがぴんと尻尾を立てて警戒した。はじけ飛んだスライムの欠片《かけら》すべてがぶくぶくと膨れ上がり、瞬《また》く間《ま》に数十体の新しい巨大スライムへと姿を変えたからだ。

見たか！　これこそ俺の用意した第二の試練。〝無限増殖スライム〟だ！

『もー！　なんで！　増えるの！』

フェンリルが唸り声をあげてスライムを叩き潰しているが、スライムの数は全く減らない。どころかどんどん増えていっている。

（無駄なことを。それじゃあいつまで経《た》っても洞窟からは出られないぞ）

先に正解を言ってしまうと、こいつらは別に無敵というわけではない。目のいい奴《やつ》なら気づいただろう——最初の数十体の中に、一体だけ極小の赤いスライムが紛れ込んでいたことに。あれがスライム達の本体《コア》だ。

周囲の巨大スライムは全てダミー。赤い本体《コア・スライム》さえ潰せば一発で終わり、ということだ。

魔眼を通じた映像の中では、未《いま》だにフェンリルが鋭い爪による死の舞踏を披露し、そのたびに凄《すさ》まじい勢いでスライムが増え続けている。

『なんで！　増えるのー！』

リリは未だに仕掛けに気づいていない。彼女一人で洞窟を埋め尽くす数百体の中から正解の一体を探し出すのは困難を極めるだろう。というか、まず無理だ。

迅速にクリアするには知覚能力に長《た》けた部下を連れてくるのが一番手っ取り早いはずだ。カンが鋭く闇でも目が利《き》く猫獣人《フェルプス》あたりなら、薄暗い洞窟の中でも正解のスライムを一発で見つけられる。

あるいは氷結呪文が使える部下を連れてくるのもいい。スライム達は粘体の宿命として凝固に弱いから、凍らせてから砕いていけばそのうち『たおせたー！』——あああああ⁉

慌てて《遠見魔眼《ミラージュアイ》》に目を戻すと、洞窟内のスライムはものの見事に全滅していた。

なに？　こいつ何をした⁉

意気揚々と洞窟内を駆けていくフェンリル。俺はそれをよそに魔眼が記録した過去映像を呼び出し、再生し——思わず目を覆ってしまった。

三十秒前。

フェンリルが攻撃するたび、狭い洞窟内でスライムが増殖していく。

二十秒前。

増えすぎたスライムが本体の赤スライムをギュウギュウに圧迫している。

十秒前。

圧迫されるあまり、赤スライムが潰れかけている。

五秒前。

とうとう赤スライムがグチャリと潰れてしまった。途端に残りの全スライムが爆発四散し、フェンリルが勝利の雄叫《おたけ》びをあげた。

「…………」

——

「——お待ちなさい！」

『む！』

俺の制止に応じ、フェンリルがぴたりと停止する。

ギャリギャリと地面を爪でえぐり、クレバスへ落下する直前で白い巨体が停止した。

「いやあよかった。あなた、危うく崖底へ真っ逆さまでしたよ。ご覧なさい、この高さ」

『うぉお……』

奈落の底を覗《のぞ》き込み、完全獣化時特有のやや変質した声でリリ＝フェンリルが身震いした。白い尻尾がへろへろと力を失い、後ろ脚の間に垂れ下がる。

ここは第三の試練の場。俺が土精霊《ノーム》の力で生み出した大クレバスだ。俺とフェンリルが立っている崖の反対側——向こう岸にかすかな道が見える。あの道しか西の山に続くルートは存在しないし、当然、橋などもかかっていない。

遥《はる》か谷底には、ごうごうと音を立てる流れの速い川がうねっている。本来は地中を流れる地下水脈だったのだが、俺がクレバスを作った過程で地上に露出したものだ。

崖から落ちて川に流されてもフェンリルなら死にはしないだろう。が、この川は最初の洞窟の入り口近くまで流れているから、もし流されればかなりのタイムロスになるのは間違いない。

見ての通り、こいつは巨鳥族《ロック》や妖鳥族《ハーピー》の協力を得て対岸に渡る試練だ。フェンリルの脚力で助走をつけて跳んだとしても、対岸にはまず辿《たど》り着けまい。

力押しでは絶対にクリアできない試練――今度こそ俺の目論見《もくろみ》は成功するはずだ。

『おじさん、だれ？』

「おっと、申し遅れました。私は旅をしているゴッドハートという者です」

芝居がかった口調で挨拶し、頭を下げる。

言い忘れたが、今の俺は《変装《ディスガイズ》》で旅の吟遊詩人に化けている。大きな帽子を目深《まぶか》に被《かぶ》り、弦楽器《リュート》を背負い、いかにも旅人ですといった服装に身を包み、顔や体格も《変装《ディスガイズ》》で弄《いじ》っている。リリは魔術感知方面はからきしだし、レオだとバレることはないだろう。

もはや形振《なりふ》り構ってはいられない。多少わざとらしくても、この試練の本質をリリに気づかせなくては……！

ジャラーン。俺はわざとらしくリュートをかき鳴らすと、さも残念そうに口にした。

「ああ、それにしても口惜《くや》しい。私に空を飛べる仲間がいれば！　そう、例えば――巨鳥族《ロック》や妖鳥族《ハーピー》の仲間が一人か二人もいれば！　彼らと協力し、ゆうゆうと向こう側に渡れるのですが……！」

『仲間……協力！』

フェンリルの真っ白な耳がピンと立った。よかった！　どうやら、リリもようやく正解に辿り着いてくれたらしい！

「一人では突破できない障害も、皆でやれば突破できる。そうは思いませんか？」

『そっか……そっかあ。うん、そうだよね。うん、うん！　よーし！』

神狼《しんろう》がぶんぶんと首を縦に振り、俺を跳び越える形で大きくジャンプした。駆け出そうとしたところでピタリと止まり、こちらを振り向く。その尻尾は嬉《うれ》しそうにぶんぶん振られていた。

『ありがとうゴッドさーん！　あたし、みんなに相談してみるねー！』

「おや、そうですか。お気をつけて」

俺が手を振る頃には、フェンリルは猛スピードで来た道を引き返していった後だった。

白い巨狼の姿が完全に見えなくなったのを確認してから、大きく息を吐いてその場に座り込む。

いや、よかったよかった。強引な……かなり強引な軌道修正だった気もするが、結果良ければ全て良しだ。これでリリも『部下との連携が大事』だと気づいてくれることだろう。気づいてくれたなら、あとは反復練習で連携のクオリティを上げていくだけだ。

そう、反復練習。仕事・遊びに拘《かかわ》らず、何事にも〝上手《うま》い奴〟と〝下手な奴〟が居る。

下手な奴からすれば、たとえ一生かけて練習しても上手い奴には絶対に勝てないように感じるだろう。あいつらには才能があって、自分には才能がない――そう感じるだろう。

だが違う。違うのだ。

上手い奴らは経験が多く、慣れているだけ。下手な奴は経験が少なく、不慣れなだけ。

多くの場合はただそれだけだったりする。世の中のだいたいのことは――時間とやる気さえあれば――経験値で補えるケースが非常に多い。

ゆえに、新人に仕事を覚えさせたいならとにかく仕事を回し、経験を積ませてやった方がいい。

「ミスってもいいから、まずやってごらん」

その一言が重要なのだ。リリについても同じことが言えた。

（リリにはこれから色々な経験を積ませてやろう。ミスは俺がカバーして、のびのびと指揮をやらせて、指揮官として大成させよう）

たくさんの部下に的確な指示を出す将来のリリを想像し、ちょっと口元が緩んだ。

あいつはいま何歳だっけ。十一歳？　十二歳？　何にせよ、四天王の中でもダントツで若いのは確かだ。今から経験を積ませていけば、それは立派な――。

――ばしゃばしゃ。

水音が俺の思考を中断させた。

まるで、川を何かが泳いでいるような音だった。

「あ？」

嫌な予感がして谷底の川を覗き込み、そうしたことを即座に後悔した。本日何度目か分からない絶句を味わう。

「……」

勘弁してくれ。下流から……デカい狼《おおかみ》が泳いでくる……。

『――ゴッドさーん！』

谷底で狼が何か言っている。聞きたくない。

『――みんなに相談したらねー！　下から泳いで行けばいいんじゃないかーって教えて貰《もら》えたの！　ほら！』

谷の底。下流からひたすら川を泳いできたフェンリルが向こう岸に張り付き、誇らしげに尻尾を振った。そして、ああ、嘘《うそ》だろ。そのまま崖を垂直に駆け上がっている……。

みるみるうちに百メートル近い崖を登攀《とはん》しきったフェンリルは、あっさりと崖の向こう側、西の山へ続く唯一の道に辿り着いてしまった。

すさまじくイレギュラーな攻略法だった。俺が期待した巨鳥族《ロック》の出番も妖鳥族《ハーピー》の出番もなかった。

『ゴッドさーん！　ありがとー！』

ぺこりと頭を下げるような動きをする。

『アドバイスのおかげで、すごい上手くいきました！』

「ああ……うん……」

『じゃああたし、いそぐので！　またね！』

「ああ……」

しっぽを振って走り去るフェンリルの背中を、俺はただ見送ることしか出来なかった。

――

その後も無様極まりない失敗は続いた。

第四の試練『離れたところにある十個のスイッチを同時に押さないと開かない扉』は、人間態に戻ったリリの正確無比な投石によって失敗。

第五の試練、火精霊《サラマンダー》の力で生み出した灼熱《しゃくねつ》の洞窟も、フェンリルの執拗《しつよう》な咆哮《ほうこう》によって火精霊《サラマンダー》が怯《おび》えて逃げ出してしまい、ただの洞窟に逆戻り。失敗。

失敗。失敗。

失敗失敗失敗失敗失敗。

「…………だめ、だ…………」

最後の試練の泥巨人《クレイゴーレム》を倒された後。

一足先に魔王軍のキャンプ地に帰ってきた俺は、そのままバッタリと気絶してしまった。

今回の俺の策は、完全なる失敗に終わってしまった――。

3. ちょっとした気付きが仕事の効率を上げる

「――はッ⁉」

がばりと身を起こす。疲れのあまりいつの間にか寝入ってしまったようだった。

枕元にはすりつぶした薬草を湯で溶いたと思《おぼ》しき黄色い汁。俺の口元にも同じものが付着している。

天幕の外は既に明るい。すっかり朝になっていた。

「レオにいちゃん！」

山盛りの薬草をほっぽって飛びついてくるリリを適当にあしらいながら、昨日のことを思い出す。

ああ、そうか。帰ってくるなり気絶してしまったんだった。覚めない悪夢でも見ていた気分だ。いや、俺があんな無様を晒《さら》すなんて、いっそ夢であってほしい。

「取ってきてくれたのか、薬草」

「うん！　元気になった？　元気になったよね？」

「あー……うん。なったなった。ありがとう」

「うぇへへへ」

頭を撫《な》でられ、くすぐったそうに喉を鳴らす。人の苦労も知らずに良《い》い気なものだ。

リリはしばらくゴロゴロ言っていたが、不意に何かを思い出したように立ち上がった。

ぱたぱたと部屋の隅に駆けていき、何かを落書きした紙を持って戻ってくる。

「それでね、昨日お出かけした時に、あたし思いついたんだけど」

「なんだ」

「お仕事、こういうふうにやってみちゃダメかなあ？」

「……ああ？」

紙に描かれた内容を確認し――俺は良い意味で言葉を失った。そこに描かれているのは、まさに俺が試練を通じてリリに気づかせようとしたことばかりだったのだ。

巨人族が重い物を運び、巨鳥族《ロック》が空を飛んで離れた島へ物資を回収しに行き、魔犬族の牽《ひ》くソリに交渉役のゴブリン達が乗り、それらをリリと黒騎士オニキス――俺が指揮する。

ドヘタな絵ではあったが、リリがやりたいことはハッキリと伝わってきた。

「お前……これ、なんだ？」

「だめかなあ？」

「いや、ダメじゃない。自分で思いついたのか？」

「ううん！」

ぶんぶんと首を横に振る。

「あのね、途中で会ったゴッドハートさんって人がおしえてくれたの。ひとりでやるよりも、皆でやるほうがずーっと楽だよー！　って！」

「……」

「あたしバカだから！　そういうの、教えてもらわなきゃ、全然わかんなくって！」

頭をぽりぽりと掻《か》き、リリが照れくさそうに説明しだす。

どうもリリ自身、自分の仕事のやり方が間違っていることはうすうすながら感づいていたらしい。さりとて誰かが正しいやり方を教えてくれるわけでもない。他の四天王は忙しそうで、とても質問できる状況ではない。意を決して俺に質問しようとしたら、タイミング悪く毒蛇に噛《か》まれてダウンしてしまった。

そんな中でようやく貰えたまともなアドバイスが、薬草を採りに行く道中で出会った

『ゴッドハートさん』の言葉だったというわけだ。

そして昨晩。リリはブッ倒れた俺をつきっきりで看病しながらゴッドハートの言葉を思い出し、〝こういう風にしたら仕事が楽になるんじゃないか〟――という案を寝ないで紙に書き留めていたわけだ。

「どう？　どう？　ちょっとはお仕事、楽になるかな？」

「あー……」

「楽にならないかな？」

「あー………」

唸《うな》りながら、俺は心底反省していた。

心のどこかで、このバカには何を言っても無駄だと考えていた。正攻法では伝わらないだろうと見くびっていた。

策士策に溺れる。バカなのはリリではなく、この俺だった。何のことはない。ただ一言『こうすればいいんだよ』と言ってやれば、それで良かったんじゃないか。

俺は降参したように両手を上げると、リリに心の底からの笑顔を向けた。

「ああ、絶対ラクになるよ。偉いぞリリ。本当に偉い」

「ほんとー！」

リリが俺の胸元に飛び込んできた。わしゃわしゃと撫でてやったあと、新品の羊皮紙を一枚取り出し、俺と彼女の間に置く。

羽根ペンにインクをつけ、先程のリリの図を書き写したあと、更に重要事項を追記していく。

「いいか？　リリがキラキラとした目でそれを覗《のぞ》き込んだ。

現地の人に迷惑をかけないようにするのも重要だ」

「うん！」

「まずは正式な移動ルートを定めてだな……」

「うん、うん！」

この日を境に、兵站《へいたん》部隊の業務効率は劇的に改善された。

ちょっとオトナになった獣将軍は、実に頼れる存在だった。

《無慈悲の牙》
獣将軍リリ

(実)年齢…… 12歳

種族………… 疑似獣人

中央大陸のはるか西、エルキア大陸の奥地からやってきた少女。戦闘時には巨大な神狼フェンリルへと姿を変える。

婿探しのため中央大陸に来たところでエキドナと遭遇。『強い男と戦える』という言葉に釣られ、言われるがままに町を転々としている最中でレオと戦い、敗北した。

とにかく単純で素直。人を疑うことを知らず、考える前に身体が動く性格。己を打ち負かしたレオは運命の人だと信じて疑わない。

第四章　勇者vs魔王エキドナ

1．勇者、地獄の飲み会に誘われる

『――――05、至急現場へ向かえ』

『――――了解しました。ポイントD36へ急行、市民の保護を最優先』

通信を終え、高度を下げる。

眼下には燃え盛る市街地。穴から這《は》い出てくる無数の魔族達。懸命に応戦する、逃げ遅れた人々。

彼らを守るため、地上へ降り立つ。人々が小さく息を呑《の》む。私に忌避の視線をぶつけてくるのを背中で感じた。

――構わない。

人々を守護する。それが私の存在意義なのだから。世界を守護する。人々が私に望むのは、ただそれ一つなのだから。

私はそのためだけに――

「…………ッ！」

魔王城の自室。

俺──勇者レオ・デモンハートは目を覚ます。

ベッドの中で身じろぎすると、寝汗があちこちにひっついてひどく不快だった。

まだ外は暗い。もう少しすれば東の空がかすかに明るくなってくるかどうかといったところで、目覚めるにはだいぶ早すぎる。

夢を見ていた気がする。それも、けっして良い夢とは言いがたかった。

これまでの経験上、こういった夢を見た日の運勢というのはどうにも良くない。だいたい一日のどこかに憂鬱なイベントが待ち構えているものだ。

例えば以前、ひと月ほど泊りがけで錬金術師《アルケミスト》ギルドの手伝いをしてやった時。あの時は倉庫に封印してあった凶悪合成獣《キマイラ》が突如覚醒し大暴れした。おかげでギルドの建物は全壊するわ、貴重な薬草を失うわ、完成しかかっていた万能薬《パナシーア》がパーになるわ、とにかく散々だった。

今日もあれくらい極悪な……あるいは、あれを凌《しの》ぐほどのアクシデントが待ち受けているのだろうか。

「チッ」

俺は目を閉じ、心地よき二度寝の世界へ逃げ込むことにした。

どうか、今日は良いことがありますように——そう願いながら。


—


「——ああ？　エキドナが？」

「はい。急いで向かって下さい」

夕方。仕事も殆《ほとん》ど片付き、今日は平穏無事に済みそうだと安心した矢先だった。

〝魔王エキドナが俺を呼んでいる〟——やや緊張した面持ちのシュティーナはそう告げた。

「……とうとうバレたかな？」

「かも、しれませんね……」

シュティーナが気まずそうに目を伏せ、嘆息する。

俺の正体がバレたのかどうか、実際のところはまだ不明だ。一つ断っておくと、四天王以外の前で勇者としての姿を晒したことはない。

《転身《メタモルフォーゼ》》。

《変装《ディスガイズ》》。

《正体隠蔽《ゴーストフェイス》》。

《不可追求《トゥルースロック》》。

その他もろもろ、十個近い呪文を使って何重にも正体を隠蔽し、クールで寡黙な〝黒騎士オニキス卿《きょう》〟として立ち回っているのだ。中身が俺だとバレることは考えにくい。

考えにくい、のだが……。

「あなた、まだエキドナ様へ挨拶に行っていないでしょう。それでお怒りなのでは？」

「あー」

それがあったか。頭をばりばりと掻く。

「……まあ、私が〝オニキス卿のお陰でだいぶ仕事がラクになりました〟なんて言ってしまったのが、あまり良くなかったのかもしれませんが」

「絶対にそれだよバカ！　俺のことは伏せておけって言ったろ！」

「仕方ないでしょう！　仕事は大丈夫か、手伝いを増やそうか、なんてエキドナ様じきじきに聞いて来られたんですから、はぐらかすわけにはいかなかったんですっ！」

「ハァー……」

シュティーナは間違っていない。エキドナに挨拶に行かなかった俺が悪いのだ。一般的な職場において、新入りが上司や同僚に挨拶するのは当然である。

頭ではそう分かっていたのだが、エキドナの元へ挨拶しに行くのはどうしても気が乗らなかった。正体を隠し通せるかどうか、不安材料があまりに多すぎたからだ。

エキドナとて伊達《だて》や酔狂で魔王を名乗っているわけではない。愛用の魔剣ティルヴィングを抜けばエドヴァルトと互角以上に切り結び、魔術に関する知識はシュティーナに並ぶ。奴《やつ》もまた、バケモノ級の実力者なのだ。

そんな奴と直接会話してみろ。どんなに魔術で擬装していてもオニキス＝レオだと感づかれてしまう可能性は高くなってくる。

ここで正体がバレるのは、まずい。

ただでさえエキドナに内緒で魔王城に潜入しているのもそうだが、なによりメルネスとエドヴァルトから十分な推薦を受けられるだけの実績をまだ挙げていないのが痛い。

四天王全員から俺を推薦されれば、さすがのエキドナも折れて正式採用してくれるはず……というのが俺が描いたプランだが、裏を返せば、そうでもしない限り俺は採用して貰《もら》えないということになる。誰が欠けても意味がない——四天王全員から推薦されないといけないのだ。

最初から好感度高めのエドヴァルトはともかく、今の状態でメルネスが俺を推薦してくれるとは思えない。そんな状態でオニキスの正体を悟られるわけにはいかない。

だからこそ、エキドナと会うのは可能な限り先延ばしにしてきたわけなのだが――

「自分の知らない間にオニキスとかいう奴が魔王軍入りし、四天王の補佐をしている。魔王としては良《い》い気分ではないよなあ」

「とにかく、今はエキドナ様のもとへ急ぎなさい。もし正体がバレた時は私を呼んで。ダメ元ですが……エキドナ様を説得してみます」

「いいよいいよ、俺一人でなんとかする。お前は知らんぷりしてろ」

不安げなシュティーナに手を振り、黒騎士の姿になって執務室を出る。

さて、エキドナにどう言い訳したものか。廊下を歩きながら思案するが、考えは一向にまとまらない。

(そもそも、オニキスが俺だとバレているのか？　バレていないのか？)

正直、バレている可能性は低いと見る。もしそうなら、呼び出しなんてまどろっこしい真似《まね》はせずにエキドナの方から殺しにやってきそうなものだ。

ではバレていないのだろうか？　それはそれで、オニキスが挨拶に来なかったことを怒っている可能性が非常に高くなる。なぜ挨拶が遅れたのか、エキドナが納得してくれるような理由を考えておかなくては、最悪城から追い出されかねない。

無駄に長い魔王城の廊下が、今日ばかりはだいぶ短く感じられた。ああでもないこうでもない……と百通りの言い訳を頭の中でこね回しているうち、エキドナが待つ大広間にあっさりとたどり着いてしまう。

（ええい、あとは当たって砕けろだ。どうとでもなれ！）

――コン、コン、コン、コン。

丁寧にノックを四回。

『黒騎士オニキスです。招集に応じ、参上いたしました』

静かにそう告げると、少し間をおいて「入れ」という声が返ってきた。

こちらも「失礼します」と言ったあと、扉に手をかける。

緊張の一瞬だ。

もし俺がレオだとバレているならば――入った瞬間にエキドナお得意の《六界炎獄《インフェルノ》》が飛んできてもおかしくない。

《六界炎獄《インフェルノ》》は炎熱系の最上位呪文だ。巻き起こる爆炎が全てを焼き尽くす、紛れもない『炎の地獄』を地上へと現出させる呪文……そんなものを室内で放てば城にまで被害が及ぶのは間違いないが、俺を始末する為《ため》とあればこれっぽっちも躊躇《ちゅうちょ》はしないだろう。

さりとて、バレていない場合。ありったけの防御結界を張りめぐらせておけば

《六界炎獄《インフェルノ》》を無効化《レジスト》できるだろうが、そんな状態で上司が待つ部屋に入るのは〝私を疑って下さい！〟と全力でアピールしているようなものだ。

結果として、俺はひどく無防備な状態で室内に入ることとなった。この状態でエキドナの一撃を喰《く》らえば――流石《さすが》に、死ぬかもしれない。

赤い鉄扉《てっぴ》の重さが何倍にも感じられた。

室内の様子がゆっくりと俺の目に飛び込んでくる。

さあ、どう来る。どう来る魔王エキドナ――――！

「おお、そなたがオニキスか！」

『……』

「いやあ良かった良かった、一度そなたとはじっくり話したかったのだ。まあ座れ！」

出迎えは、満面の笑顔だった。

真紅のドレスを身に纏《まと》った少女が、ドラゴンを思わせる黒い尻尾を左右にふりふり出迎える。そして俺の肩をバシバシと叩《たた》き、かなり一方的な親愛の抱擁《ハグ》をかわしてきた。

「そなたの働きっぷりはシュティーナから聞いておるぞ。おかげで仕事が楽になったと、あれもたいそう喜んでおった。我への挨拶が遅れたのはこの際不問としよう！」

魔王エキドナ。以前は強大な力を誇るナイスバディの美女だったが、俺によって倒された後、おしおきで垢抜《あかぬ》けない少女の姿にされた魔王。ちんちくりんの今となっては威厳と色気漂うドレスも台無しで、まるでお祭りで仮装したどこぞの村娘のようだが——先程から俺を絶句させているのはそこではない。エール、ワイン、蒸留酒。大広間の中心に置かれたテーブルには大量の酒瓶が載《の》っていた。

大皿にどっさりと盛られた肉料理は酒のつまみだろう。先日ラルゴ諸島で仕入れてきた猪《いのしし》の肉は捌《さば》かれたばかりと見えて、美味《おい》しそうな肉汁が滴《したた》っていた。ビネガーとオニオン主体で作られたらしきソースは芳醇《ほうじゅん》な香りで、また食欲をそそる。

いやそそらない。だってこのテーブル……嘘《うそ》だろ。やめてくれ！

用意されている椅子が二つしかない！

「今宵《こよい》は無礼講だ。我とそなたの二人きりで、たっぷりと飲み交わそうではないか！」

——悪い夢を見た日は、だいたい憂鬱なイベントが待ち構えているものだ。

今回の鬱イベントはこれだった。新しい職場においてけっして避けては通れず、長時間にわたって精神的な苦痛を味わうことになる、絶望のイベント。

『上司とのサシ飲み会』。

地獄の数時間が、いまここに幕を開けた。

2．勇者、飲み会を生き抜く秘訣《ひけつ》を語る
「オニキスよー。飲んでおるかー？」

「飲んでおります。いやあ、この酒は絶品ですな。つまみも旨《うま》い」

「ふははははそれは結構！」

太いソーセージを豪快に噛《か》みちぎりながらエキドナが大笑する。何も知らない奴から見れば、ごく普通の……真面目な部下と気さくな上司のサシ飲みにしか見えないだろう。

もちろん実際はそうではない。俺からすれば一分一秒でも早くこの飲み会から離脱したかったし、せっかくの料理や酒を味わう余裕も無かった。

だというのにこのクソ魔王ときたら、まるで底なし沼のように酒瓶をがぱがぱ空けてやがる！　飲み会が終わる気配がいっこうに見えてこない！

「そなたのような逸材ともなれば、本来はもう少し盛大な宴《うたげ》を開きたいのだがな。なにぶん物資も困窮しておるゆえ、今日のところはこれで許すがいい」

「とんでもない。私などにこれ程の歓待、十分すぎるほどです」

「そうか？　ならばせめて、この場では腹が破裂するまで食って飲んでいけ！」

「ははは……ははははは」

上司とのサシ飲み。

しかも、自分の正体をいつ見抜かれるか分からないというオマケ付き。

むろん正体がバレたら一巻の終わりである。酒の味など分かるはずもない。

精一杯の愛想笑《あいそわら》いをエキドナにぶつけながら、俺の脳は『どうすればこの地獄からスムーズに離脱できるか』をフル回転で考え続けていた――。


――


状況を整理しよう。

ここは魔王城の大広間。俺はかつての敵、魔王エキドナと盃《さかずき》を交わしている真っ最中だ。それも勇者レオとしてではなく、正体を隠した黒騎士オニキスとしてだ。

地獄の飲み会は極めて順調に進行している。飲み会が途中で中断されるような事態――たとえば、エキドナが途中退席せざるを得ない重大極まるトラブルだとか、そういった救いがもたらされる様子は欠片《かけら》もなかった。

おかげで、もうかれこれ一時間ほどブッ通しでエキドナと喋《しゃべ》り続けている。それはそうだ。ここには俺たち二人しか居ないんだから。しかも俺には会話を途切れさせてはいけない理由があった。

「どうしたオニキス！　飲め飲め！」

「飲んでおります。この果実酒のまろやかな味わいときたら！」

子供がやる間違い探しと同じだ。

《不可追求》《トゥルースロック》や《正体隠蔽》《ゴーストフェイス》をはじめとする認識操作呪文の弱点は〝観察〟だ。ぱっと見ただけでは違いが分からなくても、根気よく観察し続ければ違いが分かる。隠蔽された真実に気づきやすくなり、術が解ける。

相手に観察させない為には――適度に喋り、適度に喋らせ、会話に専心させるのが一番手っ取り早い。というより、飲み会だとそれくらいしか対策手段がない……。

最高上司たるエキドナに万が一の失礼があってはならない。

中身が勇者レオだということを悟られてはならない。

会話を途切れさせてはならない。

表向きは平静を装《よそお》わなければならない。

このあたりのバランスを取るべく、俺は必死で会話の流れを調整し続けていた。

「さあ陛下、グラスが空になっております。私がお注《つ》ぎいたしましょう」

「おう、おう。まこと気の利《き》く奴《やつ》よなぁ」

せっかくなので、飲み会がちょっとだけラクになる極意を教えよう。

極意その一――上司のグラスが空に近くなったら即座に酒を注ぐべし。酒を注いでいる間は少しだけ会話の手を休めることができるし、〝気の利くやつだ〟と思わせることもできる。酒の席での基本と言えるだろう。

だが、俺の本当の狙いはそんなところには無い。

「さ、ぐぐっと。ぐぐーっと！」

「んぐ……ぷはぁーっ！」

「さあさあ、もう一杯！」

空になったグラスにすかさず追加のエールを注ぐ。

もうお分かりだろう。

この戦法の真の狙いは――上司を酔い潰すこと！　その一点に尽きる！

「んぐっ、んぐ、ぷはあ！」

「お見事でございます！　さ、もう一杯！」

さあエキドナ、もっと飲め。ガンガン飲め！

そして酔い潰れろ！　このクソ飲み会をさっさとお開きにするがいい！

間違っても二次会を開こうなどとは思うなよ！

「ん、んん……」

「……陛下？　大丈夫ですか？」

思惑通りエキドナが酒を飲むペースが落ちてきた。グラスをテーブルに置き、眉間を押さえて唸《うな》っている。

よし、やったぞ！　あとはそろそろお開きにするよう提案するだけだ！

俺はエキドナの背中をさすりながら、さも心配そうに言った。

「少々飲み過ぎたのかもしれませんな。これはそろそろ……」

「うむ……そうだな」

エキドナが顔を上げ、にぱっと笑った。

「興が乗ってきたわ。そろそろ瓶ごともらうとするか！」

「……ははははは」

エキドナがエールの入った大瓶をひっつかみ、ダイレクトに喉へと流し込みはじめた。

「オニキスも飲め！　ほれ、ぐぐーっと」

「ははははは」

上司を酔い潰す――当然ながらこのやり方、エキドナのような酒豪には全く通用しないから気をつけてほしい。それどころか墓穴を掘ることすらあるので、相手を選んで仕掛けよう。

仕方がない、次の手だ。俺はこちらが酔い潰されないうちに話題を変えることにした。

「それにしても、城の食堂には随分と腕の良い調理師《い》が揃《そろ》っているようですな。陛下が召し上がってらっしゃるそのソーセージなど絶品ですぞ」

「おお、わかるか？　最近、なぜだか知らぬが料理の質がグッと上がってな。この腸詰めも中に何か練り込まれていて、それが良い味を出しておる。そなたも食うてみよ」

「は」

飲み会の極意その二。人は――こいつは魔族だけど――自分に対して積極的な興味を示してくれる相手に好意を抱きやすい。

別に飲み会に限った話ではないけどな。とにかく〝私はあなたに興味があります〟とアピールしていくのが相手に気に入られる基本だ。今みたいな状況なら、相手が食ってるもの、飲んでるものに言及すればとりあえずハズレは無いってことになる。

「このソーセージ、練り込まれているのはラルゴ産の香辛料ですな。刻んだパプリカも入っていて断面の彩《いろど》りも良い。西方伝来のレシピをアレンジしているようです」

「ふうむ、なるほどな。ここのところ物資不足ゆえ、腹が満ちれば食事などなんでも良いと思っておったが……うむっ、やはり旨い食事は心を豊かにするな。料理長には後で褒美《ほうび》を出してやらねばなるまい！」

ほら、この通りだ。フォークに刺したソーセージを美味しそうに頬張りながら、エキドナは極めて上機嫌な笑顔を見せてくれている。こうして見るとどこにでも居る普通の女の子という感じで、正体を隠し続けていることにちょっと胸が痛む気もした。

なお断っておくと、このソーセージを作ったのは俺だ。魔王城の食堂、『魔のネズミ亭』の料理人どもが作るメシがあまりにもお粗末なものだから、主である食堂のおばちゃんに言って二日ほどキッチンに籠もらせて貰《もら》い、彼らに秘伝のレシピを叩《たた》きこんでやった。

飲み会の極意その三。何の料理が供されるかについては、可能な限り事前に把握しておくと良い。食って飲んで話すのが飲み会なのだから、目の前にある料理ネタは思わぬところで思わぬ会話に繋《つな》がるものだ。今回みたいにな。

別に〝これ美味しいね〟でも〝これマズいね〟でもいいんだ。きっかけを作りさえすれば、後は自然と酒の勢いで会話が発展していくだろう。

ようやく酒が回ってきたのか、エキドナがやや呂律《ろれつ》の回らない口調で言った。

「シュティーナから話を聞いた時はどんな男かと思っていたが――いやいや、こうして話すとやはり良く分かるものよな。仕事もできて、料理にも造詣《ぞうけい》が深い！　なかなかの男よ、オニキス！」

「いやいや。どれもこれも、多少の心得があるだけでして」

謙遜しながら頭を掻《か》く。そう、兜《かぶと》をかぶったままでは流石《さすが》に失礼にあたるので、今の俺は兜を取っている。これもさっさと飲み会を終わらせたい理由の一つだった。

呪文で適当な顔に変えているとはいえ、表情が丸わかりのこの状態で長く話し続ければ、正体を見破られる可能性が何倍にも高まってしまう。

だが、こういったリスクをリターンに変えるのが勇者たる存在だ。

エキドナがようやく俺の待っていた質問をしてくれた。

「しかしそなた、兜を取ればなかなかの男前ではないか。何故《なぜ》めったに兜を脱がぬのだ？」

「は。これは」

――来た！

飲み会の極意その四。立場の弱い新人が、唯一何の気兼ねもなく自己アピールできるのが〝上司からの質問タイム〟だ！

〝休みの日は何をやってるの？〟

〝趣味は何？〟

〝お酒飲める？〟

〝彼女はいる？〟

それらに対する回答次第で、飲み会の趣勢《すうせい》、飲み会の中での動きやすさ、ひいては明日からの仕事のしやすさが大きく変わると言っていい。

さあ行け俺！　この地獄から一分一秒でも早く脱出できる素敵な自己アピールをエキドナにぶつけろ！

「――これは女神ティアナの呪いでございます。日に僅かな時間しか他人に素顔を晒《さら》すことを許されず……それゆえ、普段から鎧姿《よろい》で」

「なんと。先程から素顔だが、大丈夫なのか？」

エキドナが俺を気遣うような声色になったので、もう少し踏み込んでみる。

「正直、危うい。大変危ういところではありますが……もう少々は持ちましょう。それよりも、魔王陛下とこうしてお話し出来ることの方がずっと嬉《うれ》しゅうございます」

「……こやつめ、言うてくれるではないか！　さあ飲め飲め！」

「ははは」

――辛《つら》い飲み会からなるべく早く抜け出すコツを教えよう。それは今の俺のように、

『タイムリミットがあるので長くは付き合えません』と明確に伝えておくことだ。

出来るならなるべく早い段階……それこそ飲み会がはじまる前に言っておいた方がいい。多くの場合、人間というのは『自分の想定外のこと』を嫌うからな。

〝こいつは早く帰る〟――そういう印象を事前に植え付けておくだけで、飲み会からの抜け出しやすさは段違いになる。

『少しだけ参加して帰ります』でも、最初から誘いを断るよりずっと心象はよくなるだろう。もし飲み会が頻繁に開かれるような職場に勤めているなら覚えておいて損はない。ケースバイケースだがな！

「いやあ、今日は良き日だ。黒騎士オニキスと魔王エキドナの友情に乾杯！」

「乾杯！　はははは、はははは」

まあ、このセオリーが魔族のエキドナ相手にどこまで通じるかはわからん。正直言って気休めのような策だが、何もしないよりはマシだ。エキドナも今のやりとりで多少はタイムリミットを意識してくれたはずだろう……意識してくれたよね？

オリーブオイルに浸したパンを齧《かじ》る。ほろよい気分のエキドナは上機嫌で、俺のことを褒めちぎっていた。

「聞いたぞう。入ってそうそう、魔将軍の負担を大きく減らしたばかりか、獣将軍リリの面倒まで見たそうではないか。その働き、なかなかに素晴らしい！」

「は。勿体《もったい》なきお言葉でございます」

「人間であろうとなんであろうと、能力のある者を我は歓迎するし、評価する。そなたが魔王軍に入ってくれて本当によかった！」

「ふうむ。となると……」

——聞かない方がいいかな。いや、ここは聞いとこう。

「例の、勇者レオ・デモンハート。あれもでしょうか？　魔王軍に入りたがっていると聞きましたが」

「……勇者！」

エキドナが無言でエールを飲み干した。瞳が憤怒《ふんぬ》の色に燃え上がり、空のグラスをテーブルに叩きつける。

「……あんなのは要らぬ。要らぬわ！　ぜったい要らん！　性格のねじ曲がった社会不適合者め、あんなのを我が魔王軍に入れたが最後、組織が内側から崩壊するわ！」

ぶんぶんと手を振り回し、いかに勇者レオが魔王軍に不要かを力説する。

目の前に居る。目の前にいるよ、そいつ。もうバリバリに組織改革を進めてるよ。

「たとえ千人、一万人ぶんの働きをしようとも要らん！」

「それ程にですか」

「要らぬ！　だいたいからしてだな」

次のエールに手をつけながらエキドナがくだを巻いた。

「ヤツの邪魔さえ入らなければ、我はいまごろ《賢者の石》を手にしておったのだ！　それを、もう……あいつときたら！　あいつときたら！」

「……《賢者の石》ですか」

「くそう！　くそう！」

どしどしと地団駄を踏み、ありとあらゆる罵詈雑言《ばりぞうごん》を『勇者レオ』に投げかけるエキドナ。こいつは放置して、少し《賢者の石》について話しておこう。

《賢者の石》というのは聖都レナイィェに存在するらしい秘宝だ。かれこれ三千年近く昔、地中深くに眠っていたのを初代聖王が発見し、聖都発展の礎《いしずえ》にしたと言われている。

『言われている』とか、存在する『らしい』というのは、実物を見たことがある人間が皆無だからだ。外見をはじめとする殆《ほとん》どの情報は謎に包まれていて、王家や大神官といった最高権力者達しかその詳細を知らない。ゆえに、《賢者の石》に関しては様々な噂《うわさ》が流れている。

曰《いわ》く、一面の荒れ地だったかつてのレナイィェ周辺に緑を蘇《よみがえ》らせたとか。《賢者の石》の守護のおかげで聖都の人間は病知らずだとか。《賢者の石》に触れた人間は不死不滅の存在になるだとか、世界が危機に瀕《ひん》した時に《賢者の石》から聖なる勇者が生まれでて敵を討つだとか。億万長者になれるとか、学力を上げてくれるとか、死んだお爺《じい》ちゃんを蘇らせてくれるとか、エトセトラエトセトラ。

これらはほんの一例で、挙げていけば本当にキリがない。くだらないところだと『美味《おい》しいパンケーキを無限に生成してくれる』なんてものまであるから、人間の想像力には恐れ入る。

エキドナもまた、不老不死を求めて《賢者の石》を奪い去ろうとしているらしいのだが――かわいそうに。《賢者の石》にまつわる噂は、その大半が根も葉もないガセネタだ。

だってそうだろう。不老不死になれるなら初代聖王やら欲深い神官どもがとっくにそうなってるだろうが、ついぞそんな話は聞いたことがない。三千年前に《賢者の石》を見つけたという初代聖王はとっくの昔に死んでるし、その子孫――何代目だったかな？　とにかく、昨年まで在位していた聖王は魔王エキドナ侵攻の心労によってこの世を去ったばかり。《賢者の石》から聖なる勇者が生まれて悪を討つなんてのは与太話《よたばなし》に過ぎず、結局世界を救ったのは俺だった。そんな具合だ。

そして、何より――

俺は《賢者の石》を実際に使ったことがある。

俺が使ったのは、聖都にあると噂されるやつとはまた違う《賢者の石》だ。しかも、そいつが今どこにあるかまで把握している。実のところ、俺は石を使って勇者としての力を手に入れたようなものなのだ。

断っておくと、石があれば誰でもスーパーパワーを手に入れられるわけではない。人生経験豊富な俺だからこそ《賢者の石》を扱えたのだが……そのあたりはまた今度語るとしよう。

だからこそ分かる。あれは確かにすごいパワーを持っているし、使い方次第で様々なことができるだろうが、人間や魔族をホイホイ不老不死にするような都合の良い代物《い》ではないし、枕元に置いておくだけで病気知らずの億万長者にしてくれるようなインスタント奇跡生成装置でもない。

それを知ってか知らずか、エキドナは未《いま》だに勇者への呪詛《じゅそ》を吐き続けている。

「我ら魔王軍、いっときはレナイェ中央の尖塔《せんとう》が見えるところまで攻め入ったのだぞ！それを、あの勇者が台無しにしおって！」

「なるほど。軍団の多くを失っても魔界へ退かないのは、支配が目的ではないから。《賢者の石》さえ手に入れば良いからですか」

「そうだ！」

勇者への悪態をつくのにようやく飽きてくれたらしく、荒い息を吐くエキドナが乱暴に肉団子をひっつまみ、あんぐりと開けた口の中にまとめて放り込んだ。

「もぐ……先の戦いでは大々的にやりすぎた。真に《賢者の石》が聖都レナイェにあるのなら、なにも人間全てと真っ向切って戦う必要もないわけだ」

「騙《だま》したり、こっそり盗んだり？」

「手を組んだりな」

エキドナがふふんと笑った。

なるほど、それなら確かに直接の戦闘力など二の次だ。面接の時に何も聞かずに俺を追い返したのは、こういう理由もあったわけだな。心のなかで一人納得する。

「ふむふむ。しかしそうなると、尚《なお》のこと気になりますな」

「ん？」

「陛下は《賢者の石》でいったい何を？」

「……」

「人間どもは、〃魔王エキドナは不老不死を求めて《賢者の石》を狙っている〃――と喧《けん》伝《でん》しておりましたが、まことなのでしょうか？」

ずっと聞きたかったことだった。

俺に完膚なきまでに叩《たた》きのめされ、少女の姿にされ、軍団の大半を失い、占領していた土地も失い……それでもなお魔界へ退かぬ理由。それでもなお《賢者の石》を手に入れようとするモチベーションはなんなのか。

不老不死になりたいだの大金持ちになりたいだの、そんな俗っぽい願いの為《ため》に動いているとは到底思えない。もしそうなら、とっくの昔に心が折れて魔界《おうち》へ帰っているだろう。だというのにこいつは諦めず、軍団を再編成し、今なおこの魔王城に留《とど》まり続けている。

エキドナが少し真面目な顔になった。酒ではなく水を一口飲み、静かに話し出す。

「魔界に来たことはあるか？」

「いえ」

首を横に振る。

「魔族や魔獣、亜人。純粋な人間以外の種族はみなそこから来たと聞いてはおりますが、行ったことはありません」

「そうだ。我らの故郷たる魔界は、それはもう荒れ果てた大地でな」

ゆらゆらとグラスの中で揺蕩《たゆた》う水を眺め、嘆息する。

「日も差さぬ。草木もまばら。常に薄暗く、空気は淀《よど》み、水は濁り——力ある者だけが生き残る、弱肉強食の世界だ」

「まさに魔の世界ですな。そのような混沌《こんとん》渦巻く地で生まれれば、なるほど、魔将軍殿をはじめとする魔族の強さも納得というもの」

「……それがもう、我は嫌なのだ」

「は？」

聞き違いかと思い、思わず素で反応してしまった。

彼女の目は真剣そのものだった。静かな、しかし熱のこもった口調で語る。

「混沌とした魔界に秩序を築きたい。争いなき魔界を作りたい。あたたかな陽の光を、それに照らされる綺麗《きれい》な小川を。そこで泳ぐ魚を、ざわざわと風に揺れる草原や森を作りたい」

「……それは、また。まるで人間界のようですな」

「ああ。我はその為にシュティーナをはじめとする協力者を募り、人間界へやってきたのだ。《賢者の石》を手にするためにな」

「なる、……ほど」

――平静を装《よそお》いながら、しかし俺は内心、この言葉にどう反応するべきか大いに困惑していた。

グラスを手に取り、僅かに残った果実酒をチビチビと飲みながら思案する。

意外と言えばあまりに意外な話だ。エキドナが《賢者の石》を狙っているのは周知の事実ではあったが、その詳細までは知らなかった。

敵対していた頃はこうして動機を詳しく聞く機会などなかったし、そもそも大した理由ではないだろうと高をくくっていた。《賢者の石》の噂に惹《ひ》かれてやってきた、私利私欲にまみれた、ちょっと他のやつより強いだけのチンピラ女……そう考えていた。

人間界より魔界。確かに、私利私欲であることに変わりは無いのかもしれない。

それでも〝みんなのために故郷を良くしたい〟なんて言葉が、まさか魔王の口から出てくるとは。今日び聖職者だってこんなことを言う奴《やつ》は稀《まれ》だ。

こういう反応には慣れているのかもしれない。呆気《あっけ》にとられる俺を見、エキドナが自嘲気味に口元を緩めた。

緩んだのは一瞬だけだ。次の言葉は語気鋭く、決断的だった。

「人間どもに恨みはない。だが、聖都にある《賢者の石》は我々が手に入れる」

「大人しく《賢者の石》を差し出すならよし。逆らうならば容赦はしない。そういうことですか」

「そうだ！」

　エキドナが大きく頷《うなず》き、水を飲み干した。間髪いれずに再び話し出す。

「そこで善を気取っても仕方がない。聖都は人間界の中心だ――その聖都を支えている《賢者の石》を奪えば、きっと様々な問題が発生するのだろうが、それも覚悟の上だ。竜人族やリリの故郷の人間など、我に協力する者は魔界にて庇護《ひご》するが、それ以外の人間はどうなろうが知らぬ。ああ知らぬ！　知らぬとも！」

　最後の方はほとんど叫びに近かった。我は悪の侵略者なのだぞと、自分自身に無理やり言い聞かせるような口調だった。

　その姿がどうにも痛々しく、たまらず口を挟んでしまう。

「しかし陛下。たしか陛下は無駄な殺しを禁じておりましたな」

「ん……」

「無駄な殺しは控えよ。虐殺は虐殺を呼び、怨恨《えんこん》は更なる怨恨を呼ぶ――御自ら演説を行い、最下級の兵に至るまでこの方針を周知した。ゆえに此度《こたび》の侵略戦争、人間側も魔王軍側も、死者は極めて少なく済んだと聞いております」

「ふ。それで戦に負けておれば世話がないわ。我の甘さよな」

　エキドナが椅子によりかかり、苦笑しながら天井を見上げた。

「結局は悪に成りきれなかったのよ。生まれ故郷のために……魔界に秩序をもたらすという勝手な理由で《賢者の石》を奪いに来たというのに、どうしても人間たちのことを気にかけてしまった。彼らにも故郷が、友が、家族がある。それを考えると、どうしてもな」

エキドナがそこで一度言葉を切った。

言うべきか、言わざるべきか。そんな風に何かを迷っている様子だったが、やがてぽつりと口にした。

「勇者レオ、な。実のところ、奴への恨みはさほどでもないのよ」

「……それはまた。理由を伺っても？」

「奴は勇者。いわば人間界の守護者とも言える存在だ。己の世界を守る為、邪悪なる侵略者を倒しにくるのは当然の話であろう？　我とて魔界が侵略されれば同じことをする」

どこか自嘲気味な笑みを浮かべ、エキドナが空になったグラスを爪先で弾いた。キン、と透き通った音が無音の室内に吸い込まれ、消える。

「計画を台無しにされたのは確かだが、奴が間違っているとは思えぬ。こと、今回の侵略戦争において、あらゆる悪は我の方にある」

「……」

なんと声をかけていいのか分からなかった。

かつての敵の——エキドナの、これまで見たことのない側面を立て続けに見せつけられ、俺は無言でその場に佇《たたず》むばかりだった。

だが、今の話で分かった。

本来の彼女はもっと優しい、民を思いやれる王なのだ。侵略などという野蛮な行為からは全く遠いところにある王なのだ。それだけは分かった。

そんな心優しき王が、民の安寧の為に悪の侵略者となった。

それは果たしてどんな気分だったのだろうか。彼女はいったい、どんな覚悟をして魔界を旅立ったのだろうか。

本当にこれで良いのか。この道を進んで良いものか。時には大きな不安を抱き、時には言い表せぬ程の絶望にもぶち当たり、大いに苦悩してきたはずだ。

そして――。

彼女に不安と絶望を与えた最大の要因。それは他ならぬ俺、勇者レオなのだ。

「オニキスよ。そなたはどうだ？」

「え」

「そなたは何故《なぜ》、魔王軍へ参ったのだ？」

気がつくと、エキドナがじっとこちらを見ていた。

酒にも料理にも手をつけず、真《ま》っ直《す》ぐに俺の瞳を見つめている。……今度は俺が答える番のようだった。

いま俺の前に居るのは飲み会を強要する上司でもなく、傲岸不遜な魔王でもない。

故郷を遠く離れたこの世界で数々の問題に遭遇し、不安に見舞われ、絶望に呑《の》まれかけ――それでもなお自分の夢を追い求めようとする、勇気ある少女がそこに居た。

「なぜ我らの下へ来た？　人に裏切られたか？　世界を終わらせたいか？　それとも、ただ死に場所を求めてここへ来たか？　そなたの動機を聞かせてほしい」

「私は」

思わず、言葉に詰まりそうになる。

（これだから飲み会っていうのは困るんだ）

心の中で毒づいた。さっきまでバカ話をしていたはずなのに、ふとしたところから真面目な話に発展したりする――飲み会ではままある話だ。

そしてバカ話の延長線だからこそ、飲み会での会話には意外に本音が要求されたりする。

（なぜ魔王軍に来たか、か）

嘘《うそ》をつくことは容易《たやす》いだろう。それらしい理由などいくらでも用意できるし、仮に多少の粗があったとしてもエキドナはそこまで深く追及してこないはずだ。

だが、ここまでエキドナが腹を割ってくれたのだ。これ以上欺けば、あとで勇者レオとして正体を晒《さら》した時の心象を悪くしそうで――いや、違う。違うな。

これ以上彼女を騙《だま》したくない。

打算ではなく、心の底からエキドナを応援したい。

信じがたいが、そんな気持ちが俺の中に生まれていた。我ながら信じがたいことではあったが、それが今の俺の偽らざる気持ちだった。

（……そうだな。うん。なら、仕方ないよな）

決めた。

エキドナの認識を操作していた全呪文を解除し、ここでレオとしての正体を明かそう。

最高のタイミングとは言えない。なにせ、四天王全員から推薦が貰《もら》えるかどうかは分からないのだ。もし四天王の意見が揃《そろ》わなかった場合、エキドナは俺の魔王軍入りを頑として認めないだろう。

だが、せっかくエキドナが腹を割ってすべてを話してくれたのだ。この機を逃せば、正体を明かすタイミングはそうそうやってはこないだろう。

（まず正体を明かす。騙していたことを心を込めて謝罪し、エキドナの想《おも》いに共感したことを、エキドナの力になりたいことを伝えよう）

段取りを頭の中で組み立てていく。不安要素は多いが、あとは俺が持っている《賢者の石》の情報を手土産として、なんとか正式採用を認めてもらうしかない。

俺が迷っているあいだも、エキドナは根気強くじっと待ってくれていた。彼女の目をまっすぐに見つめ返し、覚悟を決めて口を開く。

「私――いや」

「うむ」

「俺は」

――バン！

ふいに、大広間の扉が開け放たれた。全ての呪文を解除しようとした直前だった。

張り詰めていた空気が一気に弛緩《しかん》していくのを感じる。扉の方に目をやると、そこには急いで駆けてきたのだろうシュティーナが、まるで体裁も整えずに息を切らせ、扉にもたれかかっていた。

シュティーナの手には何かの紙切れが、二枚。

「ハーッ……ハァーッ……」

「……なにごとかシュティーナ。騒々しいぞ」

「申し訳……こ、これ……これを」

エキドナの叱責も上の空といった様子でふるふると震えながら、ゆっくりと室内に入ってくるシュティーナ。手に持った紙切れを俺たち二人に見えるように差し出し、もう一度同じ言葉を口に出した。

「これを」

近くに来てようやくわかったが、シュティーナはまさに顔面蒼白《そうはく》といった状態だった。

そもそもの話、礼儀正しい彼女がこうして宴《うたげ》の場に乱入してくること自体が相当なイレギュラーである。何かがあったことは間違いない。

俺とエキドナは無言で顔を見合わせ、ただならぬ事態が起きていることをほぼ同時に察知した。シュティーナが差し出した二枚の紙切れを覗《のぞ》き込み、目を走らせ、……言葉を失う。

「……」

「……」

記されている内容は笑えるくらいに簡潔だった。

『旅に出ます。捜さないで下さい　―　無影将軍メルネス』

『部下の教育失敗の責を負い、自刃《じじん》致します　―　竜将軍エドヴァルト』

「「……はああああ――――!?」」

魔王城の大広間に、勇者と魔王、二人の叫びがこだました。

《魔王》
エキドナ

(実)年齢…… 495歳

種族………… 純魔族

魔界生まれ魔界育ちのピュアお嬢様。父はかつて人間界へ攻め入った先代魔王・キュクレウス。

剣士としても魔術師としても魔界最高峰、しかも錬金術師や鍛冶師としてのスキルまで有する才媛だが、これらはすべて血の滲むような努力を重ねてひとつずつ獲得してきたものである。

魔界の住人としては少々優しすぎる性格をしているが、そのぶん一度敵だと認識した者には決して容赦しない。

第五章　勇者vs無影将軍メルネス

1．仕事を辞めたくなったら一度相談しろ

「……で？　いったい何があったって？」

「……」

俺が大急ぎで魔王城を出て小一時間。ようやく見つけたそいつは、城からだいぶ離れた小さな湖畔で一人佇んでいた。

朽ちかけた丸太に腰掛け、枯れ枝をパキポキと小さく折っては水面に投げ込むのを繰り返している。ひろがる波紋をぼうっと目で追うばかりで、俺の方を見ようともしない。

俺は可能な限りにこやかに、爽やか・かつ・フレンドリーな笑顔を浮かべ、半人半魔の少年に話しかけた。

「何があったんだよ。ほら、黙ってないでお兄さんに話してみろって」

「……」

「一人で抱え込まずに相談してみろ。な？」

返答はない。というか、こっちを向きさえしない。

ホーホーとフクロウが鳴き、それを境にあたり一体を静寂が支配した。

月明かりに照らされた森、そして湖。静寂には神秘的な雰囲気すら漂っており、ここに居るのが年頃の男女であればさぞ良《い》い雰囲気になったことだろう。

しかし、残念なことにここに居るのは男二人。俺とメルネスの二人だけだ。

しばらくと言うには長すぎる間があり、ようやく微《かす》かな反応があった。

「歳《とし》」

「……ん？　歳？」

そうかそうか。歳か。

こいつは確か十六か十七歳。魔王軍に歳の近いやつは少ないから、とうとう寂しくなって家出してしまったのかもしれないな。

なんだ、こいつにも人並みの感情ってものがあるんじゃないか。そう思うとちょっと可《か》愛《わい》く見えてきたぞ。

「歳がなんだって？　寂しいのか？　お誕生日おめでとうパーティー開くか？」

「……」

ゆらりと上半身を動かし、湖畔を眺めていた半人半魔の少年――《見えざる刃》無影将軍メルネスが、ようやくこちらを向いた。

そして、ぴくりとも動かずに言い放った。

「歳上ヅラするなよ。僕とお前の歳、同じくらいだろ」

「――開口一番がそれかテメェー！」

夜の湖畔に、俺の怒声だけがビリビリと響いた。

驚いたフクロウが月を背負って飛び去っていった。


シュティーナがもたらした情報は、まさに寝耳に水だった。

飲み会が中断されたのはいいが、よりによってエドヴァルトとメルネスの二人が揃って
あんなことになるなんて、いったいどこの誰が予想できただろうか？

恐らくシュティーナとエキドナには予想できなかっただろう。俺も予想できなかったよ。

『旅に出ます。捜さないで下さい　－　無影将軍メルネス』

『部下の教育失敗の責を負い、自刃致します　－　竜将軍エドヴァルト』

探さないで下さい、じゃねーよ。自刃致します、じゃねーよ！

どいつもこいつも次から次へと変な問題を持ち込みやがって！

この二人は真面目な性格だし、パッと見た限りではシュティーナやリリのような問題も

無さそうだったから放っておいたのだが、どうもこいつらはこいつらで大いなる悩みを抱えていたらしい。それにしたってやりすぎだろ……あいつらは〇か一でしか物事を考えられないのか？

とにかく、報せ《しら》を受けた俺が最初に考えたのは、〝どちらを優先するか〟だった。

エドヴァルトとメルネス、正直言ってどちらの緊急性も高い。この二人のどちらかでも欠ければ、それこそ軍団の編成を一から考え直さねばならない。

迷った末、俺はエドヴァルトをエキドナとシュティーナに任せ（夜も遅かったのでリリは既に寝ていた）、僅かに残ったメルネスの魔力反応を追跡してここまで追ってきたのだが、これはどうやら正解だったらしい。おかげで魔力反応が途切れるギリギリのところでメルネスを捕捉することができた。

いや、本当に危ないところだった。こいつの隠密《おんみつ》スキルは尋常じゃないから、あと僅かでも出発が遅れたら本気で見失っていたかもしれん。

「……まあ歳の話はどうでもいい。それより、あの置き手紙は何だよ」

少し距離を置き、メルネスの隣に座る。

「なんだ旅って。嘘《うそ》にしても、もうちょっとマシな理由があるだろうが」

「嘘じゃないよ。ちょっと旅行に行きたくなっただけだ」

「そんな理由で四天王がホイホイ行方知れずになってたまるか！」

メルネスの両肩を摑《つか》み、ガクガクと揺さぶる。

予想に反してメルネスは抵抗せず、揺さぶられるがままだった。銀の髪が揺れ、翠玉《エメラルド》を思わせる薄緑色の目が虚《うつ》ろにこちらを見据えているだけだ。メルネスがいつも目深《まぶか》に被《かぶ》っているフードがぱさりと落ち、俺の手に触れた。

「いま四天王が一人でも欠けたら、軍の編成を一から考え直さなきゃならないんだよ。なんだ？　辞めたいのか？　それとも何か悩んでんのか？　いいからワケを話しやがれ！」

荒い語気で気を引きながら、密《ひそ》かに《幽縛鎖《ホロウチェイン》》を発動させ、メルネスの左足首に絡《から》ませておく。術者以外には見えない魔術の鎖を呼び出す拘束呪文だ。三度衝撃を与えるだけであっさり切れてしまうが、時間稼ぎにはなる。

前にも少し話したが、メルネスのすばしっこさは俺でも少々手を焼く。〝無影将軍〟の名は伊達《だて》ではない——万が一ここで逃げられたが最後、確実に面倒なことになるのは目に見えている。

まず追いつくのは不可能だろう。本気で気配を殺されたら察知も困難だ。考えにくいが、魔王軍の内情を人間たちに暴露されるという可能性もある。そうなれば魔王軍が今以上の苦境に立たされることは間違いない。

そして何よりも、本当の退職理由を知らないままこいつを逃したくなかった。

仕事を辞めるのは悪いことではない。辞めたくなった時が辞め時、という言葉もある。

自分の人生なのだから、本当にやりたいことが見つかったなら堂々と辞めれば良いのだ。

理由次第では俺はメルネスを見逃し、エキドナ達には『見つからなかった』と報告するつもりではあった。

(でもなあ。明らかに何か迷ってるんだよな、こいつ)

メルネスが迷いを抱いているのは間違いない。こんなところで足を止めてぼんやりしていたのが何よりの証拠だ。

こいつが全力で逃走したなら、俺に見つからずにもっと遠くに行けただろう。それをしなかった以上、本気で魔王軍を抜けたいわけではないはずだ。

そういう経緯がある以上、こちらとしても『なんとなく旅に出たかった』なんて理由で納得するわけにはいかない。俺は揺さぶるのをやめ、真摯に問いかけた。

「メルネス聞け。理由次第では協力してやってもいい。お前が本気で魔王軍を抜けたいなら、上手《うま》いこと口裏を合わせてやってもいい――が」

「……が？」

「わかるか？　仕事を辞める時に一番重要なのは、自分を後悔させないことだ」

ちゃんと次の仕事を決めてから辞める。仕事の引き継ぎをしてから辞める。気に入らない上司をブン殴ってから辞める……どれもこれも重要だが、やはり一番大切なのは〝後々になって後悔しないかどうか〟だろう。

俺は魔王軍に入ったことを後悔していない。元勇者が魔王軍に入るという異色すぎる経歴で、しかもエキドナからは未《いま》だに正式入団を認めて貰《もら》っていないが、極めてベストな転職をしたと思っている。

どんなに性急な転職だったとしても――どんなに周囲から反対されたとしても、自分が心の底から納得しているならばそれは良いことだと、そう考えている。

だが、その逆。少しでも自分が納得できないなら。心のどこかにひっかかりを感じるようなら、一旦落ち着いて深呼吸した方がいい。

仕事を辞めることは簡単だが、一度辞めた職場に戻るのは容易ではないのだ。ひっかかりがあるなら、まずそれを取っ払った後に改めて考えたほうがいい。

「なあメルネス。お前、本気で魔王軍から去ろうとしてないだろ。何に悩んでんだ？」

「……うん」

「どうせ俺しか居ねえんだから言っちまえよ。笑ったりしないから」

「……うん」

「うん、じゃなくてだな……」

「……」

たっぷり一分ほどの沈黙が続いた。

ホー、ホー。いつの間にか戻ってきたフクロウが鳴き声をあげる。ふいに一陣の風が駆け抜け、森全体をざわざわと騒がせ、湖面を撫《な》でていった。

青白い月光を反射していた水面が揺れる。フクロウがもう一度鳴いた。

「……おい、メルネス」

いい加減静寂に耐えきれなくなった頃。

俺が呼びかけるのと同時に、メルネスがようやく重い口を開いた。

「──面接」

「うん？」

目をこちらに向けず、湖に小石を投げ込みながら、とぎれとぎれに話し出す。

「三日後、一人で面接官をやるんだ。今回は、潜入とか諜報《ちょうほう》とか……そういう、話術を得意とした奴《やつ》らを多く募集してるから。上に立つ者としては、ハキハキ元気に、威厳をもって喋《しゃべ》れるようになれないと……困る」

〝ハキハキ元気に〟の真逆を行く、今にも消え入りそうな声だった。

「旅に出て、いろんな町を渡り歩けば何か分かるかなって思ったんだけど。お前が来たなら、丁度いいや」

ようやくこちらを向いたメルネスが俺の眉間に指をつきつけた。いつの間にか被り直されたフードの奥、銀髪の隙間から覗《のぞ》く薄緑色の瞳が、まっすぐにこちらを見つめている。

「レオ、お前が会話の先生になれ。三日後までに僕をコミュニケーションの達人にしろ」

「…………なんだそりゃ…………」

思わず頭を抱えそうになる。

コミュニケーション能力――対人スキル。他人と一緒に仕事するにあたって、ある意味もっとも重要な力。にも拘《かかわ》らず、どうやって鍛えればいいのかなかなか分からない力――それをこいつは、たった三日で達人級にまで鍛えてくれと言っている。

三日。納期も大いに問題だが、それ以上に重要なのはそこではない。最大の問題は……。

「お前、それ、誰かに相談した？」

「してない。でも、いま相談してる。お前に」

「誰にも相談してねえってことじゃねえか！」

「なんて話せばいいのか、よくわからなかったし」

最大の問題は、このことを誰にも相談せず、唐突に変な置き手紙を残して家出していったこいつの異次元思考回路《メルネス》だった。

見てくれよ！　こいつを三日間で達人に育て上げなきゃいけないんだぞ！

今回の仕事もこれまでと同じ……いや、これまで以上に骨が折れそうだった。

2. コミュ力に才能なんてないから安心しろ

――思うに、食というのは究極にして永劫《えいごう》不変の娯楽であると思う。

生きている以上は食わなければならない。その点においてはどんな生物も等しく同じだ。

生命維持だけではない。時に食事は精神的なリフレッシュにも用いられる。

たとえばインキュバスやサキュバスのような淫魔たち。彼らは人から吸い取った精気――どうやって吸い取るかはここでは割愛する――を糧《かて》とするが、それはそれとして定期的にオレンジや檸檬《れもん》のような柑橘類《かんきつるい》を摂取していることが多い。

なんでもイキのいい人間の精気は味が濃いから、サッパリとした果物を食べて口の中をリフレッシュしたくなるのだそうだ。最初にこれを聞いたときは本当かよと思ったが、実際食堂に来る淫魔の連中はどいつもこいつも柑橘類を齧《かじ》っている。本当なのだろうな。

「はいお待ちどうさま！　八番テーブル、ドワーフ風キノコソテーあがり！」

「お待ちどうさまでーす！」

「……でーす」

料理長のおばちゃんと俺、威勢のよい声があたり一面に響く。周囲のテーブルを見渡せば、実に様々な種族が入り混じっているのが分かるだろう。

グチャグチャした、よくわからない紫色の粥《かゆ》を口に運ぶゴブリン。檸檬を生で齧りながら、ピンク色の会話に花を咲かせる淫魔達。木の実と葉野菜のサラダを黙々と口に運ぶダークエルフ。生の鹿肉を齧っている人狼《じんろう》族の集団。

魔王城の地下。だだっぴろい空間にあらゆる種族がごった返すこの空間こそ、魔王城でもっとも人が多い場所——大衆食堂『魔のネズミ亭』である！

その食堂で、俺とメルネスは何をしているのか？

言うまでもない。《変装《ディスガイズ》》の呪文で姿を変え、今まさに接客の真っ最中だ。

「ねえレオ」

「はいっ、ゴブリン風サラダ五人分ね！　ドレッシングやクルトンはあっちの棚にあるからお好みでどうぞ！　……なんだ？」

「コミュニケーションの達人にしてくれ、ってお前に頼んだはずなんだけど」

「頼まれたな」

首肯する。

――三日後に待ち受ける、隠密《おんみつ》部隊の新規採用面接。

他の四天王が忙しいためにメルネス一人で面接官をやらなければいけないのだが、当のメルネス本人は会話をはじめとするコミュニケーション力にまるで自信がない。

やり方は任せる。なんとかしてコミュ力を鍛えてくれ。

ざっくりまとめれば、それが今回の――無影将軍メルネスからの依頼だった。

「対人スキルを磨きたいんだろ？　何がおかしい」

「なんで食堂で接客なのさ。しかもこんな格好で」

「……お前、部下の気持ちになってみろよ。四天王がウェイターやってる食堂で落ち着いてメシが食えると思うか？　《変装《ディスガイズ》》は必須なんだよ」

今のメルネスの格好はウェイトレス用の制服にヘッドドレス、女性モノの白い手袋だ。

平たく言えば女装させている。胸元には「メル」の名札。

元から女の子のような顔つきをしている上、体つきも華奢《きやしや》なのが幸いした。どこからどう見ても小柄で無口な新米ウェイトレスさんだ。メシ食ってるヤツら、まさか魔王軍最強の暗殺者《アサシン》がウェイトレスをやっているなど夢にも思うまい。

先日キッチンに殴り込んで見習いどもにレシピを伝授した際、食堂のおばちゃんと仲良くなっておいたのも幸いした。何も聞かずにメルネスを数日間だけウェイトレスとして使ってやってくれ……という俺の頼みを、おばちゃんは二つ返事で快諾してくれた。やはり人脈は様々な問題を解決してくれる最強の武器と言えるだろう。人間社会でも魔王城でも、それは変わらない。

「会話の特訓は？」

「それもさっき説明しただろ！　接客業にはコミュニケーションの基本がぎっちり詰まってるんだよ！……34番テーブル、野兎《のうさぎ》のグリルおまたせしましたー！」

「しましたー」

たっぷり十人分はある大皿を二人で運んでいく。メルネス一人で仕事をさせるのは不安だし、ただ働かせるだけではコミュニケーションの改善点が分からないだろう。不本意ではあるが、俺も付き添いで一緒に働いているというわけだ。

なお、俺の格好はごくごく普通のウェイター服である。それ以外は何もいじっていない。どころか、勇者レオとしてまるっと素顔を晒《さら》している。

最近分かってきたのだが、どうも勇者レオの顔を覚えている奴は予想以上に少ないらしい。やはり殆《ほとん》どが魔界で傷を癒やしているか、さもなくばとうの昔に魔王城から逃げ出したかのどちらかになるらしい。

エキドナはこういう場所にはまずやって来ないし、丁度良《い》い機会だと判断した。このまま素顔でウェイターをやってみて、バレなければ少しずつ素顔での行動範囲を広げていこう。外を出歩く度に《転身《メタモルフォーゼ》》をずっと維持するのもいい加減しんどくなってきたからな。

香ばしい香りを放つ野兎のグリルを客に届ける。テーブルとテーブル、人と人の間をすり抜けながら元の場所に戻ろうとする最中、メルネスが文句を言ってきた。

「そもそも僕にはコミュニケーションの才能がないと思う。そこも考慮してほしいんだけど」

「偉そうに言うな。コミュニケーションに才能もクソもあるもんかい」

「そうなの？」

「そうだよ。コミュ力に才能なんてない。場数と経験値がすべてだ」

そう言いながらも、内心メルネスの言いたいことは分からなくもなかった。何を隠そう、俺自身も昔は口ベタで苦労したクチだからだ。

〝他人と比べて自分はなんて口下手で、なんてコミュニケーションが下手なんだ〟……そういう自己嫌悪《けんお》は、会話が苦手な奴なら誰もが一度は通る道だろう。だからこそ、メルネスを元気づけるつもりでやんわりと言ってやった。

「どれだけ多く人と会話して、どれだけ多く会話で失敗してきたか。結局のところ、コミユ力なんてそんなもんさ。城で一番経験値を稼ぎやすいこの食堂なら、ガンガン失敗してガンガン経験値を稼げるだろうよ」

「ふーん。あ痛」

メルネスの額を指で小突く。

「その、全てを〝ふーん〟で流そうとするのが分かりやすい失敗例だな……ほら行くぞ。実戦経験を積むチャンスだ」

「ん」

キッチンの料理人が、カウンター越しにスープヌードルの椀《わん》を提供してきた。湯気を立てる金色のスープの中で、小麦を練ったヌードルがゆらゆらと揺れている。メルネスと共に十二個のお椀を曲芸のように運びながら会話する。

「いいかメルちゃん。会話っていうのは他人との共同作業だ。相手の投げた言葉をちゃんと受け取って、投げ返す。そこが重要だ」

「まわりくどい。分かりやすく言って」

「〝私は貴方《あなた》の話をちゃんと聞いてます〟ってアピールするんだよ。相手の立場に立って話を聞いてみろ」

例えば俺達が運んでいるこのヌードル。美味《おい》しいと感じるヤツもいればマズいと感じるヤツもいるだろう。これ美味しいね――その言葉に対する返事一つとっても、選択肢は無限だ。

『そうだね、美味しいね』で同意を示すのが正解かもしれない。『このヌードルすげえ不味《まず》いよな』が正解かもしれない。それどころか『俺はステーキが食いたかった』が正解な時もあるだろう。

結局のところ、正解を掴《つか》み取るには相手の気持ちを汲《く》み取らないといけない。

あなたは何を言いたいんですか。あなたはこの言葉にどんな想《おも》いを込めているんですか――相手の立場に立って、相手の気持ちを汲み取る能力が試される。これはどんな会話でも、どんな状況でも同じことだ。

「仕事だろうがプライベートだろうが、会話で必要なのは思いやりの心だ。相手の立場に立って考え、相手が一番欲しがってる話題を振ってやるのがいい」

「思いやりとか、暗殺者《アサシン》ギルドでは真っ先に捨てろって言われたんだけど」

「クソギルドめ……」

「何かないの。会話の奥義《おうぎ》みたいなもの」

「奥義か。奥義ねえ」

お客のテーブルに運んできたヌードルを置きながら考える。

確かに、暗殺者《アサシン》の英才教育を受けてきたこいつに思いやりを求めるのは無駄だ。ちまちまとした小技を説くより、一撃必殺の奥義を授けてやる方が良いのかもしれない。

奥義と呼べるほど大層なものではないが、幸いなことに『会話を上手《うま》く見せかけるテクニック』というものはいくつか存在する。

少し考えた後、俺はその中でも一番簡単なものを教えてやることにした。

「そうだな。じゃあ、奥義その一だ……とにかく黙って相手の話を聞いておけ。以上」

「ふざけてるのか」

馬鹿にされていると思ったらしい。メルネスが後ろから蹴りを入れてきた。

「痛え！」

「それじゃ会話にならないだろ。こっちは真面目に聞いてるんだぞ」

「〝話し上手は聞き上手〟って言葉があるんだって！」

「はあ……？」

不審そうな顔を向けてくるメルネスを手で制す。そもそも、会話は自分一人でするものではない。相手の話に耳を傾けるのも立派な会話だ。

その昔、俺がはじめて人間らしい会話をした時もそんな感じだった気がする。ただただ相手が喋《しゃべ》り、俺の方は話を聞くだけ。それ以外に俺がやったことといえば、相槌《あいづち》を打って話の先を促し、気になった点に質問するくらいだ。

そんなものでも会話はちゃんと成立するのだから、〝黙って相手の話を聞く〟ことがいかに大事かわかろうというものだ。

そうメルネスに説明してみたのだが、どうにも得心いかないという顔をされてしまった。

「まあ、そのうち分かるさ。俺の話を聞いてくれー、相談に乗ってくれー、って奴《やつ》は意外と多いからな。聞き上手は重宝されるぜ」

「そうなの？」

「ああ。たぶん、胸の内を吐き出すと楽になるんだろうな。仕事の愚痴とか、対人関係の悩みとか……ましてや、お前は面接官やるんだろ？　話し上手より聞き上手を目指してみろ。きっと上手くいくから。約束する」

「ふうん。相手の立場に立って、でもって、聞き上手か……」

「ああ。今度機会があったらやってみるといい」

分かったような分からないような。一瞬だけそんな複雑な表情を浮かべたメルネスだったが、すぐにいつもの無表情に戻る。

ちょうどお客からの注文が入ったので、講義は一旦そこで水入りとなった。

「おーい、そこのウェイトレス！　注文！」

「はぁい。ただいま」

メルネスがぱたぱたと客のテーブルに駆けていく。俺も何気なくそちらに目をやり――そのテーブルの周辺だけ、妙に閑散としていることに気がついた。

理由はすぐに分かった。一昨日あたりに軍に入ったばかりの人狼《じんろう》族の傭兵《ようへい》団だ。全部で十名ほどが一つのテーブルにたむろし、周囲の迷惑も顧みずに大声で騒いでいる。

「来るのがおせーんだよ！　兄貴がさっきから呼んでんだろうが！」

「俺らは〝月夜の遠吠《とおぼ》え団〟だぞ？　ナメてンと痛い目見るぜェ～！」

見ての通り、非常にガラが悪い。

意外かもしれないが、こういうチンピラめいた連中は魔王城だと結構珍しかったりする。なにせ城内の風紀を取り締まっているのはあのエドヴァルトだ。

まずは口頭で注意し、それでも大人しくならない場合はエドヴァルトの部下が、それでも駄目な場合はエドヴァルト自らが実力行使に出る。どんな荒くれ者も従順になる更生プログラムが組まれているのだ。

だが、軍団入りが昨日の今日とあっては流石《さすが》のエドヴァルトの目も届いていないらしい。

リーダー格の大柄な人狼が下卑た笑いを浮かべながらメルネスを迎えた。

「オイオイオイ、こりゃまた可愛《かわい》らしいお嬢ちゃんが来たなあ！」

「注文は？」

「酒ェ！　それから肉！　急いで持って来い！」

「そうだそうだ！　俺らは〝月夜の遠吠え団〟だぞ！」

先ほどから飲み通しなのだろう。見るからに全員酔っ払っている。

メルネスは先程の『聞き上手』を実践しようとしているらしく、けなげにおすすめ料理を提案したりして頑張っているが、酔っ払ったチンピラ相手には虚《むな》しい努力だった。

「それだけじゃ分からないよ。酒も肉も色々あるんだけど」

「〝さけも、にくも、いろいろあるんだけどー〟だってよ？　可愛いなァ～？」

「ヒャーッハッハッハッ！」

「これなんかどうかな。くり抜いたパプリカの中に肉が入ってて、エールによく合う……」

「うるせぇ～んだよォ！　なんでもいいからさっさとしろや！」

「そうだそうだァ！　俺らは〝月夜の遠吠え団〟だぞ！」

ふいにリーダー格が立ち上がった。さすがに魔王軍に入るだけはあるのか、体格はガッシリとしており、メルネスと並べば大人と子供のようだ。

リーダー格はわざと体格差を見せつけるようにメルネスの横に立つと、舐《な》め回すような視線を向けながらメルネスに言った。

「俺は女が食いてえなァ。なあ嬢ちゃん、今晩どうだ？　たっぷり楽しませてやるからよ」

「そういうのは食堂のサービスに含まれてないよ」

メルネスが冷たく言い放つが、男たちの目には〝怖いのを我慢して精一杯冷静を保っている〟と映ったのだろう。よりいっそう笑い声が大きくなった。

「カタいこと言うなよォ、俺のテクはサキュバスだって大喜びするくらいなんだぜェ～！」

「ギャーッハッハッハッ！」

その光景を遠目に見ながら、俺は密《ひそ》かにため息をついた。

（……はあ。どこにでも居るんだな、こういう奴らは）

接客業をやっていると、しばしばこういう手合いに遭遇することがある。つまり、客だからといって店員に何をしてもいいと勘違いしているような連中だ。以前、人に頼まれて一ヶ月ほど大衆酒場の主人になってみたことがあったのだが、こういうアホ共への対処には慣れるまで非常に苦労した。

逆を言えば、こういう連中にどう対処するかを学ぶのもまた、対人スキルを鍛える重要なプロセスの一つなのだが……。

「――ウギャアアアアーッ⁉」

叫び声があがり、俺の思考は中断された。

声の主はリーダー格の男だ。おそらく尻でも撫《な》でられたのだろう。俺の視線の先には、床に倒れ込んだリーダー格に関節技をかけるメルネスの姿があった。

「今度触ったら折るよ、この腕」

「折れてる折れてるッ！　もう折れてますーッ！」

「まだ折れてない。あと少しこっち側に捻《ひね》ると折れる」

「痛い痛い痛いイデデェェ！」

スカートが捲《まく》れ上がるのも構わず、四つん這《ば》いになった男の後頭部に左脚を巻きつけ、残りの三肢で行動を封じ、骨が軋《きし》む音すら聞こえそうな勢いで腕を極《き》めるメルネス。

あれは何ていう技だっけ？　体術にはあんま詳しくないんだよな……なんにせよ、立ったままの状態でまあ器用なものだと思わず感心してしまう。

「このアマァ！　やりやがったな！」

「兄貴に何しやがる！」

そうこうしているうちに、激昂《げきこう》した子分二人が腰の曲刀を抜き放ち、一直線にメルネスへ挑みかかっていった。

って、バカ！　正体を知らないとはいえ、命知らずにも程がある！

男の豪腕が唸《うな》り、曲刀が振り下ろされた。思った以上に鋭い太刀筋だ。

哀れ、か弱いウェイトレスさんの頭は真っ二つ――。

（な、わけないよな。無影将軍）

俺がそう思った直後、既に事は済んでいた。

「うがッ……!?」

「……ぐッ」

うめき声をあげ、子分二人がその場に崩れ落ちた。

手から剣が抜け落ち、カラン、と音を立てて床に転がる。

ふわりとスカートを翻《ひるがえ》らせ、メルネスが羽根のように着地したのはその後だ。

瞬《まばた》き一回。

誇張抜きにそれだけの時間しかかかっていない。

「な……な」

「まだやる？　全員まとめて相手をしてもいいけど」

残った連中はしばし呆然《ぼうぜん》としていたが、とんでもない相手に喧嘩《けんか》を売ってしまったことだけは理解したらしい。馬鹿笑いはすっかり鳴りを潜め、畏怖を込めた視線をメルネスに向けている。

「あ、いや……え？　何……」

「まだ、やる？」

「や、やりません！」

月夜のなんとか団全員が弾《はじ》かれたように立ち上がり、メルネスの足元に平伏《ひれふ》した。

「すみませんでした！」

完全に縮み上がっている。まあ、無理もない。ずっと観察していた俺でも咄嗟《とっさ》には分からなかったのだから、腕自慢の傭兵程度で見切れるわけがない。静かになったのを見計らい、思わずメルネスに声をかけてしまった。

「いまの、四発だよな？　合ってるか？」

「当たり」

「……手加減したよな？」

「した」

打ち倒したばかりの傭兵二人を見ながら、メルネスが背中で応じた。

まず、未《いま》だに床の上でのたうち回っているやつ。こいつは確か、鳩尾《みぞおち》への貫手を食らったあとに喉仏を強打された奴だ。呼吸が整うにはもうしばらくの時間が必要だろう。

もう一人は股間へ強《したた》かな蹴りを受けた後、稲妻のように鋭い手刀を後頭部に受けた。こちらは声すら出すことなく即座に気絶した。

恐ろしい……あの一瞬で四発入れるのもさることながら、急所を狙うのに何の躊躇《ためら》いもないのがまた恐ろしい。さすがは暗殺者《アサシン》ギルド育ちといったところか。

メルネスが味方となった今では頼もしい限りなのだが、これじゃあ見る奴、いや〝見えない奴〟からすればメルちゃんの正体がメルネスだとすぐに分かってしまうだろう。動きが人外すぎて、逆に心当たりが多すぎる。

実際、事の成り行きを遠巻きに見守っていた周囲のテーブルからは『あの子ひょっとして……』『でもメルネス様って男じゃ……』みたいな声があがりつつある。

どうも、ギルドでメルネスが習得したスキルの中に、正体を隠す類のものは一切含まれていないようだった。

「はあ……教えなきゃいかんことが増えたかな、これは」

仁王立ちするメルちゃんに土下座する人狼どもを見ながら、俺は小さくため息をついた。

――

食堂のバイトから解放されたのは、陽も沈んでだいぶ経《た》ってからだった。

俺とメルネス、二人で廊下を歩きながら今日一日を振り返る。俺とメルネスもウェイター／ウェイトレス姿のままだが、このフロアは四天王と俺に割り当てられた居室しかないから気楽なものだ。

「……疲れた」

「お疲れさん。初日にしちゃいい感じだったぞ。特に、あのバカ共への対処がな」

「痛めつけただけだけど」

「ああいう連中にはあれで正解だ。あと、あいつらの話を聞きながらおすすめ料理を提案したりもしてただろ？」

「まあね」

メルネスが頷《うなず》いた。ほんの僅かにだが、声色に誇らしげなものが混じっている。

「僕なりに〝聞き上手〟を頑張ってみた。相手の話に耳を傾けて、相手が求めてそうな話題を振る。少しは上手《うま》く出来てた？」

「ああ。良かったよ」

率直に褒めた。

世辞ではない。メルネスは俺の予想を遥《はる》かに超える成長を見せている。

当初、メルネスのコミュニケーション力はもっと深刻なレベルだと思っていたのだが、なんのことはない。結局はリリの指揮能力と一緒で、素養があるのにこれまで伸ばす機会が無かったという、それだけの話だった。

俺のアドバイスをよく聞き、注意されたことは繰り返さない。一回目よりも二回目、二回目よりも三回目の方が確実に成績が良《い》い――さすが四天王というか、単に若くて吸収力があるだけなのか。メルネスのコミュ力はメキメキと伸びていっていた。

（俺の会話テクをメルネスに叩《たた》き込みながら、並行してバイトで経験値を稼がせる。それで十分、面接には間に合いそうだな）

思ったよりも簡単に片付きそうで、ホッと胸を撫で下ろす。

「よし、入れメルネス。今日のまとめをする」

「ん」

俺は自室にメルネスを招き入れ、古ぼけたテーブルの脇にある椅子に腰掛けた。

メルネスには反対側の椅子に座るよう促し、テーブルを挟んで向かい合わせになる。面接でよく見る光景だ。

「何するの？」

「実戦形式が一番手っ取り早いからな。俺が相手をするから、模擬面接してみろ」

「僕が面接官で、お前が面接される側？」

「そういうこと。今日一日みっちり頑張ったぶん、お前の会話スキルも上がってるはずだ。なんでもいいから、本番のつもりで俺にいろいろ質問してみろ」

「なんでもいいの？」

「なんでもいいぞ」

言ってから後悔した。メルネスの目が微《かす》かに細まるのを、俺は見逃さなかった。

まずいな、ちょっと安請け合いしすぎたか？　こいつの吸収力は日中イヤっていうほど見てきたというのに、気が緩みすぎていた。昨日までのメルネスならともかく、今のこいつはどんなクリティカルな質問を飛ばしてくるかわからないぞ……！

「お前さ」

「おう」

気をもむ俺に投げかけられたのは、かなり予想外の質問だった。

「〝人類を滅ぼす為《ため》に魔王軍に入りたい〟ってあれ。嘘《うそ》でしょ」

3. 勇者、長年の悩みを聞いてもらう

「〝人類を滅ぼす為に魔王軍に入りたい〟ってあれ。嘘でしょ」

「……はー」

俺は小さく息を吐くと、ソファに深く腰掛けなおした。僅かな沈黙。メルネスはずっとこちらを見ている。

「その質問はシュティーナあたりから飛んでくると思ってたよ。まさかお前とはな」

「相手の立場に立って考えるのが会話の極意だって言ってただろ」

感嘆する俺に対し、やや憮然《ぶぜん》とした顔でメルネスが返した。

「だから、試しにお前の立場で考えたんだ。そしたら簡単なことだった。人間なんて、魔王軍に合流しなくてもお前ひとりで滅ぼせるじゃないか」

「偉いな。そこまで人の気持ちになって考えられるなら、もう立派なコミュニケーションの達人だ」

「なんで滅ぼさなかったの？」

「はははは、俺も知りたいわ！　なんでだろうな？」

ローテーブルに置いておいた文鎮を投げつけられる。すかさずキャッチし、何か文句を言おうとしたが……やめた。メルネスの表情は暗く沈んでいた。

俺が無言で文鎮を置くと、メルネスが小さく言った。

「……悲しくなかったの？」

「ん？」

「守ってやったのに捨てられたんでしょ。命をかけて戦ったのにさ。なのに、なんでお前、そんなにヘラヘラしてられるんだ。人間なんて全員死ねばいい、って思わなかったのか」

……まだ敵対していた頃、何かの役に立つかと思いメルネスの生まれを調べたことがある。半人半魔。人と魔族との混血。幼少時から気味悪がられ、奴隷商人に売り飛ばされ、あちこちを転々とした末に暗殺者《アサシン》ギルドに買われた少年。それがメルネスだった。

ギルドの連中も、もともとは暗殺対象もろとも死ぬはずの捨て駒としてこいつを買ったんだろう。だが、幸か不幸かメルネスは類まれな才能を発揮した。暗殺対象を仕留めたばかりか、追っ手を撒《ま》き、あるいは殺してギルドへ生還した。

それ以来こいつは暗殺者《アサシン》として生きてきた。ついにはギルドマスターにまでなり、独自のルートでエキドナとコンタクトし、魔王軍四天王となった。

「とぼけるなよ！」

人間が憎いのだろうな、と思った。だからこそ、人間を滅ぼす力を持っていながらそれをしない俺が理解不能なのだろう。

「僕は人間なんかどうなってもいい。だからエキドナに協力してる。でもお前は、そういう……えっと」

「人類への憎しみ？」

「そう。そういうのとは別で動いてるように見えた。なんでだよ。信じてた奴《やつ》らに裏切られたら悲しいし、憎むもんじゃないの」

「……お前」

思わず感心した。このメルネス、他人なんてどうでもいいですって顔をして、実は結構な世話焼きなのかもしれない。

なんというか、魔王軍に入ってから新しい発見が多すぎる。クールな切れ者だと思っていたシュティーナはただのポンコツ女だったし、アホの野生児だと思っていたリリは真面目な良い子だった。

そして、無愛想かつ無感情だと思っていたメルネスがこれだ。

「おいおい泣くなよ……俺が悪いみたいだろ」

「うるさいな」

面接の日、俺の志望動機を聞いて黙り込んでいたのは、別に俺の魔王軍入りが不服だったからではない。どうもこいつ、人間たちに追い出された俺に心の底から同情してくれていたらしい。

つくづく世の中には自分の目で見ないとわからないものが多すぎるな、と他人事《ひとごと》のように思った。

こうも真摯な姿勢で問われては、俺もはぐらかすわけにはいかなかった。

「憎しみっていうか……どっちかっていうと悲しかったし、寂しかったな。ついに〝お前は要らない〟って言われちまったんだから。長いこと人間を守ってきた身としては、そりゃあ遣る瀬無《やるせな》いさ」

「……？　長いこと？」

「だが、泣き寝入りしないのが俺のいいところだ。逆に考えたんだよ！　ようやく人間どもが勇者離れしたんだ、これで好き勝手できるぞ……ってな」

俺が生まれた時の話をしよう。

あれはだいぶ昔のことだ。機械文明が最盛期だったころだ。魔術が世界中に普及する前だ。大陸の形が今と少し違い、聖都のあたりがトーキョーと呼ばれていた時代だ。

打ち上げられたロケットは星の海を渡り、無数の人工衛星が地上を見守り、不可視の超高速情報ネットワークがこの星を覆っていた。多少の緊張こそあるが世界は概《おおむ》ね平和に満ち、今のように多種族がひしめくことはなく、人間は人間だけで都市を創って暮らしていた。

そんなある日のことだった。何の前触れもなく、トーキョーのど真ん中に穴が開いたのは。

ぽっかりと口を開ける底なしの黒い大穴。やがてそこから現れたのが、無数の悪魔どもだった。

……いや、悪魔という言い方は適切じゃないな。

インプにドワーフ。オークにゴブリン。サキュバスやインキュバスといった、現代でお馴《な》染《じ》みの魔界の住人たち。そいつらを全部ひっくるめて、当時は『悪魔』という呼称が採用されていた。

彼らはエキドナと同じだ。薄暗い魔界に嫌気が差したんだろうな。暖かな光を求めて地上、人間界へやってきたようだった。

中には人間と平和的に共存しようとするやつもいたが、多くの悪魔は身勝手に振る舞いだした。人を襲う奴らも出てきた。

当時の人間がどうするかって言えば、そりゃあ、応戦するわな。

《穴》は世界中に開いていった。極東の島国の混乱が、やがて世界中を覆う人間と悪魔の大戦争になるまで、そう長い時間は要らなかった。

そして悲しいかな──人間は弱い。今も昔もそれは変わらない。当時は悪魔どもの生態もよく分かっていなかったから、数人がかりで悪魔一体を追い払うのがやっとだった。

──もっと強い武器を。

──悪魔どもを倒せる武器を。

──悪魔どもの脅威から、人間を守ってくれる最強の武器を。

それが世界の選択だった。

各国首脳は人種や宗教といった垣根をすべて取っ払い、対悪魔用の究極兵器の開発をはじめた。

悪魔を倒すには悪魔の力。悪魔に悪魔をぶつけて倒す。悪魔達の力を参考にして作られたのは、人類を守護する最強の刃。悪魔の力を宿し、完全自律稼働《かどう》し、無限に成長する生体兵器。

全部で十二体のデモン・ハート・シリーズ。その一体。最後の生き残りが俺だった。

『人間を守れ。世界を救え』。そんな至上命令を植え付けられて作られた。

俺は生まれた瞬間から勇者で、それ以外の生き方を知らなかった。どんな勇者もいずれは老いて死ぬんだろうさ。どんなに世間から惜しまれようと、疎《うと》まれようと、最後は揃《そろ》って墓の下っていうのが人間の終わり方だ。

だが、俺たちはとびきりタフで、とびきり長命に作られてしまった。世界を覆った悪魔達の諸問題が解決し、機械文明が滅び去り、世界が今の魔術文明になってからも半永久的に生きなければならなかった。

気の遠くなるほど長い年月、人を守る勇者として生きてきた。……いや違う。戦いの中で散っていった他のＤＨシリーズと違い、俺一人だけ死に損ねてしまった、と言った方が正しい。

強くなりすぎた俺には死に場所すらなくなっていった。人間に紛れて生きる中で、時々世界がピンチになり、その度に世界を救ってきた。

誰かに乞われて救うこともあれば、自分から救うこともあったが——自分がやっていることが本当に正しいのかどうかは分からないままだった。俺がやっているのは、人間たちの自立を妨げる、ただのお節介なんじゃないか。

その疑問に応えてくれる奴はいなかった。さりとて、世界を護《まも》るという義務を放棄することもできなかった。

……だから正直、全世界から拒絶された今回の一件は嬉《うれ》しかった。悲しかったし寂しかったが、喜びのほうが大きかった。〝勇者なんて不要だ〟という、世界中からの温かい言葉。それは俺にとっては貴重な……人生初の、勇者を辞める機会の到来だった。

「人間を守らなくていい。万が一そんな時が来たら、その時は自分がやりたいことをやろう。第二の人生を謳歌《おうか》しよう。そう決めてたんだ。だから、ずっとやってみたかった〝魔族に味方する〟なんてことをやってる」

「……待って。お前の言ってること、全然わからないぞ」

「エキドナが魔界に帰らなくてよかったよ。あいつの親父《おやじ》知ってる？　魔王キュクレウス。あれはすぐ魔界に帰っちまって、話す暇もなかった」

「待てってば！」

メルネスに制止され、ようやく俺の口は止まった。

話し上手は聞き上手だという。人はみな、自分のことを話したがっている。話して楽になりたがっている。何のことはない。俺自身もそうだったのだ。俺自身、この話を誰かに聞いてほしかった。

いつ打ち明けようかと悩んでいたが、心が楽になるのを感じた。

「言ってることがわからない。そもそも、魔王キュクレウスが人間界に侵攻したのって何百年も前だろ。伝承だと」

「そうそう。当時世界を救ったっていう謎の大賢者様。あれは俺だ」

「……お前、何歳なの？　いや、そもそも」

メルネスがかぶりを振った。

「何者なの？」

「ただの勇者だよ。生まれつきやたら強く作られただけのな。歳《とし》は……わからん。千歳を超えたあたりから数えるのをやめた」

くるくると羽根ペンを回しながら、これまでの人生を思い出す。

「でも、随分長く生きてきたよ。色々な町に立ち寄って、色々な職を体験して、色々な人間と出会った。絶対守ってやりたいと思うような良《い》いやつもいれば、一秒でも早くこの世から消えてほしいような悪党だっていた。その上で言うんだが」

ぴしりと羽根ペンの羽根でメルネスを指し示す。

「お前ら、いい奴らだよ。エキドナも四天王もバカだが、いい奴らだ。この俺が、お前らの為《ため》になら頑張ってもいいなって思うくらいにはな」

「バカって」

「だから安心しろ。魔王軍が求めてる《賢者の石》は、必ずお前らにプレゼントしてやる。お前ら全員が幸せになれるよう、俺が助けてやる」

「…………もー」

ふいに、メルネスがふてくされたような声をあげた。そのままソファにうつ伏せに倒れ込み、色白の足をじたばたと動かす。

「よく分かんない。お前、詳しく説明する気ないだろ」

「おいおい説明してやるよ。だいたい、本当ならここまで話すつもりなんてなかったんだぞ」

「じゃあなんで話したんだよ」

じろりとこちらを睨《にら》んでくる。

「お前の顔が真剣だったから、かな。口下手だろうが、笑顔が硬かろうが、〝私はあなたと話したいんです〟って姿勢があれば相手は必ず応えてくれる。俺も、お前からそういう気持ちを感じ取ったから、正直に話してみたわけだ」

湖畔でメルネスと話した時から感じていたことだった。こいつは確かに口下手だが、コミュニケーションにおいて一番重要な武器を持っている。

病気の人間を治す時、一番大切なのは患者の意志なんだそうだ。〝治りたい〟と患者が願わなければ、どんな名医でも完治させるのは無理なのだと。

その点、メルネスは最初から前向きだった。自分が口下手なのを真摯に受け止め、新しい環境で何かを摑《つか》むために自分から旅に出て、しまいには俺に〝会話の達人にしてくれ〟とお願いしてきた。

そういう真摯な姿勢こそが、コミュニケーションにおいては一番重要なことなのだ。俺がちょっと秘密を語ってしまうくらいには。

「お前にはそういう、マジメでまっすぐな想《おも》いがある。ちょっと口下手なのは確かだが、大丈夫だよ。面接官だって上手《うま》くやれるさ」

メルネスの銀髪をくしゃりと撫《な》でてやる。当の本人は『触るな』と小さく呟《つぶや》くと、ソファに寝転がったままそっぽを向いてしまった。

「……もう知らない。疲れた。今日はここで寝る」

「おいやめろ、自分の部屋で寝ろ。明日も食堂で仕事だぞ！」

「おやすみ」

「おい！」

早くも寝息を立てはじめたメルネスを揺さぶりながら、窓の外を見る。

生まれてから何千年も経過した今でも、夜の月は変わらず世界を照らしていた。

《見えざる刃》
無影将軍メルネス

(実)年齢…… 17歳

種族………… 人間(半人半魔)

半人半魔、色白の少年。元は捨て子で、奴隷商人経由で暗殺者《アサシン》ギルドに売られた経緯を持つ。

自由と友愛を司る風精霊《シルフ》の強い加護を受けており、不可視の足場を一瞬だけ空中に作り出す『朧陽《オボロビ》』や、短距離を瞬間移動する『無影《ムエイ》』といった高等技能を使いこなす。

暗殺者《アサシン》らしく《変装《ディスガイズ》》、《透身錯視《インビジブル》》、《無音歩行《スニークウォーク》》などの補助呪文も習得しているが、演技が致命的に下手なので潜入工作はやや苦手。好物はリンゴ。

第六章　勇者VS竜将軍エドヴァルト

1．できる奴《やつ》ほど自分基準で考えやすい

「――父は！　なんでもかんでも、自分基準で考え過ぎなのです！」

「ああー、わかったわかった」

魔王城の自室。俺は向かいのソファに座る女騎士から、かれこれ一時間近く悩み相談を受けていた。よほど不満を溜《た》め込んでいたのだろう。悩み相談というか、後半は殆《ほとん》ど愚痴に近かった。

「お前の怒りはよくわかったから、まずは落ち着いて茶でも飲め。上物だぞ」

「……失礼を」

軽鎧《けいがい》に身を包む少女の名はジェリエッタ。歳の頃は十六、七。まだどこか幼さを残した顔つきは一見すれば普通の人間と違わないが、よく観察すれば首元や手首など、急所を護るように覆う赤い竜鱗《ドラゴンスケイル》があるのが分かる――つまり、竜人族だ。

ついでに補足すれば、最上級の硬度を誇る赤い竜鱗《ドラゴンスケイル》は竜人族の中でもかなりレアら

しく、今では竜将軍エドヴァルトとその親族くらいしか残っていない。

そう。このジェリエッタこそ、魔王軍四天王・竜将軍エドヴァルトの副官にして実娘であり、今回、何故《なぜ》エドヴァルトの奴が〝部下が失敗したので自害します〟なんてトチ狂った真似《まね》に走ったのか、その理由を知る人物だった。

「つまり、整理するとだ」

「はい」

背筋を伸ばすジェリエッタ。俺はあまりのアホくささに頭痛を覚えながら、彼女が話した内容を要約してみた。

「〝厳しい訓練を施した自分の部下の歩兵部隊がアークキマイラごときに敗北した。なんと情けない。なんという根性なし。こんな奴らを育ててしまった俺にも責任がある。もはやこうなれば、部下の教育失敗の責任を取って自害するしかない！〟――と」

「そういうことになります」

「最上級の莫迦《ばか》だろう、あいつ」

茶をすする。ジェリエッタも頷《うなず》いて上品に茶を飲み、無言の同意を示した。

「自分が死んだところで、………」

「？　レオ殿？」

「ああ、いや。自分が死んだところで部下が強くなるわけでもないし、問題が解決するわけでもない。それくらいエドヴァルトも分かっているだろうに」

「はい。そもそも、アークキマイラは合成獣《キマイラ》の中でもかなりの強敵です。練度の低い混成歩兵部隊で倒すのは困難を極めるでしょう」

合成獣《キマイラ》というのは、錬金術師《アルケミスト》たちが実験で作り出してしまった人工魔獣だ。意思疎通はまず不可能で、相手が人間だろうと魔族だろうと無差別で襲ってくる。まあ、おかげで軍の訓練相手としては心を痛めず使うことができるんだが。

俺がリリの訓練で使ったスライムのような魔術生命体もキマイラといえばキマイラだ。錬金術師《アルケミスト》の増加に伴い野良《のら》キマイラが随分と増えてしまって、世界中に広まったキマイラの処分は人間界でも重大な問題となっている。

そんなキマイラ討伐の効率を上げるため、各キマイラにはタイプごとに討伐難易度を示すランクが設定されている。ひよっこ剣士や駆け出しの魔術師でも倒せるような雑魚《ざこ》をEランクとして、そこからD、C、Bと上がっていく。

エドヴァルトが訓練に使ったアークキマイラは上から数えたほうが早い『Aランク』。人間社会なら、聖都お抱えの神殿騎士やら何やらが動くレベルの強敵だ。

獅子《しし》の頭、山羊《やぎ》の胴体、毒蠍《さそり》の尻尾。鉄をも切り裂く鋭い爪を持ち、オーク二十人分以上の怪力を誇り、対魔力防御も高い。倒すのは困難を極める。

「常識的に考えて、ちょっと鍛えた程度の兵士がそう簡単にAランクキマイラを倒せるワケないだろ。エドヴァルトはいつもそうなのか？」

「……恥ずかしながら。父は自分が強いぶん、他人にも同じレベルを要求してしまうのです」

「あー……」

「お分かりですか。父にとって、新兵たちがアークキマイラに勝てないのは当然のことなどではない。ひとえに兵士たちの〝努力不足〟なのです」

「努力不足ねえ」

もっともらしい理由に聞こえるが、これがまた厄介な言葉だ。何故って、多くの場合この言葉を振りかざすのは『強いやつ』だからだ。

ケンカが強いやつ。頭がいいやつ。仕事が出来るやつ……なんでもいいが、とにかくそういう『強いやつ』は様々な要因が絡《から》み合《あ》ってそうなっている。

ケンカが強いやつなら、他のやつよりも体格に恵まれて生まれてきたとか。頭がいいやつなら、生まれが良くて親から高等教育を施して貰《もら》ったとか。

本人からすれば『自分が強いのは努力してきたからだ』と言いたいところだろうが、実際のところは決してそれだけではない。他人から授かる多くの外的要因。それに本人の才能や努力が上乗せされてはじめて『強いやつ』が完成する。

強いのは基本的に良《い》いことなのだが、それが上司だとちょっと事情が変わってくる。

「ナチュラルに強いやつが上司だと厄介なんだよな……なにせ、弱いやつ目線で考えることが大の苦手ときてる」

「はい。父は、ひとりの戦士としてはこの上なく有能なのですが、よい戦士がよい上司になるかというと、それはまた別の話ですから……」

ジェリエッタの言葉に俺も頷き、同意する。

そうなのだ。いま彼女が言ったように、『戦士として優れている』のと『上司として優れている』かはイコールではない。まったく別の話だ。

前に俺が遭遇した例だと、とある町の剣闘士ギルドがあった。

剣闘士というのは簡単に言ってしまうと傭兵《ようへい》で、キマイラをはじめとする魔獣やならず者から村や町を守ったりする連中だ。ここの副マスターはまだ若かったが、幼い頃から様々な魔獣と戦い腕を磨いてきたおかげで剣の腕前はトップクラスだった。当然メキメキと出世し、あっという間にギルドマスターになり、ギルドの全権を任せられるようになった。ここまでなら、普通に良い話で終わるだろう。

ところが、しばらく経《た》って俺が同じギルドを訪れると、ギルドは荒廃し人はめっきり減っていた。残っているのは古参メンバーとギルドマスターのそいつくらい。何があったのかと問えば、新人が育たずに次々と辞めていくのだという。

どういう教育をしていたのかと俺が聞いてみると、その内容はひどいものだった。まだ右も左もわからぬ新米をいきなり実戦に連れ出し、大型のキマイラや飛竜《ワイバーン》といったかなり手強《てごわ》い魔獣と戦わせていたらしい。

アホかと思ったが、なにせギルドマスター本人がそうやって強くなってきたのだ。説得力があると言えばあったのだろう。ギルドの幹部たちもそれに同調し、世界一厳しい剣闘士ギルドという方向性でギルドを運営していった。

まあ、新米はすぐ辞めるよな。技術を身に付ける前に死ぬかもしれないし。

人が増えないと活気もなくなる。活気がなくなれば仕事も少なくなる。次第に中堅どころもギルドを去っていき、町としても別の傭兵に仕事を依頼するようになっていった。

ギルドマスターはこの状況を大いに嘆き、絶望の淵《ふち》に沈んでいた。

『何故だ。俺はこうやって強くなってきたのに、何故他の奴らはついてこられないんだ。あいつらは軟弱すぎるんじゃないか？』

悩み、憤《いきどお》るギルドマスターに向かって、俺はこう言ってやった。

『……いやお前、トロル族だろ。死にそうな重症負っても三日で治るじゃん。フツーの人間がついていけるわけねえじゃん』

『…………！？！？！！！』

いや言われなくても気づけよそれくらい！　という話は置いといて。

つまるところ、人は自分の才能には極めて気づきにくいのだ。

トロル族は凄《すさ》まじい再生能力を持っており、心臓をブチ抜いて頭を潰さない限り死なないと言われている。指の一本二本が吹っ飛ぶくらいなら人間で言うところのかすり傷程度で、翌日には新しい指が生えてきている。

人間からすれば脅威のタフネスなのだが、トロル本人にとってはそれらが当たり前になっていて、ついつい忘れがちになってしまう。

当たり前のことほど、それが特別であることに気づきにくい。自分が当たり前にやっていることは、いつしか『他人にとっても当たり前であるはず』に昇華されてしまう。

トロルのギルドマスターもそこらへんを忘れていたのだろう。いや、知識としては忘れているわけがないのだが、心の奥底でそこを軽視してしまっていた。

『俺に出来ることは他人も出来て当然』──その考えこそ、ギルドが荒廃した要因だった。

俺はお茶を飲み、ジェリエッタにその事例を話した。

「……たしかに。父もそういうところは多分にあります。ひどいときは竜鱗《ドラゴンスケイル》の防御力を前提にして話を進めたりしますし」

「そうだろうな。竜鱗《ドラゴンスケイル》はあいつにとって、あって当然のもんだからな。あって当然の物は忘れやすい。困ったもんだ」

　できる奴ほど自分基準で考えやすい——良い戦士が良い上司になれるとは限らないのは、ここらへんが原因だ。加えてエドヴァルトにはもう一つ問題があった。

「エドヴァルトの奴ってすげえ努力家だろ？」

「はい。以前はもちろん、レオ殿……あ、失礼。オニキス殿と呼んだ方が？」

「いいよ誰もいないし。で？」

「レオ殿に負けたのはひとえに自分の鍛錬不足だと悔やんでいるようで、それからはいっそうのこと、日々の鍛錬量を増やしています」

「だろうなあ……素質があるやつがずっと努力してきたら、そりゃ強くもなるよな」

　他人を強くしたい時、人はいったい何をするか。多くの人が取る方法は、実のところさっきのギルドマスターと同じだ。つまり『自分がどうやって強くなってきたか』を思い出し、それを他人にもやらせてみるのだ。

　それがまっとうな内容だったらいい。素質が無くてもクリア出来る内容ならいいだろう。

あるいは、素質が無いやつでもクリアできるようなレベルにまで難易度を下げ、内容を調整したものだったらいいだろう。

しかし、強いやつはそれが出来ないことが多い。自分は高難度の試練クエストを乗り越えて強くなってきたという実績があるから、同じような高難度クエストを他人にも強要してしまう……それこそが、強くなる一番の近道だと信じているからだ。

君たちだって頑張ればこのクエストをクリア出来るさ。クリアできればきっと俺と同じ強さになれる。クリアできない？　それは君たちの頑張りが足りないからだ！

「大方、そんな感じだろ。エドヴァルトの部下どもも辟易《へきえき》してるんじゃないか」

「はい。既に何人か逃亡者も出ておりまして……いえ、私の方で捕まえたので父の耳には入っていませんが」

「賢明だな。エドヴァルトにとっちゃそいつらは皆揃《そろ》って〝根性なし〟だ。なんで脱走するのかすら分からず、明日からの訓練をもっと厳しくするぞーとか言い出すだろう」

「……レオ殿。私はどうすれば良いのでしょう」

意気消沈し、ジェリエッタががっくりと肩を落とす。かわいそうに。

断っておくと、エドヴァルトは決して悪いやつではない。しかし戦闘に長《た》けた竜人族の中でも一番の努力家とあって、〝強いやつ〟特有の嫌なところをふんだんに詰め込んでしまった性格をしているのも事実だ。

実の娘ともなれば、そういう『強いやつ』の嫌な部分をたっぷりと見せつけられてきたのだろう。燃えるような赤いポニーテールも力なく肩に垂れ、どうすればいいかさっぱり分からないといった顔だった。

俺は立ち上がり、ジェリエッタの肩を叩《たた》いた。

「……まあ任せろ。丁度このあいだ、リリがラルゴ諸島で良いものを発掘してきた」

机の引き出しから紙切れを取り出し、放り投げる。それはラルゴで発掘された《良いもの》の報告書だった。

「そいつと戦わせりゃあ、エドヴァルトも少しは懲りてくれるだろうさ」

「……これは……!」

がたり。音を立ててジェリエッタが立ち上がる。

『つよい』『かたい』『ぴかぴか光って、なんでも斬っちゃう剣をつかう』

補給任務中のリリが偶然発掘した機械文明時代の遺産。Sランクキマイラを遥《はる》かに凌《しの》ぐ超強敵。

俺がエドヴァルトにぶつけようとしているのは、禁忌の兵器、機械巨人《マシンゴーレム》だった。

2．良い戦士が良い上司になるとは限らない

「――だ、ダメだ！　退け、退けェー！」

ずしん。

ちょっとした家くらいの大きさを誇る純白の巨人が、一歩前に踏み出した。

剣や槍《やり》をへし折られたゴブリン重装兵たちがアリの子を散らすように逃げていく。よし、そうだ、逃げろ逃げろ。アレはアークキマイラなんかよりよっぽどヤバい代物だ。お前たちで敵《かな》うわけがない。

俺は《浮遊陣《レビテーション》》で上空に浮き、光の屈折を操る《陽炎幻衣《アウロラ・ローバス》》で姿を消しながら下の様子を見守っていた。

死者が出ないよう時折こっそり手助けしてやるが、それ以外は何もしない。この巨人はあいつに――エドヴァルトに倒して貰わないと困るのだ。

（まだかよ、遅いな……おっ、来た来た。来たぞ）

逃げる部下共を叱咤《しった》しながら駆けてくる、大柄な影がある。

超硬度を誇る赤い竜鱗《ドラゴンスケイル》。

背負った大剣は、竜人族に伝わる金剛不壊《こんごうふえ》の聖剣、カラドボルグ。

彼こそが今回の主賓。魔王軍四天王の一人にしてジェリエッタちゃんの悩みの種、竜将軍エドヴァルト殿だ。

「何をしている！　敵を前にして逃げるなど、それでも魔王軍兵士か！」

「しかし将軍、あれはいくらなんでも……あああ、またあれが来るぞ！　伏せろー！」

巨人の目が光った。それと同時に、薄紫色をした奇妙な光線がきらめき——やっべ！

俺は慌てて呪文を唱え、両手で小さく魔法陣を描いた。《光殺鏡《レフレクションレイ》》。今は使われなくって久しい、ああいった光学兵器専門の特殊防御呪文だ。

間一髪。光線の進路上に俺が描いたとおりの魔法陣がごく一瞬だけ現れ、今は使われていない物見台の方向へ光線を捻《ね》じ曲げた。薄紫の破壊光線は、まるで物理抵抗など感じさせずに煉瓦《れんが》作りの物見台を真っ二つに寸断した。

一瞬遅れて炎が噴き出す。辺り一面が瞬《また》く間《ま》に紅蓮《ぐれん》の地獄と化していくのを見て、俺はちょっと後悔しはじめていた。

（あ、あっぶねえ……火力がおかしいだろ火力が！）

科学文明時代、各国は対悪魔用兵器として多くの機械巨人《マシンゴーレム》を建造したが、こいつはその中でも最強クラスの機体だ。

コードネーム・ファントムⅨ《ナイン》。上級魔族や魔王ベリアルといった強敵を想定し、某超大国が金に糸目をつけず建造した重装二脚タイプ——エドヴァルトを改心させる為《ため》とはいえ、こいつを目覚めさせるのはちょっとやりすぎたかもしれない。

この機械巨人《マシンゴーレム》を目覚めさせたのは、他ならぬ俺。もちろん遊びで起動させたわけではなく、ジェリエッタの悩みを……つまりエドヴァルトの考えを改めさせ、兵士たちの負担を軽減したいというちゃんとした理由がある。

……理由があるのだが、それにしてもこの火力はちょっと想定外すぎる！

「また来る……！　勇者の威信にかけて怪我人《けがにん》は出さねぇッ！」

ふたたび発射された破壊光線を《光殺鏡《レフレクションレイ》》で明後日《あさって》の方向に捻じ曲げる。上空の雲が蒸発し、空にぽっかりと丸い穴が空いた。

ちょっとずつ分かってきた。どうもこのポンコツ、何百年も地中で眠っていた間にリミッターがイカれてしまったらしい。こいつがさっきからバシバシ撃ってる破壊光線は頭部にマウントされた陽電子砲によるもので、本来ならチャージと冷却合わせて九十秒のインターバルが必要な代物なのだが——今はそんなのお構いなしに連射を続けている。

破壊光線の中でも致命的なものを逸らし、兵士たちの退路を確保しながら、俺は注意深くエドヴァルトの動向を見守ることにした。

「これは……！」

「将軍もお退きを！　あれは無理無理、ほんと無理です！　死ぬ！」

「……ふっ。面白いではないか！」

ゴブリンの重装歩兵がじたばたと逃げていくのを止めもせず、エドヴァルトが嬉《うれ》しそうに笑った。大剣カラドボルグを引き抜き、マシンゴーレムめがけ一直線に駆けていく。

「何が『無理』だ！　最初から無理だと諦める者に勝利は摑《つか》めぬ！　このような人形風情《ふぜい》、この竜将軍エドヴァルトが叩き潰してくれるわッ！」

いかにも体育会系ですといった感じの精神論を叫びながらエドヴァルトが突貫する。一方、迎え撃つマシンゴーレムの右腕からは眩《まばゆ》い光が放出され、剣の形に収束し……いや待て、あれはヤバいヤバいヤバい！

『おいバカやめろエドヴァルト！　伏せろ！』

「⁉」

咄嗟《とっさ》に飛んだ俺の声に従い、エドヴァルトが身を沈めた。その数センチ上を、機械巨人《マシンゴーレム》が抜き放った光の剣が通過した。

レーザーブレード。超高温の光を束ねて刀身とした科学兵器。エネルギー消費こそ激しいが、その熱量は炎熱系の最大呪文にも匹敵する。斬られれば何もかもが真っ二つだ。高い防御力を誇るエドヴァルトとて例外ではない。

『古代のレーザー兵器だ。お前は知らんだろうが、直撃すればお前の竜鱗《ドラゴンスケイル》すら焼き切る代物だぞ！』

「レオ殿……⁉」

『オニキス卿《きょう》と呼べ！　とにかくいいかエドヴァルト！』

俺はびしりと指を突きつけ、高らかに宣言する。

『俺がアドバイスしてやる！　死にたくなければ、俺の言う通りに動け！』

今回の作戦――〝強者に弱者の気持ちを知ってもらおう作戦〟は、エドヴァルトがこれまで戦ったことのない敵と戦わせるのが一番重要なポイントだった。

機械巨人《マシンゴーレム》はめったに遭遇する機会のない強敵だから、さすがのエドヴァルトもだいぶ苦戦するだろう。そこにさっそうと俺が現れ、横から助け舟を出す。相手の特徴を一から教え、協力して機械巨人《マシンゴーレム》を打ち倒すというわけだ。

打ち倒してどうなるかって？

それはまあ……見てればわかるさ。

『――目が光ったらきっかり三秒後に光線が飛ぶぞ。まともに受けるな！　どこでもいいから一箇所に防御呪文を集中させて、竜鱗《ドラゴンスケイル》との相乗効果で弾け！』

「ああ⁉　急にそんなことを言われてもだな……ぐお！」

収束レーザーがエドヴァルトの鎧《よろい》を貫通し、竜鱗《ドラゴンスケイル》にも穴を穿《うが》った。やはり直撃すればエドヴァルトでも危ないようだ。機械巨人《マシンゴーレム》の左肘から長大な剣が展開され、虫の羽音のような甲高い音を立てはじめた。

『いま展開されたそれ！　左腕の高速振動《ヴィブロ》ブレード！　そいつもだいぶヤバいから、間違ってもまともに受けようとはするなよ。剣自体の耐久力は低いから、真横からブッ叩くようにして破壊しろ！』

上空から指示を出す。攻撃を受け流しながらエドヴァルトが文句を言った。

「ヴィ……？　何だそれは⁉　知らん！」

『なんで知らねえんだよバカ！　機械巨人《マシンゴーレム》の基本兵装だぞ！』

「こういう手合とは戦ったことがない！　レオ殿にとっては常識だろうが、俺にとっては初耳だ！　わかりやすく言ってくれ！」

『危ないからとにかく真横から叩け！』

「承知した！」

俺の指示通りエドヴァルトが跳び、ゴーレムの左腕ブレードに大剣を叩きつけた。べきべきと鋼材がひしゃげ、ブレードが砕け散る。

レオ殿にとっては常識だろうが、俺にとっては初耳……か。よしよし、いいぞいいぞ。実にいい言葉が聞けた！　ありがとう！

そろそろ頃合いだろう。エドヴァルトに見えないように手で合図を送ると、物陰に潜ませていたジェリエッタが飛び出してきた。

「……ジェリエッタ？　何をしている！」

「父上、私も！」

「邪魔だ！　俺とレオ殿に任せておけ、お前には手に負えん！」

『オニキス卿だって言ってんだろ！』

もういいや。そろそろ一般兵も退避し終わった頃だし、レオの姿に戻ってしまおう。

残っているのは俺、エドヴァルト、そしてジェリエッタの三人。エドヴァルトはたびたび撤退指示を出しているが、ジェリエッタが退く様子はない。それはそうだ。彼女こそが今回の作戦のキモなのだから、撤退されては困る。

ジェリエッタは軽い身のこなしで機械巨人《マシンゴーレム》の攻撃をいなしつつ、さきほど俺が教えた機械巨人《マシンゴーレム》の弱点を口にした。

「父上、お聞き下さい！」

「ええい、やかましいわ！　これは俺の戦いだ。ケガをする前に下がれと言っている！」

「そいつの弱点は、右脇腹です！」

「……なに？」

エドヴァルトが怪訝《けげん》そうにジェリエッタの方を見た。

自分ですら戦ったことのない相手だ。まさか娘の方が詳しいとは思ってもいなかったのだろう。父の戸惑いを感じたジェリエッタが更に畳み掛ける。

「文献によれば右脇腹に、メイン……メイン、じぇねれーた……？に繋《つな》がる……配線……？が密集しているはずです。そこを！」

「やれエドヴァルト！　ジェリエッタの言う通り、右脇腹がそいつの弱点だ。ぶった切れ！」

「……ッ、でええいッ！」

――ガギン！

硬い音と共に、大剣カラドボルグの一撃が機械巨人《マシンゴーレム》の脇腹を深くえぐり取った。とたんに機械巨人《マシンゴーレム》がつんのめったように倒れ、ガクガクと震えながら動作を停止した。慌ててジェリエッタが駆け寄ってくる。

「父上、レオ殿、ご無事で！」

「ああ。いや、おかげで助かったわ。お前とレオ殿の助言が無ければやられていたかもしれん。レオ殿、心から礼を言う」

エドヴァルトがいつもの人懐《ひとなつ》こい笑みを浮かべる。……よし、ここだ。

俺はジェリエッタに目配せし、前もって決めておいた通り憎まれ役を演じることにした。

「はッ！　まったく、竜将軍様ともあろうものがブザマの極みだったな！」

「……レオ殿？」

俺の口から出た言葉が予想外だったのか、ぽかんと呆気《あっけ》に取られるエドヴァルト。それをよそに、俺はなおも追い打ちをかけていく。

「俺が助けてやらなきゃ十回、いや百回は死んでたぜお前。つーか、四天王のくせになんでレーザー兵器もヴィブロブレードも知らねえんだよ。あんなの一般常識だろ！　イッ・パン・ジョー・シキ！」

「一般常識!?　い、いや、そんなことはないだろう！」

「いーや、そんなことある！　知ってて当然だ！」

自分でもちょっと笑えるくらいの言いがかりだった。現存する機械巨人《マシンゴーレム》は非常に少ないし、交戦経験のあるやつはもっと少ない。いかな竜将軍エドヴァルトとて、初戦では苦戦するのが当然だろう。

にも拘《かかわ》らず、真面目なエドヴァルトは俺の言葉に大いに胸を痛めているようだった。無理もない。なにせこいつは、いま俺が口にした言いがかりとまったく同じようなことを部下に散々言ってきたのだ。

『――なぜだ！　小隊全員でかかって、なぜキマイラ一体も満足に倒せんのだ！』

『む、無理です将軍！　あんなのと戦った経験はありませんし、何をしてくるかすら予想もできない状態では、連携を取ることも……』

『たわけ！　俺の若い頃は、このように強敵と死闘を繰り広げて経験を積んできたのだ。己の努力不足を棚にあげて甘えたことを吐《ぬ》かすな！』

『しかし……』

『奴《やつ》の弱点は後脚部。足の腱《けん》を切り、動きを止めたところで頭部を叩《たた》く。これくらい常識であろうが！　教わらなければこんなことも分からぬのか！　貴様ら全員、努力が足りておらん！』

〝努力不足〟。

使い勝手の良《い》い言葉だが、これは他人を追い込むための言葉ではない。

部下が育たないのは――部下の努力不足も確かにあるかもしれないが、それ以上に――部下をきちんと育てられない上司の努力不足でもあるのだ。

自分の常識と部下の常識は同じだろうか？

常識だから言わなくても伝わるだろうと慢心してはいないだろうか？

そのあたりを理解しない限り、エドヴァルトは一生〝悪い上司の見本〟として過ごすことになってしまうだろう。だからこそ、俺はあえて同じ言葉をエドヴァルトに投げかけた。

「努力が足りねえんだよお前は！　機械巨人《マシンゴーレム》一体に手こずって何が竜将軍だ！　そんなのでよくもまあ大層な口が利《き》けたもんだなあ？」

「う、ぐぐッ……」

「やめちまえやめちまえ！　田舎に帰って農業でもやってろ！」

エドヴァルトは唸《うな》り、一言も言い返せないでいる。すべて作戦通りではあるのだが、正直言ってこの状況、俺も辛《つら》い！　エドヴァルトみたいなクソ真面目な奴に難癖をつけるという行為、ここまで心が痛むとは思っていなかった！

俺がなおもエドヴァルトを罵倒しようとした、その時。ジェリエッタが俺とエドヴァルトの間に立ちはだかり、凛《りん》とした声で言った。

「……レオ殿。父に対してそれ以上の暴言はおやめ下さい」

「ああん？」

「自分と他人の常識がまったく同じだと考えてはいけません。経験豊富なレオ殿にとってはともかく、我々からすればマシンゴーレムは未知の相手なのです。そのあたりをレオ殿は誤解されておられませんか？」

うーん、良い煽《あお》りだ。俺はさもイラッとした表情を作り、ジェリエッタに食って掛かる。

「おいおい。〝未知の相手だから、やったことのない仕事だから、手こずっても許されます〟ってか？　それは単に自分の努力不足を棚に上げてるだけじゃねえのか？」

「いいえ。初めての仕事に手こずるのは当然のこと！　初めて遭遇する相手のことを知らないのは、当たり前のことです！」

「……ぬ……」

はっと何かに気づいたようにエドヴァルトの表情が変わった。

背後の父に言い聞かせるような口調でジェリエッタが続ける。

「だからこそ、自分にできることは他人にも出来て当然だなんて、考えてはいけないのです。どんな些細《ささい》なことでも他人に一から教え、知識と技術を丁寧に伝承していく——人を育てるなら、それこそが重要なのではないでしょうか」

「………………。……ふむ。そうか」

エドヴァルトが唸り、しきりに頷《うなず》く。人を育てる上で自分に欠けていたものはなんだったのか、今のジェリエッタの言葉でハッキリと自覚したようだった。

こうなれば憎まれ役の出番は終わりだ。言い争いに負けた俺は気まずげに背中を向け、捨《す》て台詞《ぜりふ》を残すのみ。

「チッ、分かった分かった。ご立派な娘を持って鼻が高いなエドヴァルト。あばよ」

ひらひらと手を振って退散する。

途中、風にのって父娘《おやこ》の会話が聞こえてきた。

「ジェリエッタ。俺はな……」

「はい、父上。ジェリエッタは分かっています。何も仰《おっしゃ》らなくて結構です」

「……お前にも、兵にも、ずいぶんと苦労をかけたようだ。明日から再出発だな。兵士たちの教育カリキュラムを練り直さねば」

「ええ。お任せ下さい、ジェリエッタがお手伝いします」

翌日から、エドヴァルト配下の兵士達からあがる苦情の数は激減した。

確かに、良い戦士が良い上司になれるとは限らない。

しかし、正しい教育方法を学んだ良い戦士は——実に良い上司になるのだ。

《赤い咆哮》

竜将軍エドヴァルト

(実)年齢……38歳

種族…………竜人族

ラルゴ諸島出身の竜人。燃えるような赤い竜鱗《ドラゴンスケイル》は竜人族にとって選ばれし勇者の証であり、事実、エドヴァルトに並ぶほどの強者は極めて稀。そのため、若い頃は傲慢かつ尊大な態度を崩そうともしなかった。

娘が出来てからは一気に態度が軟化、昔と比べれば随分と丸くなった。とりわけ妻にそっくりな娘のジェリエッタには非常に弱い。

好物は酒。しょっちゅう酒に合うツマミを自作しているため、実は調理スキルが四天王の中で一番高い。

第七章　Ａ．Ｄ．２０６０東京某所にて

1. 東京某所（上）

――俺たちだって、別に人間を襲うつもりはなかったのさ。

いや、他の種族は知らんよ？　ただ、少なくとも俺たちインプ族は紳士的に行くつもりだった。

だってそうだろ。お前ら人間は知らんだろうが、ただでさえ魔界は争いだらけなんだ。なんでわざわざ別の世界に行ってまで喧嘩《けんか》しなきゃならねえんだよ。

王の実験でたまたま《大霊穴》とやらが開いたものだから、魔界よりも居心地が良いって噂《うわさ》の人間界に行ってみたかっただけだ。

「――移住というわけですか」

「その下見だな。居場所があればいいな、程度に考えてた。あとは単純な好奇心だ」

人間界、トーキョーと呼ばれる街の一角。

俺はやたらと硬い地面に座り込み、空から絶え間なく降ってくる水滴に頭を打たれなが

ら、魔界の情勢や魔族のことをペラペラと喋《しゃべ》っていた。

「好奇心?」

「魔界から人間界に行くのはそう簡単じゃねえのよ。淫魔や夢魔なら魔界からでも人間の夢に介入できるが、それだけだ。ありったけの魔術触媒と高い魔力があれば人間界に通じる《穴》を開けることはできるんだが、インプ一匹がやっと通れるサイズの《穴》を開けるのだって、俺たち下級魔族には一苦労だ」

「だから、王が人間界へ通じる《大霊穴》を開いたと聞いて、興味本位でこちらへやってきた?」

「そういうこと」

俺ばかりが喋って、こいつが時折質問する。先程からこの流れの繰り返しだ。

幸い、こうしている間は俺の命は保証してくれるようだったので、か弱いインプの俺は全面的に従うしかなかった。

「ナマの人間界を拝んだことがある奴なんてなかなか居ないから、来るだけでもハクがつくってもんさ。人間界が住みやすい場所なら人気のない土地にひっそりと移住してもいいと思っていたし、そうでないなら、来た道……《大霊穴》を通ってさっさと魔界へ帰ろうと思っていた」

人間って種族はどういう奴らなのか。

人間界にはどんな文化が根づいているのか。

そんな基本的なことすら、俺たち下っ端《したっぱ》魔族にはろくすっぽ知らされていなかった。

知らない場所に行くのは、まあ、怖いよな。だからとにかく平和的にやりたかった。

〝力こそ正義〟みたいな頭の悪い理論が通じるのは魔界だけで十分だ。

「……そもそも、魔界がそういうカオスな世界になったのはベリアルの統治が悪いからだ。頭の悪いトップを持って苦労するのはいつだって俺たち下っ端なんだよ」

「ベリアルというのは？」

「俺達の世界の元締め。魔界の王、ベリアル殿下のこと……ああ、言っておくがベリアルは人間界に来てないぞ。来てるのは俺たち下っ端だけだ」

「ベリアルという名前はこちらの世界にも伝わっています。悪魔の王として」

「さっきもちょっと言ったが、ある程度の力と下準備さえあれば魔族がひとりふたり通れるくらいの《穴》は開けられるんだ。高い魔力を持った魔族、つまり王族か貴族……が大昔に人間界にやってきて、その時にベリアルの名前を伝えたんじゃないか」

「なるほど」

目の前のそいつはさして興味もなさそうに言った。俺の喉元には、そいつが持っている奇怪な形状の剣が突きつけられたままだ。刀身は変に平べったく、とても頑丈そうには見えないが、かわりに全体から虫の羽音のような甲高い音を立てている。

ドワーフの鍛冶屋が打つ剣とも、エルフが作る剣とも違う。とにかく魔界では見かけない武器だったが、ろくな代物じゃないのは見ただけで十分すぎる程にわかる。斬られたらどうなるか……？　やめてくれ。想像すらしたくない。

俺はまだ死にたくないので、慎重に言葉を選んでいった。

「……反応が薄いな。俺の話、つまらなかったか？　だったら謝るが」

「いえ、とても参考になります。ありがとうございます」

目の前のそいつは首を振った。お礼を言っているとは思えない、はりついたような無表情だ。

どうも調子が狂う。壁に向かって話している気分だ。

「――ベリアルというのは長生きなのですか？」

「あ？　なんで？」

「あなたは今、大昔にやってきた魔族がベリアルの名を伝えたのではと言いました。ですが、悪魔ベリアルの名はもう人間界において何百年も昔から語り継がれています」

「あー」

「魔族の寿命はそれほどに長いものなのですか？」

そうか、そうだった……こいつは魔界の常識を知らないんだ！

危ない危ない。異世界にやってきて自分の世界を説明するのって、結構骨が折れるものなんだな。自分にとっては当たり前のことが、相手にとっては当たり前ではない。それだけで多大なロスや、時に致命的なまでのすれ違いが発生する。面倒なものだ。

「えーとだな。ベリアルっていうのは、名前であって名前じゃない」

「詳しく」

斬るぞ、とでも言うように奇妙な剣が軽く振られた。俺は慌ててまくし立てる。

「つまり……称号！　魔界の王の称号みたいなものだ。魔界の王になった者はみんなベリアルを名乗る、そういうしきたりなんだよ。誰が言い出したんだか知らんがな」

「なるほど。襲名するわけですね」

「そう。俺の爺《じい》さんが生まれるずっと前から、魔界の王はベリアルを名乗ってる。大昔に人間界に伝わった『ベリアル』は、今から何代も前のベリアルのことだろうさ」

「なるほど」

「ま、そのベリアルという名の評判もだいぶ悪くなってきてるから、次の王は名を継がないかもしれんな。一般庶民にはどうでもいい話さ」

「なるほど」


「……俺の話、つまらないか？」

「とても参考になります。ありがとうございます」

だから分かんないって！　もうちょっと感情っぽいものを表に出してくれよ！

……そう、ベリアルだ。当代のベリアルは歴代魔王の中でも飛び抜けて強力な魔力を持っており、そいつが開けた《穴》は凄《すさ》まじく大きいものだった。それこそ魔界中の下っ端魔族全員が通ってもまだ余裕があるくらいのな。

その巨大な《穴》、つまり《大霊穴》を通って俺たち下っ端がわらわらと人間界に来たところから、全てが始まった。

最初にも言ったが、人間と戦争するつもりなんてこれっぽっちもなかった。平和的な下見のつもりだったんだ。

それがどうだ。鬼族《オーガ》だの屍鬼《グール》だの、本能で生きてる頭の悪い奴《やつ》らが人間を襲っちまったせいで人間達には誤解され、彼らとは真っ向から対立するハメになってしまった。

しかも最悪なことに、行き来自由だと聞いていた《大霊穴》はいつの間にか閉ざされていて、魔界には帰れなくなっていた。本当に最悪だ……こんなことが出来るのは、魔界にいるはずのベリアルをはじめとする上級魔族の連中くらいだろう。つまり、最初から俺たちを人間界へ捨てるつもりだったんだ、あいつらは。

「捨てる？」

「食い物にしてもなんにしても、魔界は人間界ほど資源が潤沢じゃないからな。数が増えすぎた下級魔族を人間界に送り込み、人間たちと仲良く共存できるならそれで良し。人間たちと戦争になって俺たち下々の者が死ねば、それはそれで良し。そういう口減らし政策だったんだろ」

「……魔王ベリアル。つまり、魔界の統治者である上級魔族たちが来て、本格的に人間界を植民地にする——そうなる可能性は？」

「大アリだ。こう言っちゃなんだが、お前ら人間は魔族よりずっと弱いからな。俺達と一緒に人間界に来た奴らの中には、こっそりと魔界へ帰って状況を報告してる偵察役だって紛れてるだろう。そいつらは多分いまごろ、ベリアルにこう進言しているだろうな」

人間どもは弱い。

そして、人間界は魔界と比べて非常に住みやすい。

いまこそ全軍をあげて人間界へ攻め入り、あの世界を我らの手中に収める時です……ってな。

「人間と魔族との戦力差。お前だって把握してるだろ」

「はい。あなたがた悪魔を狩るにあたっては、スリーマンセル……悪魔一体に対し、武装した人間三人以上でかかれ、と定められています」

「悪魔ねえ」

「何か？」

「いや。悪魔呼ばわりされるのがくすぐったいだけさ」

「？」

今回人間界へやってきたのは魔界の下級市民だ。知的な種族だと、同じ種族で固まって隠れ里を形成するインプやエルフ。それから手先が器用なドワーフ、コボルト、ゴブリンあたり。ちょっと荒っぽい種族だと、トロルに屍鬼《グール》に鬼族《オーガ》あたり……人間たちから見れば確かに悪魔に見えるかもしれないが、俺達は決して悪魔族《デーモン》ではない。

悪魔、つまりデーモン族は魔界の支配階級の一つだ。飛び抜けた魔力を持ち、身体能力はオークやトロルを軽々と凌《しの》ぐ。俺たち下級魔族では束になっても敵《かな》わないし、そもそもお目にかかる機会自体がそうそうない。文字通り住む世界が違うのだ。

それがまさか、インプもオークもエルフもひっくるめて『悪魔』呼ばわりされる日が来るとはな。喜んでいいんだか泣けばいいんだか、よくわからん。

「力のある者は絶対――それが魔界のルールだ。悪魔族はその中でもとびぬけて最悪な貴族趣味で、俺ら下層市民をゴミかなにかと同じように見てる。人間界に逃げたくなる気持ちもわかるだろ」

「共感はできませんが、理解はできます」

「ありがとうよ坊や。いや嬢ちゃん？　どっち？」

「私に性別はありませんが、正式には男性型としてデザインされています」

「ありがとうよ坊や」

　そして今。支配からの解放を夢みて人間界へやってきたはずの俺は、このトーキョーとかいう地の固く冷たい地面の上で、本物の悪魔めいた少年に捕まりこうして尋問されている。いつ解放してもらえるのか、あるいは唐突にトドメを刺されるのか、それすら分からない。

　なーにが人間界だ。なーにがあたたかな太陽と豊かな緑だ。行けども行けども灰色のでっけえ墓石ばっかじゃねえか！

　貴族どものアホったれクソったれめ！　てめえら、魔界に帰ったら絶対復讐《ふくしゅう》してやるからな！　……出来る範囲で！

「なかなかに貴重な情報でした。感謝します」

　――ぴたり。

ふいに、長いこと鳴り響いていた甲高い音が止まった。目の前の少年は、騒音の元――平べったい刀身を持つ奇妙な剣を鞘《さや》らしき金属箱に納めた。よかった。とりあえずの命の危険は去ったと見える。

「殺さないでくれるのか？」

「有益な情報をくれましたから」

「はぁ……」

一息つく。ここにきてようやく、俺は落ち着いて目の前の少年の顔を拝むことができた。

「何か？」

「いや。普通の人間とはなんか違うなと思って」

全てを吸い込むような黒髪。血のように赤い瞳。中性的な見た目は男のようにも見えるし、女のようにも見えた。

インプの俺でもわかるくらい異質な雰囲気だった。他の人間とは明らかに別物の何か。かといって俺たち魔族とも違う……人間でも魔族でもないバケモノ。

俺にとって幸いなのは、そのバケモノが話せばわかってくれる平和的な奴だというところだった。

「あなたは悪魔の中でも話が通じる方のようです。シンジュク保護特区に居住できるよう、上層部に打診します」

「そりゃ結構。ただ、できれば魔界へ帰りたいんだが……こっちの魔法？　科学だっけ？　でなんとかならないかな。魔界へ帰る方法とか、そういうのは……」

「じきに回収部隊が来ます」

「……あっそう」

俺の要望は見事に無視された。文句を言おうとしたが、やめた。命を取られないだけマシってものだ。

そう、そうだよ。話してる内にすっかり忘れていたが、こいつは普通の人間とはまるで違うんだ。下手なことを言ってこいつを怒らせるのだけはごめんだ。

こいつは――なんなのだろう。力、速、技、あらゆるスペックが他の人間とはまるで違う。こいつが戦っているのを見たのは数十秒にも満たなかったが、それこそ上級魔族――悪魔のような威圧感だった。俺が今生きているのは奇跡のようなものだった。

あれは一時間ほど前。隠れ家を出た俺がいつものように街に出かけ、人間たちに戦いの虚《むな》しさを説かんとしていた時だった。ヒトに見つかりにくい小道を通り、大きな通りに出ようと曲がり角に差し掛かった時、こいつと出くわした。

正確には、こいつが他の魔族と交戦していた。戦っていたのはトロルに鬼族《オーガ》に……まあ、魔界の荒くれ者たちだった。おおかた、人間に何かちょっかいを出したんだろう。あいつらが人間と戦ってるのはそう珍しいことでもない。問題なのは、奴らのやられようだった。

俺たちは吹けば飛ぶような下級魔族だが、だからといって人間に後れを取るほど弱くはない。あのチクチク痛い武器……銃だっけ？　囲まれてあれで撃たれればそりゃあ死ぬが、それにしたって《防護》《プロテクション》あたりの防御呪文を唱えればそこそこ耐えられる。弱っちい俺でも、だ。

いわんや、トロル族をはじめとする荒くれ者達は戦いに慣れている。多少人間の数が多くとも、囲まれて銃で撃たれても、そうそう人間に殺されることはない。

それがどうしたことか。

その荒くれ者たちが、たった一人の人間に殲滅《せんめつ》されかかっていた。

全てを吸い込むような黒髪。少年とも少女ともとれる、中性的でスラリとした見た目。

そいつは人間でありながら俺たち魔族と同じ呪文を行使し、人間でありながらトロル以上の回復力、鬼族《オーガ》以上の腕力を持っているようだった。

二倍以上体格が違うオーガを殴り倒したかと思えば、異形の剣でトロルの棍棒《こんぼう》を真っ二つに叩《たた》き割り、返す刀でトロルの頭部も真っ二つにした。妖精族《ピクシー》が放った《念動波》《サイコウェーブ》を片手で受け止め、かき消すと、次の瞬間にはその何倍もの威力の《念動波》《サイコウェーブ》を放った。

思わず、見惚《みと》れた。こんな強い人間がいるのか、と思った。

それがまずかったんだろうな。気がついた時には荒くれ者どもはすっかり鎮圧され、悪魔の双眸《そうぼう》が俺を見据えていた。悪魔は剣を一振りして血を払い、ゆっくりとこちらへ近づいてきた。

こいつはヤバい、絶対にヤバい。銃で武装した奴らとは文字通りレベルが違う。防御呪文を張るのすら忘れて無我夢中でひれ伏した俺は、なんでも話すので殺さないでくれと懇願し、ギリギリで死の運命から逃れることができた。

思うに、俺がいままでこいつに出会わなかったのは運が良かっただけなのだろう。こうして出会ってしまって、かつ命が助かった。それだけでも十分奇跡に近いのだ。

だからこいつに対して変なことは言わない方がいい。絶対にいい。

そんなこと、頭では分かっているんだが。

「なあ、お前」

「何でしょうか」

「いや、なんていうか、だな」

……分かってるんだが、それはそれとして話題がないのも落ち着かないんだよ！

考えてもみろ。いま俺の隣にいるのは、人間の姿をした悪魔、殺戮《さつりく》の化身みたいな存在だ。しかも感情に乏しく、あらゆることを事務的に処理する奴《やつ》だ。今は大人しいが、いつ気が変わって俺の首を刎《は》ねに来るかわかったものじゃない。何かしら話していないと恐怖で気が狂いそうだった。

話題、話題、何かないか……俺はしばし悩んだ末、相手が魔族でも人間でも通じる（はずの）無難な話題を振ることに決めた。

「そう、名前。名前だよ！　お前さん、名前は？」

「名前ですか。なぜ唐突に？」

「俺はな。あー……平和主義なんだ。人間と魔族で共存できる道を探して、ここらへんの連中に理念を説いて回ってる。本当だぜ！　嘘《うそ》じゃない！」

「なるほど。そうですか」

「お前さんのその強さ、おおかた人間界の王族か貴族だろ？　あんたの名前を聞いておいて損は無い気がするんだ。色々と」

「……なるほど」

少年が僅かに逡巡《しゅんじゅん》したような気がした。そしてこう言った。

「私に名前を訊《たず》ねてきた悪魔は、貴方《あなた》がはじめてです」

聞く暇もなく戦いになっちまうからだろ！

そう思ったが、今の俺はそんな突っ込みを入れるどころではなかった。

信じがたい光景だ。この悪魔に、石のように無表情だった少年の顔に、僅かながら笑みが浮かんでいた。

見間違いかと思って目をこする。再び目を向けた時にはもう笑顔は消えかけていたが、それでもほんの少し綻んだ口元には微笑の名残があった。

「……」

「何か？」

「……この世に生まれてきた以上、だいたいの存在には名前がある。名前というのは誰もが持っている宝だ。俺は親父《おやじ》にそう教わった」

「良《い》いお父上ですね」

「その親父が言ってたのを思い出したんだよ。他人に名を名乗るということは、『自分がこの世に生まれてきた証《あかし》』を残すことなんだと。たとえ自分の肉体が滅んでも、自分の名前を覚えてくれている誰かがいる限り、そいつは死んでいない。そいつが生きた証はいつまでも残り続ける。名乗りというのは、それくらい大切なもんなんだ」

「……？　理解不能です」

少年が首を傾《かし》げた。こいつが困惑するのももっともだ。俺自身、なんでこんなことを口走っているのかわからなかった。

たぶん、俺は親近感を覚えてしまったんだろう。

名前を聞かれたのが嬉《うれ》しい。この世に生まれてきた証を残せるのが嬉しい。こいつがそう思って笑ったのだとしたら、少なくとも心のつくりは他の人間や俺たち魔族と大差ないということになる。

そう思うと、得体の知れないバケモノとしか思えなかったこいつにちょっとだけ親近感が湧いた気がして、つい子供の頃に親父から教わった話をしてしまったのだ。

「いい、いい。名乗りは重要だよ、ってだけの話さ。すまなかった」

未《いま》だに首を傾げている少年を窘《たしな》め、俺は改めて自分の名前を告げることにした。

ああ、思えば、人間に名を名乗るのってこれがはじめてじゃないか？　俺の話を聞いてくれる人間って少ないからな……。

親父の言葉を信じるなら、この名乗りが、人間界に俺の生きた証を刻む第一歩となるわけだ。第一歩が最後の一歩にならないよう気をつけよう。

「俺はエイブラッド。誇り高き『闇の谷のインプ族』の一員だ」

「ありがとうございます。私は、形式番号《DH-05》です」

赤い瞳で俺の瞳をじっと覗《のぞ》き込みながら、少年は瞬《まばた》きもせずに言った。

「対悪魔用・自動成長型生体兵器。デモン・ハート・シリーズの05号。《DH-05-Leo［レオ］》です」

2．東京某所（下）

２０５９年、突如世界中に出現した悪魔たち。

彼らを倒す為《ため》に作られた、十二体の生体兵器。悪魔の力を参考にして造られた究極兵器。

デモン・ハート・シリーズ……そのうちの一体が私、DH-05-Leo［レオ］です。

私は自己成長に特化しています。交戦、あるいは遭遇した悪魔の能力を分析・解析し、限りなくオリジナルに近い形でエミュレートする、全自動盗作兵器。

現段階では〝03-Gemini［ジェミニ］〟のような超火力も、〝06-Virgo［ヴァルゴ］〟のような超再生能力も、〝12-Aquarius［アクエリアス］〟のような自動反撃能力も有していませんが、将来的にはDHシリーズの中でも最強の個体になると想定されています。

悪魔の力を片っ端から盗み己を成長させていけば、私は誰にも負けず決して死なない、最強の生体兵器になれるはずです。

人々は我々DHシリーズを〝世界を守る勇者〟と呼びます。

別の人々は、我々を〝悪魔と同じバケモノ〟と呼びます。

どちらが正しいのかはわかりません。ただ、我々は人類を護《まも》る為だけに作られました。

悪魔を凌《しの》ぐ圧倒的な力。何があろうと人類を守るという揺るがぬ信念。

我々こそが人類を守護する砦《とりで》であり、剣《つるぎ》であり、盾なのです。


「──つまりお前さんは、人間を護るため『だけ』に作られた。そういうことか」

「はい。私は悪魔と戦い、人類を守護するためだけに作られました」

「それはまた。随分と可哀想《かわいそう》な話だな」

「そうでしょうか？　私は疲労を感じませんし、仮に感じたとしても、人類を守るという崇高な理念の前では……」

「そういう意味で言ったんじゃない」

小柄な悪魔が肩をすくめ、嘆息しました。

いま私の目の前に居るのは、〝インプ〟と呼ばれるタイプの悪魔でした。背中には一対の黒い羽があり、頭には角が生えている。知能が高いのがインプの特徴で、人語を解する者も多い。

〝旧シブヤ駅の周辺に、人類と悪魔の共存を説く変わり者のインプが居る〟──現地住民からそういう連絡を受けた私はシブヤへ飛び、目の前の彼を確保したのです。

前情報通り彼はそこそこに友好的であり、多くの情報を得ることが出来ました。

「インプさん」

「エイブラッド！　さっき名乗っただろ！」

しかもこのインプは――先程から話していても分かる通り、かなり感情豊かな方のようでした。

「エイブラッドさん。可哀想というのはどういう意味でしょうか」

「言葉通りだよ。これから先、お前さんに待ち受けてる困難を想像すると、いたたまれない気持ちになった」

「発言の意味がわかりません」

「……レオ。お前は人類を守るため『だけ』に生まれたって言ったよな。なるほど、こうして俺たち魔族と戦争してる間は、それでいいんだろうよ」

インプ――エイブラッド――は僅かに嘆息すると、私をじっと見上げて言いました。

「だが、戦争が終わったらどうなる？　平和な世の中じゃ戦う相手も守る相手もいなくなる。お前さんの存在意義がなくなっちまう」

「平和になるのは良いことだと思いますが」

「お前さんにとっては良くないだろ。いいか？　生きとし生けるものなら、誰しも一度は自分の存在意義について考える」

エイブラッドはまるで人間のようなことを喋《しゃべ》りだしました。彼が変わり者なのか、魔界の倫理観が人間界のそれと酷似しているのか……どちらなのかは分かりませんが、彼の言っていることはそれなりに興味深かったため、私も腰を据えて話を聞くことにしました。

「なぜ自分はこの世に存在しているのか。なぜ自分は生まれてきたのか――多くのやつがそれで悩むが、何処《どこ》を探しても答えなんて見つかりゃしない。だから、やれ〝答えを探す為に生きている〟とか〝生まれてきたから生きている〟とか、そういう無難なところに落ち着くわけだ。ここまではいいか？」

「理解はできます」

「……だが、可哀想なことにお前さんには生まれた時から明確な存在意義がある。しかも将来、その存在意義が奪われるのもほぼ確定している。ひどい話じゃないか」

「ふむ。なるほど」

ひどく迂遠《うえん》な話でしたが、私にもエイブラッドの言いたいことがちょっとずつ理解できてきました。

自分の中で少しずつ整理しながら、答え合わせをするようにエイブラッドへ告げる。

「戦争が終われば、私は不要になる。今、こうして人類の役に立てているからこそ、自分が不要とされる瞬間は耐え難《がた》い痛みになる。そういうことで、いいのでしょうか」

エイブラッドは大きく頷《うなず》き、

「そうだ。それもいきなり辛《つら》さが襲ってくるんじゃないぞ。存在意義を失って、自分の居場所がなくなって、何年もかけて徐々に徐々に心の穴が大きくなっていくんだ」

「穴ですか」

心に穴が開く、という表現は知識として知っています。ただ、生体兵器である自分にその表現が適用されるのは、なんとも妙な気持ちでした。

「穴だ。〝自分は本当にこのままでいいのか〟、〝自分の役目は終わったのに、何故《なぜ》自分はまだ生きているのか〟みたいな、そういう虚無感を孕《はら》んで穴が大きくなっていく。……お前、寿命が無いとかさっき言ってたな」

「ほぼありません」

DHシリーズには原則として寿命がありません。

動力源の虚空機関《アカシック・エンジン》から半永久的にエネルギーを供給され、少しでも傷つけば有機ボディはすぐさま再生を開始し、腕が千切れようと頭が吹き飛ぼうと元の姿に復元する。

もちろん過度のダメージを受ければ機能停止せざるを得ませんが、経年劣化による死とは限りなく無縁の存在です。

「普通ならやがては寿命が来て死ぬのだろうさ。自分の存在意義を見つけようが見つけまいが、存在意義を失おうが失うまいが、最後は等しく墓の下だ」

「そうですね」

「だが、お前さんは違う。存在意義を失った状態で無限に生き続けなければならん。自分の存在意義に満ちていた輝かしき時代から引き剝がされ、どこへ向かって良いのかすら分からず、それでも無限に生きるしかない」

「やがてどこかで争いが起きれば、その時はまた私の出番なのでは？」

「そうだろうな。無限に生きるお前は無限に世界を救い、無限に存在意義を得て、そして喪失するのだろうさ。それが俺にはたまらなく可哀想で、たまらなく辛いことに見える」

そう言って、エイブラッドは深くため息を吐き、肩を落とします。

驚くべきことですが……彼は私を心配し、しかも同情までしてくれているようでした。

「……たぶん、お前にはいつまでも安らぎが訪れない。可哀想というのは、そういう意味だ」

「ふむ」

たしかに、彼の言う通りなのかもしれません。

私が成長し、人間性を獲得した日には——悪魔との戦争が終わり、世界が平和になった暁には。エイブラッドの言う通り、自分の居場所がどこにもないことに苦痛を感じるのかもしれません。

世界を救う為に生まれてきたのに、活躍の場がどこにもない。

世界を救う為に生まれてきたのに、世界の窮地を待ち望むしかない。

そんな生き方が本当に正しいのか自問自答する日が、いつかやってくるのかもしれません。この戦争で、私が死ななければ。

「ご安心下さい。悪魔、いえ、魔族との戦いは激化する一方です。北米大陸に新たなゲート……貴方《あなた》がたが言うところの《大霊穴》が開き、手強《てごわ》い魔族達が出現しているという情報もあります」

「……やっぱりな。いよいよベリアル魔王様ご一行がやってきたのかもしれん」

「残念ながら、今の私はデモン・ハート・シリーズの中でも最弱です。悪魔の軍勢は他のDHシリーズが滅ぼすでしょうが、私はおそらく、人間性を獲得する前に戦いの中で果てるでしょう」

「お前、最弱なの？　あの強さで？」

「最弱です。ですからこうして、内地で戦闘経験を積んでいます」

「はー。えらいもん作りやがったな、人間どもは……で？」

遣《や》る方《かた》無《な》く、エイブラッドが足元の小石を蹴飛ばしました。

「どうせすぐに死ぬだろうから、戦争が終わった後の心配は不要ですってか」

「はい。なので、ご安心ください。貴方の言うようなことにはならないと思います」

「……そうだな。そうだといいなァ」

エイブラッドが小さく羽ばたき、私と同じ目線まで上昇する。やおら私の顔をじろじろと眺めだし、しばらくしてほっとしたように言いました。

「うん。それなら、いい。お前さんが無敵の存在にならないうちに……生きてることを辛いと感じるようになる前に、戦いの中で死ねるよう願ってるよ」

「ありがとうございます」

私が礼を述べるのとほぼ同時に、瓦礫《がれき》の山の向こうから装甲車のエンジン音が微《かす》かに聞こえてきました。

あらかじめ連絡しておいた捕虜悪魔回収部隊でしょう。エイブラッドは捕虜が集まるシンジュク特区に収容され、この戦争が終わるまでは外に出ることは許されないはずです。

「ああ、もうヤケだ。こうなりゃ俺は人間界に骨を埋める。一生をこっちで過ごしてやる」

「一生をですか」

「ああ。人間と悪魔――いや、悪魔って呼び方もやめてほしいけどな。コボルト、ゴブリン、オーク、トロル、エルフ、インプ。俺たち魔界の住人と人間が共存できる世界を作ってやるさ。勝手に人間界にやってきてごめんなさい、戦いをやめて仲良くしませんか……俺はそう呼びかけ続けるぞ」

「良《い》いことです。あなた方を魔界に送り返すめどがつかない場合、我々人間サイドとしても共存を考えなければいけませんから」

「だろ。お前、俺の名前をちゃんと覚えておけよ。そのうち、魔族と人間の橋渡しをした平和の象徴として俺の銅像が立ってだな……」

　まだエイブラッドは何か話していましたが、回収部隊がこちらに近寄るべきかどうか迷っていたので、私はこの場を離れることにしました。

　敵性悪魔を倒し、そうでない悪魔を捕虜として確保した。それで私の仕事は終わりです。

「――おいレオ！」

　背を向けて立ち去ろうとしたところで、エイブラッドの声がしました。

　振り返ると、回収部隊に拘束されて装甲車の後部座席まで連行されながら、彼は私に向けて叫び続けていました。

「無理はするなよ！　辛くなったら、他のことなんか全部ほっぽって逃げろ。辛くなったら、自分がやりたいことをやれ！　生体兵器だかなんだか知らんが、お前の人生はお前の好きに使え！」

「はい」

「あとな！　いいか、人を守るために生まれてきたとか、そういうことに囚《とら》われすぎるな！　もし人類を守る必要がなくなったら……そん時はいいチャンスだ。別の生きがいを見つけて、それで、楽しく暮らせよ！」

「はい」

彼の言っていることは最後までよく分かりませんでした。ただ、記憶には残りました。

もし――万が一、生きるのが辛くなったら、その時は自分がやりたいことをやろう。使命も何もかも忘れて、全部ほっぽって逃げてみよう。そう思いました。

２０６０年の東京。

しとしとと冷たい雨が降る六月のことでした。

《勇者》
レオ・デモンハート

(実)年齢……3002歳
(外見年齢は18歳前後)

種族…………ヒト型生体兵器

赤い瞳と黒い髪が特徴的な青年。

その正体は西暦2060年、魔界の侵略から人類を守るために開発された12体の生体兵器、DH《デモン・ハート》シリーズ最後の生き残り。

DH-03[ジェミニ]はスピード、DH-06[ヴァルゴ]は超再生など一体一体コンセプトが異なり、レオの場合は『超成長』をコンセプトとして開発された。

あらゆる技術を模倣《コピー》し無限の進化を続ける、DHシリーズの中でも一番の例外。

終章「勇者、辞めたい」

1．我が名は魔王エキドナ

「――緊急事態だ！」

どすん、と軍議用の長机を叩《たた》く。魔王城の会議室にはいつになく緊迫した空気が満ちていた。

我が名は魔王エキドナ。荒廃した魔界を救うべく、莫大《ばくだい》な人材と資源を投入して《大霊穴》を開き、秘宝『賢者の石』が眠ると言われる人間界へやってきた――魔界の王である。

緊急事態というのは他でもない。その《大霊穴》のことだった。

「《大霊穴》が閉じかかっている。我とシュティーナ、それにオニキス卿《きょう》の魔力によって一時的に安定はさせたが、七日と持つまい。……七日のうちに、我ら魔王軍は決めなければならぬ。退くか、進むかを」

今この場に集っているのは、我を除くと五人。

魔将軍シュティーナ。

獣将軍リリ。

無影将軍メルネス。

竜将軍エドヴァルト。

そして、四天王と並ぶ実力を持つ頼れる新幹部……黒騎士オニキスである。

オニキス卿は新参だが実に頼れる男だ。知らぬ間に四天王たちの仕事を手伝い、業務効率を何倍にも引き上げていた。ラルゴでの補給任務にも赴いたらしく、一般兵からの信頼も篤《あつ》い。エドヴァルトの副官、ジェリエッタからも彼を高く評価する声が届いている。

こうなれば、オニキス卿を五人目の四天王として迎え入れるのは当然の待遇と言えよう。四天王なのに五人ってどうなのか、という問題はあるが、そこは置いておく。それだけ頼れる男だということだ。

とにかく、本来ならば今日はオニキス卿の幹部昇格を祝う茶会を開く予定だった。なのに状況が急変してしまった。

「ねえねえエキドナちゃん」

「なにか、リリ」

「なんで大れーけつが閉じそうなの？」

「うむ……そうだな。そこから説明するか」

大霊穴は、端的に言ってしまえば巨大な《転送門《ワープポータル》》だ。シュティーナや我のように高い魔力を持つ者が小さな穴を開け、それを魔力鉱石をはじめとする希少触媒で固定し、少しずつ少しずつ穴を拡張していく。

一度開いた穴は触媒と魔力が尽きない限り、半永久的に維持できる。逆に言えば、触媒や魔力が尽きれば維持はできないということになる。

今回問題となっているのは、その触媒の方だった。

「《大霊穴》の触媒に用いている希少鉱石が底をつき始めているのだ。加えて、魔界の魔術師たちもいい加減疲弊している。我が軍勢を率いて人間界へやってきてから一年、穴をひたすらに維持してきたわけだからな」

「ほうほう」

「リリ、こぼれてる」

ことの重大さを知ってか知らずか、リリは呑気《のんき》にクッキーを齧《かじ》っている。ぼろぼろと床にこぼれかけたクッキーの欠片《かけら》をメルネスが拾い、卓上に戻した。シュティーナがリリを諫《いさ》める。

「リリ。大事な話ですから、クッキーは後にしなさい」

「うい！」

「……リンゴにすればいいってものでもありません。食べるのは後にしなさい」

「はーい」

「ぷっ。ふふふ」

思わず噴き出してしまった。張り詰めていた場の空気がわずかに弛緩《しかん》するのを感じる。

ちょっと喋《しゃべ》っただけで空気を和ませる。おそらく、ムードメーカーとはリリのような存在を言うのだろう。

「それで、エキドナちゃん。大れーけつが閉じたらどうなっちゃうの？」

「うむ……簡単に言えば、魔界へ帰れなくなる」

「‼　たいへんだ！」

「そう、大変なのだ！」

「あわわ、あわわわ……」

エドヴァルト、メルネス、リリの三人は人間界生まれだ。利害の一致から魔王軍に協力しているだけで、ある意味で《大霊穴》とは全く関係がない。

だが、魔界の住人たる我とシュティーナにとっては大問題だ。我らは魔界の王とその副官として、必ずやあちらへ帰る義務がある。

《賢者の石》を手に入れ、魔界へ持ち帰る。《賢者の石》の力をもって、荒涼とした魔界に暖かな太陽と豊かな緑、清らかな水をもたらす。それでようやく一区切りのゴールを迎えられるのだ。

無論、持ち帰ってからも問題は山積みである。なにせ我は《賢者の石》の実物を見たことがない。人間界で手に入れた幾つかの文献によって、『聖都に安置されている』『凄《すさ》まじい力を秘めている』『応用次第で様々なことができる』という裏付けが取れたくらいだ。どういう形状をしているのか。応用次第と言うが、じゃあ具体的にどうすればいいのか。そもそも《賢者の石》とは何なのか。魔道具《マジックアイテム》なのか、文字通りの不思議な石ころなのか。未《いま》だに分かっていないことが多すぎる。

万が一人間と全面戦争になれば、戦火によってそういった手がかりが失われてしまう恐れもある。人間界に侵攻しておきながら、我ら魔王軍が余計な戦や破壊を極力避けているのは、そういった理由からだった。

「シュティーナ」

「……はい。道は二つありますね。まず一つは、穴が消える前に魔界へ帰るという道」

眉間に深い皺《しわ》を寄せたシュティーナが言った。分かってはいたが、こうして言葉にされると胸がずきりと痛む。

《賢者の石》を手に入れられぬまま魔界へ帰る――それは紛れもない敗北、紛れもない失敗だ。彼女もそれを分かっているのか、あえてこちらを見ずに話を続けてくれた。

「魔界出身の兵士は殆《ほとん》どが勇者レオによって魔界へ叩き返されてしまいましたから、今の軍の大部分は人間界出身の者で構成されています。彼らを魔界へ連れて行くわけにもいきませんから、ひとまず軍は解散となります。その後、有志のみがエキドナ様と共に魔界へ帰還し、再び人間界へ来られる日を待つ形に」

「賢者の石も何も手に入らぬ。だが、これ以上なにかを失うことは避けられる。そういうことだな」

「はい」

「……有志、有志か。魔界へ行く者は少なかろうなあ」

苦い顔でエドヴァルトがこぼした。シュティーナも言ったとおり、今の軍団員の殆どは人間界出身の新規採用者ばかりだ。わざわざ魔界に来ようという物好きはかなり限定されるだろう。

「一つは撤退。もう一つは？」

これはメルネスだ。気怠《けだる》げに挙手し、質問する。

「まあ、だいたい分かるけどさ」

「うむ……二つ目。ただちに全軍を率いて聖都へ進撃し、聖都にある《賢者の石》を奪い取る」

「論外じゃない？」

「論外であるな」

メルネスに言われるまでもなく、苦しい戦いとなるのは火を見るよりも明らかだった。

魔王軍の戦力は以前とくらべて遥《はる》かに弱体化していて、しかも人間側には奴《やつ》がいる。

単身で万の軍勢を相手取れる男。

四天王を打ち倒し、一対一で我を破った男。

紛れもなく地上最強の勇者、レオ・デモンハート。

奴さえいなければまだ可能性があったかもしれん。だが、奴がいるならどうにもならん。

我は軽く頭《かぶり》を振り、テーブルの端で沈黙を守っているオニキスに話を振った。

「勇者レオ。奴が出てくれば、今度こそ全滅は必至であろう。オニキス卿は勇者レオと戦ったことはあるか？」

『いえ、残念ながら。ただ噂《うわさ》は聞いております。魔王陛下をみごと一対一で打ち破ったとか』

いつも通りの落ち着いた口調でオニキスが意見を述べる。我の不興を買うと思ったのか、シュティーナがはらはらとした表情を浮かべたが、余計なお世話というものだ。

事実を事実と認める器無くして王は務まらぬ。我は鷹揚《おうよう》に頷《うなず》き、彼の言葉を肯定した。

「さよう。我はレオと一対一で戦い、全力を出し、そして敗れた。……だからこそ分かる。あれは正真正銘のバケモノだ。我と四天王が五人がかりで挑んで、ようやく僅かな勝機に指先がかかるかどうかといったところだろう。そんなのが再度出てきてみよ、それこそ《賢者の石》どころではない」

我の言葉を聞き、オニキスが頷いた。そうとも、人間界の危機にあの勇者が出てこない筈《はず》がない。容赦をする筈もない。次にあれと戦えば、今度こそ我ら魔王軍は全滅するであろう。

全軍を率いて聖都へ進撃する――とどのつまり、そんなものは作戦でもなんでもない。ただの自殺行為にしかならないわけだ。

我が死ぬのは、別によい。

覚悟をして魔界を出てきた。

だが、他の者まで巻き込むわけにはいかない。答えは最初から出ていた。

「――決めた。軍は解散し、我は魔界へ退く」

「……ん⁉」

「……ちょっと」

僅かな沈黙の後、エドヴァルトとメルネスがほぼ同時に息をのんだ。

二人だけではなく、シュティーナもリリもひどく動揺していた。目を泳がせながらシュティーナがぎこちなく口を開く。

「あ、あの……あの、エキドナ様。エキドナ様の隣に、ですね。その」

「よい！　わかっておる。何も言うなシュティーナ」

我とシュティーナは三百歳以上離れているが、付き合いは長い。彼女が幼い頃からの長い長い付き合いだ。我がどれだけ《賢者の石》に期待して今回の遠征に踏み切ったか、シュティーナはよく知っている。動揺するのもやむを得まい。

「皆、よくここまで付いてきてくれた。魔界の主として……いや、ただの魔族エキドナとして、心から礼を……」

「エキドナちゃん。横、よこ！」

どうしたことか、リリが先程から我の横をしきりに指差している。何だ？　まあいい、今は皆に礼を述べるのが先だ。

先というより、それ以外のことが出来そうにない。少しでも気を抜けば無念のあまり涙が出そうだった。いかんいかん。王たるもの、臣下の前でふがいない姿を見せるわけにはいかない。たとえ敗軍の将だとしても、最後まで堂々としなくては。

「《賢者の石》というものがある〝らしい〟。それを使えば、荒廃した魔界を救える〝かもしれない〟。……ふふ！　そもそも前提からしてあやふやな賭けではあったのだ。魔界を救うには別の手段を模索するとしよう」

「――魔界を救う。例の、魔界緑化計画ですな。酒宴の時に仰《おっしゃ》っていた」

オニキスの声だ。声の響きに微《かす》かな違和感を覚えたが、我の方は涙を堪えるのに必死でそれどころではなかった。目を瞑《つぶ》ったまま応じる。

「そう、〝秩序ある美しい魔界を作ろう計画〟の第一歩だ。荒《すさ》んだ環境で秩序は生まれぬ。まずは《賢者の石》を使い、人間界と同じ暖かな太陽を。豊かな緑と、きれいな空気と水を魔界にもたらすのだ」

我が幼い頃からの計画だった。魔界の大図書館で美しい人間界のことを知り、我が住まう魔界はこのさき荒廃する一方だということを知った。

なんとかして魔界を救いたかった。その為《ため》に力をつけ、魔界の王を目指し、あらゆる願望を叶《かな》えるという《賢者の石》を求め、人間界へやってきた。

希望を胸に、人間界へやってきたのだ。

……だが、全ては無駄に終わった。

無念である。目を閉じたまま天井を仰ぎ、気を抜けば零《こぼ》れそうになる涙をかろうじて押さえ込んだ。オニキス卿《きょう》が淡々と述べた。

「ひとつ、断っておきましょう。《賢者の石》は万能の願望機ではありません。マイクロブラックホールを通じて半永久的に魔力を供給する、古代機械文明の超機関です。正直、陛下の望みが叶うかは分からないのですが……まあ、使い方次第でしょうな」

「……そうなのか」

オニキスめ、元は《賢者の石》の研究でもしていたのか？　随分詳しいものだ。

これまで黙っていたのは何か事情があったのだろうか。なんにせよ、食えない奴だ。

「《賢者の石》は、三千年前の機械文明の遺産です。探せば人間界のどこかに詳細な取扱説明書が眠っているでしょうな。人間達も同じモノを探してはいますが、なにせ時代が時代です。なかなか見つからない」

「ならば余計に、人間達との和解を目指したほうが良《い》いのかもしれんな。我らの目的は戦争ではなく《賢者の石》による魔界救済なのだから、人間達と一緒に説明書とやらを探して……いや、駄目だな。肝心の《賢者の石》は人間達から奪うしかないのだ。結局争いになる」

「心配には及びません。人間界に《賢者の石》は二つ残っておりますから、陛下はもう一つの石を持って帰れば良いでしょう。人間界に一つ、魔界に一つ。今後仲良くやっていくには丁度良いと思いませんか？」

「……二つ⁉　それは初耳だぞ。説明せよオニキス！」

「今から説明いたします。……つーかお前、いい加減こっち見ろ」

涙も吹っ飛ぶ新情報であった。正気を取り戻し、顔を上げる。

ここでようやく気づいた。四天王たちの様子がだいぶおかしい。我以外の全員が黙り込み、じっと我の隣……隣？を注視している。

息を呑《の》むエドヴァルトとメルネス。目を見開いたシュティーナとリリ。

オニキス卿はいつも通り静かに……あれ？

ふと気づくと、オニキス卿の姿だけが忽然《こつぜん》と消えていた。

なんだ？　オニキス卿はどこへ行った？

「エキドナちゃん！　よこ、よこ！」

リリがしきりに我の右横を指差している。

我はゆっくりと——心底嫌な予感を抱きながら、ゆっくりとそちらに顔を向けた。

「……緊急時だから、正体を隠すのもいい加減やめだ。いいかエキドナ」

果たしてそこには、我が宿敵が居た。

勇者レオ。間違いなく、勇者レオだ。

涙を拭い、何度かまばたきをする。幻覚などではない。あの面接の日、確かに追い払ったはずの勇者が目の前に居る。

オニキス卿と全く同じ、漆黒の鎧《よろい》。兜《かぶと》はかぶっていない……かわりに、黒髪の隙間から覗《のぞ》く紅玉《ルビー》のような赤い瞳が、真《ま》っ直《す》ぐにこちらを射貫いている。頭がくらくらしてきた。

「まず、お前を騙《だま》していたことは謝る。色々と事情があったんだ。全部話すから、聞いてくれ」

パチンとレオが指を鳴らすと、おそらく魔力で編んでいたのであろう漆黒の鎧が消え去り、我がよく知る勇者レオの姿が現れた。腰から無造作に下げた長剣、身軽そうな麻の服。魔道具《マジックアイテム》と思《おぼ》しき指輪が数個。魔王に挑む者とは思えぬ軽装――ああ、あの最終決戦の日、城の大広間で対峙《たいじ》した勇者レオそのままだ。

「俺が魔王軍に入った本当の理由は、ただ一つ。お前が……魔王エキドナが《賢者の石》を託すに相応《ふさわ》しい存在なのかどうか、見極めたかったんだ。見込みがなければすぐにでも軍を抜けるつもりだったんだが、二人きりで酒を飲み交わした時に確信した。エキドナ。お前になら石を託しても大丈夫そうだ」

酒！　こいつ、今、酒を飲み交わした時って言ったぞ！　我が最近酒を飲み交わし、本音を打ち明けたのはオニキス卿くらいだ。

オニキス卿？　オニキス卿はどこか？　この大たわけを捕えて叩《たた》き出《だ》してくれ！

「お前は他の魔王とは違う。魔界に秩序がもたらされ、魔族共が人間界に余計なちょっかいを出さなくなるというのなら、お前に石を渡す価値はある。俺はそう判断した。……あと、俺自身ちょっと長く生きすぎたからな。ここらでバトンタッチしたいんだ」

周囲を見回すが、オニキス卿の姿は煙のように消えていた。まるで、オニキス卿のかわりに勇者レオが出てきたかのようだった。

そうか……なるほどね。ふふふ。そういうことかあ。

そういえばこいつ、さっき言ってたものね。お前を騙していたことは謝るって。

そういうことか。なるほどね。

「エキドナ。混乱しているところすまないが、時間が惜しい。《賢者の石》を守る番人は紛れもない強敵だ。現地まで案内してやるから、お前も四天王たちと一緒に」

「――――死ィいねえええええええ！」

我は愛剣ティルヴィングを抜き放つと、まだ何か喋《しゃべ》ろうとしている目の前の痴《し》れ者《もの》にありったけの魔力を込めた《六界炎獄《インフェルノ》》を叩き込んだ。

今になって思う。

この時はまだ、『勇者と魔王』の関係だったな……と。

2. 俺を止めてみせろ、勇者ども

勇者レオが姿を現してから、かれこれ十分ほど後。

我々は魔王城の第二会議室に場所を移していた。

「……なあエキドナ」

「黙れ」

「ワンパターンすぎだろ。お前、前回の面接もこんな感じで《六界炎獄》《インフェルノ》唱えただろ」

「うるさい。黙れ。死ね」

「仕方ないだろ。こうするしかなかったんだ。正体を隠してこっそり魔王軍に入り、功績を立て、改めてお前に謁見する。それくらいしないと認めてくれないだろ、俺の魔王軍入り……」

「当たり前だ。貴様の魔王軍入りなど、未来永劫《えいごう》認めぬわ。分かったなら今すぐ毒キノコを食べて三日三晩苦しんだ後に死ね」

ようやく平静を取り戻した我は、改めて卓を挟んでレオと向かい合っている。四天王たちも一緒だ。

……魔王エキドナ最大の不覚である。思えば、オニキスがレオだと気付ける機会はこれまでにいくつもあり、それら全てを我は見逃し続けてきた。

最初の機会はシュティーナだ。オニキス卿はシュティーナの魔力波長を真似《まね》、彼女が作った魔力炉に魔力を供給できたらしい。しかもその場限りではなく、誰でも補給業務を代行出来るように護符《タリスマン》を作るところまでやってのけたという報告を受けている。

魔力波長を真似る。技術としては有名だが、それを実践するのは言うほど容易《たやす》いことではない。それこそシュティーナと同レベルの、高位の魔術師でもなければ不可能だ。そんな魔術師が、都合よく新入りとして入ってくるものだろうか？

リリやエドヴァルトもそうだ。二人とも強者のニオイには敏感であり、たとえ仲間であっても強者と見るや一戦交えるのも辞さない連中である。事実、我も彼らをスカウトした際は有無を言わさず一戦交える羽目になった。

そんな彼らが、オニキス卿には最初からやたらと気を許していたように思える。当然だ。オニキス……レオは、かつて一対一で自分たちを破った相手なのだから。

メルネスの時はどうだったろう。いや、あの時こそ一番分かりやすかったな。あそこでいい加減気がつくべきであった。

あの時、我と一緒に酒を飲んでいたオニキス卿は、シュティーナの報《しら》せを受けるや否《いな》や矢のように城を飛び出した。そしてメルネスに追いつき、彼を説得し、城へ連れ戻したのだ。

バカな！　メルネスに迷いがあったとはいえ、『無影将軍』に追いつけるような奴《やつ》がこの地上に何人居るというのか。我を除けばそれこそ勇者レオくらいしかおらぬわ！

「……くそ。おのれ。迂闊《うかつ》であった……魔王エキドナ一世一代の不覚よ……！」

「悪かったよ」

頭をかきかき、レオが謝罪する。平然とそうしているのがまた我のプライドを傷つけた。

ついさっきだ。ついさっき、炎熱呪文の中でも最高位の《六界炎獄《インフェルノ》》を直撃させてやったのだぞ。だというのに傷一つ無しでぴんぴんしているというのはどういうことか。

確かに、怒りのあまり詠唱を破棄したのは良くなかったかもしれん。お陰で《六界炎獄《インフェルノ》》の威力は半分程度に落ち込んでいたが……それでも、広大な会議室がまるまる一つ灰と化す程の爆炎に包まれて無傷というのはありえん。どうやったのかは知らないが、あまりにふざけたヤツだった。

「エキドナ様！」

「エキドナちゃん！」

シュティーナ、リリ。その後ろからメルネス、エドヴァルト。険悪なムードもそこそこに、四天王たちが我先にと群がってくる。

「エキドナ様。レオも言った通り彼に悪気はなく、むしろ魔王軍に多大なる貢献をですね」

「レオ殿の魔王軍入り、認めてやってはくれんか。俺もレオ殿には色々と恩が」

「あのねあのね！　あのね聞いてエキドナちゃん！　レオにいちゃんがアドバイスくれて、それで、兵站《へいたん》のしごとがすっごいらくらくになったの！　それからね！」

「彼のおかげで私の残業も減りましたし、ここは一つ寛大な措置を。この通りです」

「娘のジェリエッタもレオ殿にはたいそう感謝しておってだな。ここであれを除名されると、俺が娘に殺されるかもしれん。それだけは勘弁してほしい」

「すっごいの！　みんなで協力するとね、仕事がね、すんごい早く終わるの！」

「ねえエキドナ。食堂のバイト、賃金が安すぎると思うんだけど」

「わかった！　分かったから静かにせよ！」

腰にしがみついてくるリリをべりべりと引き剝がし、手近な席に座らせる。失われた威厳を少しでも取り戻すべく、おほんと大きく咳払《せきばら》いして全員を黙らせた。改めてレオに向き直る。

「よかろう。この際、貴様がオニキス卿《きょう》だったことは特別に不問とする。……と・く・べ・つ・に、だ。不問としてやる！」

「はい」

レオが神妙に頭を下げた。

「それよりも《賢者の石》だ。もう一つの石がセシャト山脈に——つまり、この城のすぐ近くにあるというのは、本当なのだろうな？」

「本当だよ。やたらと強い番人が守ってるんだが、お前らなら問題無いだろ」

「……ふむ」

レオの言葉に多少のひっかかりを覚えた。

悔しいことだが、勇者レオは間違いなく人間界最強の戦力だ。その彼をもってして〝強い〟と言わしめる番人とは、一体何者なのか？

そのあたりの質問をしようかとも思ったが、それより情報の真偽のほうがよほど気になった。

なにせこいつは、我をずっと欺き続けていた不届き者だ。もう一つの《賢者の石》の在処《ありか》を知っていて、しかもそこまで案内しますだと？　いくらなんでも話が美味すぎるわ！

「その話、本当に本当なのだろうな？　そう言って罠《わな》にでも嵌《は》めるつもりではないのか？」

「疑《うたぐ》り深《ぶか》い奴だなあ！　本当だよ！　お前、俺がどれだけ魔王軍の業務効率化に力を注いできたか知らねえのか？　ちったあ信頼してくれよ！」

「ああもう、貴様の功績ならたっぷり知っておるわクソったれめ！　さすがオニキス卿、なかなかやるものだと感心しておった。だから余計に腹が立っておる！」

「んもー！　ケンカしてる場合じゃないでしょ、エキドナちゃん！」

卓を挟んで再び言い争いになりかけたところで、見かねたリリが仲裁に入る。

「めっ！」

「……う、む。すまなかった、リリ」

「レオにいちゃんも！」

「へい。私が悪うございました」

――頭を冷やそう。

確かに、リリの言う通りだ。もはや我々には一刻の猶予もない。《賢者の石》さえ手に入れば、そして、《賢者の石》がレオの言うとおり、無限の魔力を供給してくれるアイテムだとすれば。補助となる触媒なしでも、閉じかけた《大霊穴》を再び固定することができるだろう。

て済む。

《大霊穴》さえ固定できれば、作戦を練る時間が出来る。魔界を救うチャンスを諦めなく
つまり、《賢者の石》を手に入れられるかどうか。そこに魔界の全てがかかっているのだ。

石のありかをレオが知っているとなれば、取るべき行動は決まりきっていた。

「よかろう！」

我は椅子から勢い良く立ち上がった。戦闘準備だ。右手を高く掲げ、イメージを増幅させる。《亜空間収納《ディメンジョンポケット》》……亜空間に収納していた魔道具《マジックアイテム》、アミュレットやブレスレットが我に巻き付き、愛用の魔剣ティルヴィングの輝きが増した。

「これより我は《賢者の石》を守護する番人を討伐しに往く。レオ、貴様の同行を認めよう。ただちに番人とやらの元まで我を案内するがいい」

「四天王はどうする？　俺としては、連れて行った方がいいと思うんだが」

「むろん連れて行く。貴様と二人きりなどまっぴら御免よ！」

我はレオから目を逸らし、窓の外を見やった。

前途の多難を示すかのように、彼方《かなた》から真っ黒な雷雲が近づきつつあった。

―

「――――さむいよー！　さーむーいー！」

レオの呪文で飛んできた先は、魔王城よりもだいぶ標高が高い場所。セシャト山脈の中でもひときわ高い山の中腹であった。

吹雪《ふぶ》いてこそいないが、分厚い雪が一面に降り積もり、大気も薄い。かわいそうに、普段から薄着のリリは尻尾を尖《とが》らせ、ぷるぷると震えている。メルネスが怪訝《けげん》な顔でレオに尋ねた。

「ここ？」

「もうちょい先だ。こっからは徒歩で行こう」

「さむ！　さむさむさむ！　ふおおお」

目的地はここの山頂らしい。山頂まではまずまずの距離があったが、我々の身体能力をもってすれば歩いてもそう時間はかかるまい。

寒さも、我やシュティーナのような魔族には大した障害にはならない。エドヴァルトは元から温度差にはめっぽう強いし、メルネスが纏《まと》っている暗殺装束は風精霊《シルフ》の加護があるらしく、常時張り巡らされた風の結界が温度を最適に保っているようだった。

シュティーナに命じ、リリに《暖流《ウォーム》》の呪文をかけてやる。これで静かになった。

「ありがとシュティーナ！」

「どういたしまして。リリも少しは魔術の勉強をした方がいいですよ」

どこか長閑《のどか》な空気すら漂う中、頂上を目指して歩きはじめる。レオがそばに寄ってきたので、とりあえず文句の一つもつけておくことにした。

「貴様、徒歩とは何だ。無駄に勿体《もったい》つけおって」

「別に意味もなく徒歩にしたわけじゃない。お前と話す時間が欲しかったんだ」

「……話す？　いまさら何を話すというのだ」

「引き継ぎだよ、引き継ぎ。仕事を引き継ぐ時は後任者にキチンと仕事の概要を教えなきゃいかんだろ。お前は俺から《賢者の石》という最重要プロジェクトを引き継ぐんだ。前任者の話には、とりあえず耳を傾けておくべきだと思わないか？」

「ふむ……仕事、仕事か」

こうしてレオに仕事の話をされるのはなんとも奇妙な感覚だった。目の前のレオから普段の軽薄さは感じられず、生真面目なオニキス卿に近い雰囲気が漂っている。

もしかすると、こちらの生真面目な性格の方が奴の素に近いのかもしれない。そんなことをふと思った。そうでもなければ、勇者などという割に合わぬ仕事はしないだろう。

「それで？　その前任者様はどんなありがたい話をしてくれるのだ」

「さっきも言ったが《賢者の石》は古代の超機関だ。莫大《ばくだい》なエネルギーを無限に供給してくれるだけであって、何でも願いを叶《かな》えてくれる魔道具《マジックアイテム》じゃない……そこんとこ、理解できてるか？」

「無論だ。魔界の土に植えれば翌日には一面のお花畑ができているとか、水に浸すと酒になるとか、そういう都合の良《い》いモノではない。そう言いたいのであろう」

「そういうこと」

レオが頷《うなず》き、雲間に広がる山のふもとを指差した。

「無事に《賢者の石》を手に入れて《大霊穴《アカシック・エンジン》》を安定させたら、人間達と和解して石の取扱説明書を探してみろ。世界のどこかに〝虚空機関機能仕様書〟というものが眠っているはずだ。そいつを読めば、少しは《賢者の石》のことも理解できるだろうさ」

「和解、か」

人間界に侵攻する前、一度は考えたことだった。我らは《賢者の石》さえ手に入れば良いのだから、人間たちと無駄にコトを構える必要は無いのでは、と。

結果的に和解路線は無しになった。だってそうだろう。

『あなた達の宝物を奪いますが、それはそれとして仲良くやりましょう』なんて道理が通るわけもない。結果として我ら魔王軍は武力での強奪を選択し——勇者レオに敗れたわけだ。

「和解など、出来るだろうか。もう手遅れではないか？」

「出来る」

レオがきっぱりと言った。

「お前は知らんだろうが、人間は機械文明のずっと前からヨソの国と戦争しては仲直りしてきた。三千年前……お前らのご先祖、魔王ベリアルと一緒にやってきた魔族どもの子孫が、今じゃ道端で露店を開いて人間と子を成してたりもする。『架け橋のエイブラッド』っておとぎ話知らないか？」

「人間界の童話だな。夢魔の語り部《べ》から一度聞いたことがある。変わり者のインプが人間界に行き、ヒトと魔族が共存する小さな町を作る話であろう」

「そうそう、それそれ。あれは実話だ。だから大丈夫、ヒトと魔族は分かり合えるものだ」

レオの言葉はひどく優しかった。

そして、まるで見てきたかのような実感がこもっていた。

「まあ、エイブラッド先生は特殊なケースだ。〝魔界に帰れなくなったから、人間と仲良くするしかなかった〟ってだけで、必要に迫られて共存の道を探しただけ。本当に人間界と魔界の和解を実現しようとするなら、これはもうスケールが全く違う。死ぬほど大変だろうな」

「勇者よ。このエキドナをあまり甘く見るでないぞ」

我は立ち止まり、レオを真正面から見据えた。

「我は魔王だ。魔界最強の王、魔王エキドナだ。死ぬほど大変だろうがなんだろうが、必要であれば和解の一つや二つや三つ、軽くこなしてみせるわ！」

「……そうかい。それはよかった、安心したよ」

レオがどこか寂しそうに、だが嬉《うれ》しそうに、小さく笑った。その背中に声をかける。

「我は本気だぞ。《賢者の石》を手に入れ故郷を救う為《ため》なら、どんな苦難も乗り越え、どんな強敵も打ち破ってくれる」

「どんな強敵もねえ。その割に、俺には負けたわけだけどな」

「やかましい！」

《念動波《サイコウェーブ》》を降り積もった雪に当てると、氷雪のシャワーがレオに降り注いだ。

「つっめてえ！　エキドナてめえ！」

「はん！　これくらいで済んだことを光栄に思え！」

そこで一度、ぴたりと会話が途切れた。

誰もが無言のまま、降り積もった雪をざくざくと踏みしめて進む。

雪が軋《きし》む音。木々から雪が落ちる音。遥《はる》か彼方から聴こえる、かすかな鳥の鳴き声。

静寂で思考が整理されたのか、ふと疑問が浮かんだ。

「――レオよ」

「あ？」

「先ほどから気になっていたが……貴様、なぜそうも機械文明のことに詳しいのだ？　あれはもう三千年ほど前、混沌《こんとん》王ベリアルが侵略した頃に人間界で栄えていた文明だろう」

機械文明時代の記録は少ない。魔界だけではなく、人間界にもだ。

人間界で町を占領するたびに書庫を片っ端から調べてみたが、どれも似たり寄ったりの曖昧な記録ばかりで、詳細な記録は数える程しか残っていなかった。

三千年前、混沌王ベリアルと当時の人類との戦いは熾烈《しれつ》を極め、侵略戦争が終結した時には科学技術によって生み出された多くの施設が崩壊し、使い物にならなくなっていたという。魔界から多数の魔族が人間界へ流れ込んだこともあり、次第に機械文明は廃れ、かわりに魔界と同じ魔術文明が主流となっていった……というのが今の人間界の大まかな歴史だ。

そんなことだから、レオがやたらと機械文明に詳しいのが不思議でならなかった。

「大昔のことに、なぜそこまで詳しい。勇者になる前は学者でもやっておったのか？」

「別にそんなんじゃない。単に、俺が機械文明出身なだけだよ」

「なるほどな。機械文明出身……………なに？　なんだと？」

さらりと返されたので、思わず納得しかけてしまった。

機械文明出身だと？　ではこいつ、一体何歳なのだ？

生命活動を止める呪文というのは、あるにはある。それによって本来の寿命よりはるかに長い時間を生きながらえる大魔導師も居ると聞く。

だが、機械文明出身だとしたら、こいつは三千年以上生きていることになる。

それほどまでに延命が可能なのか？

……こいつは。勇者レオは、そもそも人間なのか？

「ベリアルが攻めてきた時、当時の魔術師達はお前たちに対抗するべく、総力を結集して12体の勇者を作った。お前ら魔族の力を元にした救世の超兵器。生体兵器、デモン・ハート・シリーズ。その五号機が俺、〝05-Leo〟というわけだ——開発コンセプトは〝超成長〟」

「成長？」

「交戦した相手のあらゆる能力を模倣し、無限に成長するんだ。機械、人間、魔族、魔獣。剣、魔術、体術、戦術。凝縮された三千年が俺の中に詰まっている。ＤＨシリーズに寿命はなく、半永久的に生き続け、俺の場合は成長し続ける」

「……なんだそれは！」

率直に言って、呆《あき》れた。

なんというインチキか。強い強いと思っていたが、こんなの強くて当然だ。むしろこんな能力を持っていて弱いほうがおかしい。端的に言えば、一人の人間の中に数万・数十万規模の無敵の軍隊が詰め込まれているようなものだ。

ここに来てようやく理解した。この勇者レオ、はなからまともに戦って勝てる相手ではなかったのだ。はあ、とため息をつく。

「強いわけだ。勇者レオの正体がこんな奴《やつ》だと分かっておれば、もう少し別の路線で《賢者の石》を狙っておったわ」

「でも、結果的に俺とお前は出会えた。そう思えば悪くないだろ」

「ふん」

確かに、運命とは分からないものだ。我を返り討ちにした勇者が何故《なぜ》か魔王軍に入り、こうしてもう一つの《賢者の石》の元へ案内してくれているのだから。これも天のめぐり合わせ、というものか。レオがぽつぽつと語りだす。

「俺以外のデモン・ハート・シリーズは全員消滅した。生き残りは俺だけだ」

「兄弟が全員死んだようなものか。ふむ。同情はしてやろう」

「どうも」

ここではないどこか遠いところを見ながら、レオが続けた。

「俺達のコアには〝人類を守れ〟という絶対命令が刻み込まれている。だから俺も……三千年間、命ある限り守り続けた。人類を守ることが俺のアイデンティティなんだ。平和をもたらす為に戦って……平和になったらなったで、人類の危機を待ち望んだこともあった」

「バカめ、それでは本末転倒ではないか。己の力で勝ち取った平和を喜ばんか」

「いや、本当そうだよな。お前の言う通りだ。成長機能のせいで、俺の中は〝兵器としての役目〟と〝人間の心〟がグチャグチャに絡《から》み合《あ》っちまってる。ちょっとバグって……おかしくなってきてるんだよ」

レオがかぶりをふり、

「時々思うんだ。俺のやってることは、人類にとってただのお節介なんじゃないかって。もう、人類は勇者無しで十分やっていけるのに――俺は、俺の自己満足のためだけに、勇者として強引に活躍しているだけなんじゃないか、って」

「そんなことはなかろう。将であるこのエキドナが保証する。お前がいなければ、人間界は間違いなく我らの支配下に置かれていたぞ」

「今回はそうかもしれん。でも『次』は分からん。いつの日か、マジに人間だけで魔王に勝てる日がやってくるかもしれん。俺の居場所がどこにもなくなる日が来るかもしれん」

熱に浮かされたような口調だった。淀《よど》みなくレオが言葉を綴《つづ》る。

「俺は……俺はな。多分、だめなんだ。そうなった時、俺は——自分の存在意義を守り続けるために、世界に混沌を呼び寄せるだろう。自分で世界の危機を招き、自分で世界を救う。人類のことなど考えない、世界を救うだけの永久機関となるだろう。それはもう、魔王以上に性質が悪い。そうなる前に何とかするべきだと思わないか。エキドナ」

「——レオ。貴様、何を言っている？」

こいつが何を言っているのかわからなかった。

いや、言っていること自体はわかる。今こいつが言った通りの存在……つまり、世界を救うために世界に災いを呼び寄せる存在が生まれれば、明確な理由があって侵攻してくる魔王よりも遥かにたちが悪いかもしれない。

だが、何故このタイミングでそれを言うのか。

〝自分がそうなる前に何とかする〟というのが何を意味するのか、分かっているのか。

将来、自分が人類の敵になってしまうかもしれない。

それを防ぐ一番簡単な方法は、

「ついたー！」


――視界がひらけた。リリが歓声をあげ、飛び跳ねながら尻尾を振る。

到着したのは山頂の広場だった。山頂というからには、もっと狭い……それこそ槍《やり》の穂先のような狭さを想像していたのだが、そんなことはなかった。

我が城をそのまま持ってきても余裕がありそうな広大な空間。相変わらず雪は積もっているが、地面は平坦《へいたん》で、ちょっとした大広間のようになっている。

見晴らしも良《い》い。雲の切れ間から遠くの海が見える。目を凝らせば人里はもちろん、そこで暮らす人々の営みまでが見えそうな、穏やかで静かな空間だった。

《賢者の石》の番人どころか、生物の影は何もない。

我々以外は。


「……番人は？」

「さて」

メルネスのつぶやきに応じず、レオが一人でざくざくと広場の中央付近にまで歩いていった。

我々からある程度距離を離したところでふいに立ち止まり、こちらを向く。

「番人は、いない。先に結論を述べると、賢者の石は俺が持っている」

「……なに？」

レオが右手の親指を立て、自分の左胸をとんとんと指差した。

「三千年前に作られた生体兵器、デモン・ハート・シリーズの心臓。無限エネルギー機関、虚空機関《アカシック・エンジン》――それが《賢者の石》の正体だ」

「レオ殿、ちょっと待て。それは、つまり」

エドヴァルトが慌てて歩み寄ろうとする。レオが手を上げ、それを制止した。

「そうだ。もう、だいたい察しはついてるだろ――」

小さく息を吸い込み、レオが一息に告げる。

「俺を殺せ。《賢者の石》が欲しければ、俺を殺して心臓を抉《えぐ》り取《と》れ」

「にいちゃん⁉」

「レオ！　あなた……！」

シュティーナとリリが駆け出そうとした。だがそれよりも早く、レオはありったけの大声を張り上げていた。

それは紛れもない宣戦布告であり、三千年生きた生体兵器の全身全霊がこもった、魂の叫びだった。

「——元・勇者、レオ・デモンハート！」

ビリビリと空気が振動する。

「特技は剣術、黒魔術、精霊魔術、神聖魔術、その他全般！　一対一で魔王エキドナを打ち倒した実績あり。即戦力として活躍可能！　未《いま》だ仮採用の身ではあるが——愚かな人間どもを本気で滅ぼすべく、本日限りで魔王軍から脱退させて貰《もら》う！」

我を含む誰もが言葉を失う中、レオの赤い瞳だけがこちらを真《ま》っ直《す》ぐに見据えていた。

レオの声のトーンが下がり、静かに言い放つ。

「言っておくが、お前らに〝逃げ〟の選択肢は無いぞ。もし逃げたなら、俺は即座に下界に降りて人間どもを滅ぼす。ついでに、世界に散らばった《賢者の石》の文献も燃やし尽くす」

「何を——————！」

一歩前に出ようとしたシュティーナの足元に雷撃が落ちた。

威嚇射撃。次は当てる。レオの目がそう言っていた。

レオは動かず、じっと我の方を見ている。

「魔界を救いたいって言ったなエキドナ。人間たちとの和解の一つや二つ、軽くこなしてみせると……《賢者の石》を手に入れる為《ため》ならどんな苦難も乗り越えてみせると、さっき言ったよな」

「……ああ」

レオが腰の長剣を抜いた。

こちらも愛用の魔剣ティルヴィングを鞘《さや》から抜き、身構える。

我が身構えると同時に……もう待ちきれないとでも言うように、レオの魔力が一気に膨れ上がり、爆発した。

「どんな苦難も乗り越える——今が、その時だ」

山頂を覆っていた雪が一瞬で溶け、熱湯となって流れ落ちた。

「《賢者の石》が欲しければ。人間界と魔界を守りたいならば！　俺を止めてみせろ——勇者ども！」

3．世界を滅ぼしてでも世界を救おう

開幕は一瞬だった。

我はけっして油断せず、片時もレオから目を離してはいなかった。

それが、文字通り瞬《まばた》き一回の間に、二十m近い距離を詰められた。レオの斬撃が迷いなく首筋を狙ってくる。

「チッ……！」

ティルヴィングを打ち振り、鋭い斬撃をかろうじて切り払った。二合、三合……打ち合う度に骨まで軋《きし》む。男性にしては細身の体軀《たいく》でありながら、レオの一撃一撃が恐ろしく重い。まるでエドヴァルトを相手取っているかのようだ。

「魔王をッ！　ナメるなッ！」

魔族の武器は剣だけではない。鍛え抜かれた身体《からだ》は時として何よりも頼れる武器となる。

我の場合、武器となるのは尻尾だ。先祖に竜族がいたのか、我の黒い尻尾はドラゴンのように太くしなやかで、ただ力任せに叩《たた》きつけるだけで大概の鎧《よろい》を粉砕し、剣をへし折る。

レオは必殺のテールスイングを後ろに跳んで躱《かわ》す。着地を狙って畳み掛けることもできたが、我はまず語りかけることを選択した。

「貴様、レオ……何のつもりだ。気でも違ったか！」

「まったくの正気だよ。俺の仕事は世界を守ることだ。その為に造られ、その為に生きてきた」

再度切り結ぶ。奴《やつ》の武器は何の変哲も無いただのロング・ソードだったが、《武器強化《ウェポンエンハンス》》を初めとしたありったけの強化呪文が仕込まれているのだろう。切れ味は我がティルヴィングのそれを上回り、一振りしただけで衝撃波が走り、地面がバターかなにかのようにざっくりと抉り取られ、消滅した。

「要するに、世界を守れないとアイデンティティを維持できないのさ。人類が俺を要らないと言うのなら、何が何でも必要だと言わせてやる——俺は、世界を滅ぼしてでも世界を救う！」

「愚かなことを……！　シュティーナッ！」

見なくとも分かる。背中で魔術の詠唱光がきらめき、ついで無数の炎弾が降り注いだ。僅かに残っていた雪が溶け落ち、雪解け水もたちまち蒸発していく。

炎弾はシュティーナの意によって誘導され、我には当たらず、レオにだけ当たる軌道を描いている。今度はこちらが攻勢にでる番だった。

「手段と目的を違《たが》えるな！　守るべきものを自分で燃やし尽くして何になる？　何一つ残らぬ荒野が待つのみだ！」

「荒野！　結構じゃねえか。俺が守ってきた世界を[illegible]が滅ぼして、何が悪いッてんだ！」

喉を鳴らし、目の前の元・勇者は心底楽しそうに笑った。

ああ、なるほど。こいつはもう勇者ではない。こんな台詞《せりふ》を素面《しらふ》で言うような奴は、もはや勇者とは呼べない。

「何もかも更地にしてゼロからスタートするのも……悪くは、ねえだろッ！　おら！」

レオが手をかざすと、ふいに天地が反転した。青い空が見え、何か堅いものに叩きつけられる。誰かの悲鳴が聞こえた。

「――――エキドナ様ッ！」

シュティーナだ。そこでようやく、自分が数十メートルも吹き飛ばされ、仰向けに転倒させられたことに気づいた。

そうか。今のはレオの《念動波《サイコウェーブ》》だ。手のひらから極めて軽い衝撃を飛ばす……できて雪を巻き上げるのが関の山の、最下級の牽制《けんせい》呪文。

無造作に放ったそれで、魔王の我を吹き飛ばしたのか。なんと馬鹿げた威力！

慌てて身を起こすと、すでにレオが目前に迫っていた。我にトドメを刺すべく剣を振り上げる。

そこに割り込んできたのは、先程より機を窺っていたエドヴァルトの巨軀《きょく》だった。大剣カラドボルグをレオに叩きつけるようにして飛び込んでくる。さしものレオも幾分か後退し、そこを狙ってシュティーナが後方から《爆裂光矢《ブラストボルト》》を猛然と連射した。

「レオ殿、莫迦《ばか》なことはやめろ……！　なんたる短慮！　貴公らしくもない！」

「そうです。我らが戦う必要がどこにありますか！」

「……寝ぼけてんのかクソ四天王ども！」

エドヴァルトとレオ。二人を包み込むように、シュティーナが放った無数の《爆裂光矢》が着弾した。無数の小爆発が起こり、視界が真っ白く覆われる。

エドヴァルトは大事ないだろう。彼の竜鱗《ドラゴンスケイル》はどんな鎧よりも硬い。《爆裂光矢》程度ならばほぼ無傷で済むはずだ。

対して、レオはどうか。我とエドヴァルトとシュティーナ、三人を相手取っていたのだ。防御呪文を唱える暇など無かったはず。

無かったはず、だった。

「……な⁉」

シュティーナが絶句した。

爆炎が晴れた中で剣戟《けんげき》の応酬を繰り広げているのは、多少の焼け焦げを負ったエドヴァルトと、全く無傷のレオだったからだ。

ありえないことだ！　《爆裂光矢》は中級呪文だが、術者の魔力量に応じて光の矢の数が増大していく特性を持つ。シュティーナの魔力であれば放たれる矢は数十を超え、百本にも及ぶ。あのエドヴァルトにダメージが通っていることからも、直撃すればただでは済まないことは保証済みだ。

それを喰《く》らって、無傷！　防御呪文も無しに！

異常すぎる防御力だった。レオがエドヴァルトを蹴り飛ばし、シュティーナを怒鳴りつける。

「なにボケてんだシュティーナ。本気で来い！　心臓が欲しけりゃあ殺して奪えと、そう言ったろう！」

「勝手な……！　あなたが力を貸してくれれば、それで済む話でしょう！」

シュティーナが愛用の杖《つえ》、クラウストルムを地面に突き立てた。《黒曜雷陣《オブシダンケージ》》……アークキマイラをすら容易に捕獲する、影で作られた漆黒の檻《おり》がレオを囲った。間髪入れず、その中で目も眩《くら》むような凄《すさ》まじい電撃が迸《ほとばし》る。

「あなたの心臓が《賢者の石》ならば、これからも魔界のために力を合わせていけばいい。そうでしょう！　私たちは、仲間じゃなかったんですか！」

「……うるせえ！」

レオの気合いと共に《黒曜雷陣《オブシダンケージ》》が内側からはじけ飛んだ。レオはそのまま、剣を持たぬ方の手を天に掲げ、先程シュティーナが放ったばかりの呪文……《爆裂光矢》を発動させた。

上空に打ち上げられた巨大な光球が分裂し、空を覆う無数の光の剣へと姿を変える。その数――数十、数百、いや、それ以上！

術者の力量に応じてその威力が変動する呪文。レオが使えば、中級呪文でもこれほどの規模になるということか。冗談ではない。こんなもの、まともに捌《さば》けるか！

「いかんシュティーナ！　下がれ！」

「……！」

「シュティーナ！」

死をもたらす光の剣が、一片の隙間もなく猛烈に落ちてくる。エドヴァルトが咄嗟《とっさ》に飛び、身を挺《てい》してシュティーナを庇《かば》うのが見えた。

光の剣がエドヴァルトの背に突き刺さり、内側から爆《は》ぜ、竜将軍の巨体を焼く。剣の雨が止《や》むや否《いな》や、レオが飛び込んでくる。ロング・ソードが煌《きら》めき、傷ついたエドヴァルトを少しずつ削り取っていく。シュティーナが各種強化呪文《エンハンス》で援護しているが、目に見えて劣勢だ。

我も慌てて援護に向かおうとしたが――くそ！　レオめ、我の方にだけ相当な量の《爆裂光矢》を飛ばしたな！

エドヴァルト達の方へ降り注ぐ光の雨はほぼ止みつつあったが、こちらだけは依然として土砂降りだ。あらゆる防護呪文を張って回避しているが、それでも幾つかは我の赤いドレスを切り裂き、尾に突き刺さり、防御を貫通して直撃している。一瞬でも立ち止まればその瞬間に戦闘不能になりかねない。

回避し、防御し、叩き落とす。とてもではないが二人の援護は出来ない。吠《ほ》えるレオがエドヴァルトに斬りかかった。

「俺はもう嫌なんだよ……！　何が超成長だ、何が無限に生きる人類の守護者だッ！　死という終わりすら俺にはやってこねえ。人類を守って、守って守って、やっと勇者は要らないと言われて、それでもなお終わりが来ねえ！」

「──《顕《あらわ》れよ滅びの光刃、爆ぜ、翔《と》べ、我が敵を穿《うが》て！》」

「ハッ！　来たかシュティーナ！」

「どきなさい、エドヴァルトッ！」

エドヴァルトが飛び下がる。同時にバチバチという破裂音が響き、魔法陣から巨大な光の矢が放たれた。

シュティーナの《極光雷神槍《ゲイアサイル》》。まともに当てれば強固な砦《とりで》すら一撃で粉砕する、雷電系最上位の高威力呪文！　雪も岩も瞬時に蒸発させながら、雷神の槍《やり》が一直線に駆け抜ける。そのまま一息にレオを飲み込んだ。

《極光雷神槍《ゲイアサイル》》は確かにレオに直撃した。そのはずだったのだが――――。

「――誰を恨めばいい？　俺を作った人間か。それとも、俺を作るきっかけになった魔族か？」

「嘘《うそ》でしょう……！」

シュティーナが呻《うめ》いた。白煙の中から現れたのは、限りなく無傷に近いレオだった。さすがに多少のダメージは負ってはいるようだったが、それでも致命傷には程遠い。

「何もかもが面倒くせえ。人間界も魔界も、両方ブッ壊してやるよ！　今日限りで勇者なんぞ辞めだ！」

レオが吠えた。その間にも我の頭は猛烈に回転し、目の前で起こっていることを分析していた。

下級呪文ならともかく、《極光雷神槍《ゲイアサイル》》の直撃を食らってろくにダメージが入らないというのは異常だ。嫌な予感が脳裏をよぎり、ぞくり、と背筋が凍った。

（まさか）

道すがら、レオは自分のコンセプトを〝超成長〟だと言っていた。

能力をコピーし、無限に成長する生体兵器だとも言っていた。

「……無限の成長。まさか……防御も、なのか……？」

思わず、考えていたことが口をついて出た。

そうだ。こいつが無限に成長するのなら、戦いの中で喰らった攻撃にもまた耐性ができ、最後には効かなくなるのではないか。いや、もはやそうとしか考えられない。

我の《六界炎獄》《インフェルノ》とてそうだ。はじめて奴と戦った時はもっと効き目があった気がするが、先の会議室の一件ではまるで堪えた様子が無かった。直撃させたというのにピンピンしていて……それどころか、《六界炎獄》《インフェルノ》を避ける素振りすら見せなかった！

「さあ、勇者ども！　世界の存続を願うなら……死力を尽くして、この俺を止めてみろッ！」

レオが両手を掲げる。そうしている僅かな間にも、《極光雷神槍》《ゲイアサイル》で与えた貴重なダメージが治癒していくのがはっきりと見える。最悪だ。我の推論、つまり、攻撃すればするほど耐性が付いていくという予想は完全に当たってしまったようだった。

この場にいるのは五人。我、シュティーナ、リリ、メルネス、エドヴァルト。当然ながら全員がレオと戦い、全員が敗れている。

戦うほどに耐性が付いていくのだとしたら……既に我らの攻撃の殆《ほとん》どは、こいつに通じなくなっているのではないか。

我らではもう、こいつを倒せないのではないか。

まずい。まずいぞ。五対一の戦いとはいえ……このままいけば、全滅する……！

「――ぐ、おおおおおッ⁉」

「エドヴァルトッ！」

エドヴァルトとシュティーナの悲鳴が、我の思考を一瞬で現実に引き戻した。

そして目を疑う。エドヴァルトの強固な竜鱗《ドラゴンスケイル》が粉々に粉砕されている！

彼の脚は何らかの呪文で凍りつき、逆に上半身には未だ呪いの炎が燻《くすぶ》っていた。

「《永久第三氷獄《コキュートス・トロメア》》――《死界炎獄《インフェルノ・ゲヘナ》》」

レオが厳かに告げた。左手には氷の、右手には炎の残滓《ざんし》を纏《まと》わせている。

最高位呪文をアレンジ強化し、しかも、相反する別属性を同時詠唱。冗談ではない。こ
のようなこと、我はおろかシュティーナでも不可能な芸当だ。こいつ、本当に何でもアリ
か……！

「バ、カな……！」

「竜鱗《ドラゴンスケイル》対策は済ませておいた。温度差による熱衝撃破壊――分かるか？　分からないよな。ふふふ」

笑い、大きく拳を振りかぶる。

「消えろ。竜将軍」

エドヴァルトが大きく吹き飛んだ。レオが渾身《こんしん》の力で彼を殴り飛ばしたのだ。レオの細腕からは想像もつかない一撃だった。魔術だけではない――身体能力も怪物じみている。

エドヴァルトは遠く離れた岩壁に叩《たた》きつけられ、動かない。死んでこそいないが、復帰には少し時間が必要だろう。

その〝少しの時間〟が、今この瞬間では限りなく致命的だった。

「一人目」

「貴様ッ！」

思わず跳んでいた。我が見舞った大上段からの斬撃を躱《かわ》し、レオが反撃を繰り出そうと身をひねる。

その時だった。意識が我に向いた一瞬を待っていたかのように、銀色の光が流星のように飛び込み、レオの背後で煌めいた。

無音にして最速。対象の命を絶つためだけに放たれる、影すら見せぬ必殺の一刺し
――無影将軍《メルネス》！

「……来る、と」

だが、死の刃がレオの首元に突き刺さることはなかった。

「思ってたぜ！　坊や！」

「ち……！」

呆《あき》れた反射神経だ。咄嗟にレオは身を沈め、完全な死角から放たれたメルネスの致命撃を紙一重で回避していた。敵対者の息の根を完全に止めるはずの一撃は、レオの黒髪を一房切り落とすだけに留まった。

メルネスの武器は両手に持った短剣だ。たとえ片方が躱されても、もう片方で命を刈り取る——メルネスは左手の逆手短剣でレオの下腹部を狙ったが、突風の如《ごと》き斬撃が切り裂いたのはレオが目眩《めくら》ましに放った《爆炎障壁《ブレイズウォール》》だけで、当のレオには無傷で飛び退《との》かれてしまった。メルネスが我の隣に着地し、不満げにぼやく。

「腕が鈍《なま》ったかな。確実に殺《や》ったと思ったんだけど」

「いやメルネス、今のは最高の一撃であった。あれ《レオ》がおかしいだけだ」

「かもね。ムカつく」

メルネスが不貞腐《ふてくさ》れながら低く身を沈め、左右の短剣を構えた。

こうして身を晒《さら》してしまった以上、二度目の隠行は大きく成功率が落ちる。エドヴァルトが落ちた今、前線に出る者は一人でも多い方がいい。メルネスは陰に潜んでの一撃を諦め、真正面からのスピード勝負を挑む魂胆のようだった。

先の一言、我はメルネスに世辞を述べたわけではない。メルネスの一撃は間違いなく最高のタイミングで放たれていた。彼は一撃のチャンスを狙い、戦闘開始からずっと気配を殺し続けていたのだ。

味方である我ですら、奴《やつ》がどこに潜んでいるのか皆目見当がつかぬ程の隠行。さしものレオも、メルネスの位置を明確に把握できてはいなかったはずだ。だからこそ、メルネス自身も必殺の確信を持って一撃を繰り出したはずなのだ。

それすら回避されるとは、あまりにも想定外。レオのスペックが埒外《らちがい》に過ぎる。

それでも、『敵が強すぎるから勝てません』などと平和な文句を言っている場合ではない。

勝たねば終わる。勝たねば、死ぬ！

「続けッ！」

我とメルネスで挟撃し、更にシュティーナが呪文で援護する。三人がかり！　死角から二刀短剣で斬りつけつつ、メルネスがレオに問うた。

「どっちなのさお前。死にたいの？　それとも殺したいの？」

「どっちもだよ！　こうして世界に喧嘩《けんか》を売って、誰かが俺を殺してくれればそれで良し。

そうでないなら、俺の自殺に付き合って、世界にも滅んでもらうまでだ！」

「嘘つけ」

レオとメルネス、二人が目にも留まらぬ速度で地を蹴り、空を舞った。

朧陽《オボロビ》と無影《ムエイ》。朧陽《オボロビ》で空中に不可視の足場を生み出し、無影の高速移動で足場を蹴る、縦横無尽の超高機動。

メルネスの二刀短剣が閃《ひらめ》き、レオの首を刈り、残像を残してレオが背後へ回り、こちらもバックスタブを繰り出す。

見えない階段を駆け上がるような、あるいは宙で舞うような動きだった。もちろん華麗とは程遠い。どちらかが死ぬまで続く暗黒舞踏《トーテンタンツ》だ。

こと高速戦闘に限り、メルネスは我含む誰よりも優れたものを持っている。下手な援護は邪魔になるだろう。シュティーナに合図し、援護射撃よりも自分の治癒を優先させた。

その間にも、空中での高速戦闘は熾烈《しれつ》さを増している。殺し合いの最中だというのに、メルネスはいつになく饒舌《じょうぜつ》だった。

「だったら魔王軍に入らないで、最初から全部に喧嘩を売ればよかったんだ。なのにお前、仕事の効率化とか、他人への教育とか、すごく熱心だったじゃないか。後先を考えてたんだろ。残された連中のことを考えてたんだろ。世界を滅ぼしたがってる奴のやることじゃないよ」

「黙れ、メルネス」

「憎いんじゃない。殺したいわけでもない」

——出し抜けにメルネスの姿が増えた。全部で十二人、高速移動による分身術。

さしものレオも一瞬で本体を見分けることは出来ないようだった。分身たちが稼いだほんのすこしの時間で、メルネスが背後に回り込み、今度こそ心臓めがけて短剣を突き出す。

「お前の、本当の目的は——」

メルネスが最後まで言葉を言い終えることはなかった。その前に彼の短剣が、腕が、全身が凍りつき、氷像となって地面へ落下した。

一瞬遅れて、全身に強烈な冷気をまとわせたレオが地上に降り立つ。極低温の自動反撃。

こんな手まで隠し持っていたのか……！

「二人目。はッ、はははッ。ははは！　俺の本当の目的だと？」

レオが仰《の》け反《ぞ》り、狂ったように笑った。

「最初に言ったろうが。俺は世界を救いたいだけだ。世界を滅ぼしてでもな！　ははは、はははははは！」

「——にいちゃん！」

飛び込んできたのはリリの声だった。彼女は戦いが始まって以来一歩も動かず、じっと唇を噛《か》み締《し》めていた。《フェンリル》と同じ、狼《おおかみ》の耳が元気なく項垂《うなだ》れている。

「戦え。お前も四天王だろうが」

「たたかいたくないよ！」

ぶんぶんと首を振る。レオの鋭い視線を受け止めながら、リリは涙をぽろぽろと流し、訴えた。

「にいちゃん、全然楽しそうじゃないもん。笑ってるのに、全然楽しそうじゃないもん！」

《フェンリル》に変身することもなく、リリは一歩一歩レオに歩み寄っていった。

「ラルゴに行った時、レオにいちゃん、あたしの相談聞いてくれたでしょ？　いろんなこと教えてくれたでしょ？」

「ああ。聞いた。教えた」

「こんどはあたしが、あのときの恩返しするから。にいちゃんの悩み、きいてあげるから。だから、やめよう？　こんな戦い、やめよう？」

「……そうか」

カチリ、と軽い鍔《つば》鳴りの音。レオが剣を鞘《さや》へと戻したのだ。リリの顔がぱっと明るくなった。

「悩み。悩みか……俺の、悩みな。聞いてくれるか？　リリ」

「うん……うん！　なんでも聞いてあげる！」

「…………。そうだな。目下、俺の最大の悩みは」

目を輝かせ、尻尾を振りながら駆け寄ろうとするリリ。それを見て、レオが一瞬だけ迷う素振りを見せたような気がした。

……気のせいだったのかもしれない。次の瞬間には、レオの顔から迷いが消えていた。

奴が手を一振りすると、蒼《あお》、赤、緑……様々な光が一斉に立ち上り、奴の全身を覆った。

《腕力強化》。《竜力招来》。《装甲強化》。一瞬であらゆる強化呪文を己にかけ、リリに襲いかかる。

「――俺の悩みは。見込んだ勇者《お前ら》が、想像以上に腑抜《ふぬ》けだったことだな！」

「！」

「リリ――――ぐがッ！」

慌ててリリのカバーに入ろうとしたところで、レオの蹴りを強《したた》かに喰《く》らった。吹き飛ばされる。なんとか空中で体勢を立て直し着地する間際《まぎわ》、身一つで《フェンリル》と力比べするレオの姿が見えた。

いや、力比べにもなっていない。あの《フェンリル》が力負けしている。

強烈なパンチと蹴りを連続して叩き込まれ、白い狼の巨体が吹き飛んだ。岩壁に叩きつけられ、《フェンリル》の口から苦悶《くもん》の唸《うな》り声が漏れる。

間を置かずに飛ぶのは追撃の《雷撃矢》だ。無数の光に刺し貫かれ、《フェンリル》が穴だらけにされ、変身が解ける。……リリもやられた。

「三人目」

いま、改めて実感した。こいつは紛れもない化物だ。人間でも魔族でもない、完全無欠の怪物。古代の人間が生み出してしまった悪魔だ。

このままでは勝てない。我らは全滅する。人間界は滅ぶ。魔界も救えぬ。

(〈シュティーナ〉)

《念話》でシュティーナにだけ呼びかける。もはやまともに戦うだけ無駄だ。この状況を打破する策は、一つしかない。

(〈あれを使う。42秒間、時間を稼げ〉)

(〈……また、無理をおっしゃいますね。レオ相手に42秒ですか〉)

(〈そなただけが頼りだ。無理なら、全てが終わる〉)

(〈やりますとも。ええ、ええ。やってみせましょう！　貴方《あなた》ときたら、最初に会った時から無理難題ばかり！）

（すまんな。生きて帰れたらとっておきの酒を奢《おご》ってやる）

その間、レオは動かなかった。立ち去る様子もなく、かといって倒れた者にトドメを刺す様子もない。

エドヴァルト、メルネス、リリ。視界の端で、倒れた三人が力なく起き上がろうとしているのが見えた。完全な五人同時攻撃を仕掛けるなら、おそらくこれが最初で最後のチャンスだろう。

勝ち目は、限りなく薄い。

だが――もし、レオの本当の目的が、我の予想通りなら。

勝てるかもしれない。

殺せるかもしれない。

今はその僅かな勝機に賭けるしかなかった。

「――ゆくぞ！」

我の合図と同時に、シュティーナが《百烈氷槍破《アイシクルランス》》を放った。レオが放つのもまた同じ《百烈氷槍破《アイシクルランス》》。蒼く透き通った氷の槍《やり》が空中で衝突し、硬い音と共に一つ残らず砕け散った。

我はもはや手出しをしない。奥の手の呪文詠唱に集中するのみだ。

レオがゆっくりと前進する。シュティーナは足を止め、呪文を放つ合間合間にレオへと語りかけた。

「レオ！」

「なんだよ」

《雷電嵐舞《プラズマストーム》》。雷の柱が乱立し、渦を巻き、レオを包み込むように収束して炸裂《さくれつ》する。これも同じだ。炸裂する間際、レオの放った《雷電嵐舞《プラズマストーム》》で相殺《そうさい》される。

「分かりました……！　いえ、さっぱり分かりませんが、貴方が死にたがっていることだけはよくわかりました！」

「何も分かってねえじゃねえか。俺は世界を滅ぼすって言ってんだぞ」

「いいえ！　前々から思っていましたが、貴方は嘘《うそ》が下手すぎます！」

《烈風百閃刃《ルズガルエッジ》》。巨大な竜巻を引き起こし、風の刃で対象を粉微塵《みじん》になるまで切り裂く最上級の風属性呪文が発動し——これも内側から相殺される。既にレオはシュティーナの間近に迫っていた。

あと少しだ。あと少しで、我の方の呪文詠唱も完了する。

死ぬなよシュティーナ。死ぬなよ……！

「エドヴァルトを殺せたはずなのに、殴り飛ばすだけだった。メルネスの言うことを途中で遮った。リリの言葉に一瞬ためらった！」

シュティーナは次々と呪文を乱射し、レオの歩みを阻《はば》んでいる。全てが無駄なく相殺されている。あと数歩でレオは彼女の元へ辿《たど》り着くだろう。それでもシュティーナは喋《しゃべ》るのをやめなかった。

「貴方は世界を滅ぼすつもりなんて微塵も無い。あなたが憎み、恐れ、滅ぼそうとしているのは、自分自身でしょう！」

「……」

レオが一歩近づく。《灼熱球《スパークフレア》》、《雷撃槍《ライトニングスピア》》、《超酸雲《アシッドクラウド》》。足止めにもなっていない。

「世界を救いたいのに救えない。自分の存在意義を見いだせない、そんな未来を恐れている。いつか本当に、〝世界を救うために世界を滅ぼしてしまうかもしれない〟自分を恐れている！　そうなのでしょう！」

また一歩。もうレオは何も言わなかった。

「だから慣れない悪役なんかを演じて……正気を保っているうちに、私たちに倒されようとしている。それも《賢者の石》を託し、仕事の引き継ぎをして、人間界と魔界が仲良くやっていけるお膳立てをしてから！　愚かなことです。それで本当に三千年生きているのですか！」

また一歩。次の一歩でレオはシュティーナを摑《つか》み、恐らく致命的な一撃を叩《たた》き込むだろう。

「あなたは——！」

「もう、いい。死ね」

レオが手を伸ばしたのと、我が長い長い呪文の詠唱を終えたのは同時だった。万全を期すなら、我は無言で呪文を放つべきだったのかもしれない。

だが、シュティーナの危機を前に口が勝手に動いていた。

「……死ぬのは！　貴様だ！　こちらを向け！」

我はありったけの魔力を込め、一筋の光芒《こうぼう》を打ち出した。歴代魔王が何とかして勇者レオを倒すべく編み出した秘奥義《ひおうぎ》。僅かな間、勇者の全能力を封じる拘束術式の光が走った。

「——《対勇者拘束呪《アンチ・レオ》》！」

鈍化する時間の中、レオがゆっくりとこちらを向くのが見えた。《対勇者拘束呪《アンチ・レオ》》の、紫色の光がのろのろと進む。

レオと目が合った。そして視線が外される。迫りくる光芒に目が向けられた。ああ、くそ。駄目だ。これでは当たらない。

回避される。二度目はない。すべて終わった。

なんたるブザマ。何も守れぬまま、何も得られぬまま、我はここで果てるのか。

……そんな我の予想とは裏腹に、レオは避けなかった。奴《やつ》はただただ満足げな笑みを浮かべ、《対勇者拘束呪《アンチ・レオ》》の一撃を受けた。

ああ、やはりか。その笑みを見た瞬間、我の疑念は確信に変わった。

――もし、レオの本当の目的が我の予想通りなら。

こいつの目的が、『自分を殺して貰《もら》うこと』だとしたら。

勝てるかもしれない。

殺せるかもしれない。

こいつの願いを、叶《かな》えてやれるかもしれない。

4．俺は、まだ死にたくない

――世界を救え。

そういう絶対命令を受けて生まれてきた。

最初は良かった。

あのインプが――エイブラッドが言った通り、世界は俺の存在意義に満ちていた。人々が俺の活躍を待ち望んでいた。

仲間と共に戦うことができた。強敵を打ち倒し、世界に平和が訪れた。あの頃の俺は純粋だった。

世界に訪れた安らぎを、心から喜んだものだ。

―

――長い長い平和。

何一つとして勇者が必要とされない日々。俺が存在する意味がない世界。

地方の紛争、国家間の戦争、そして魔界からの侵略……なんでもいい。血の臭いが世界のどこかで流れるたび、俺の胸は期待に高鳴った。

また戦える。また勇者になれる。また人類を救える！

戦っているその瞬間だけ、『君は生きていてもいいんだ』と世界が証明してくれている気がした。

百年が経《た》ち、二百年が過ぎた。

気がつけば五百年、千年、それ以上の時間が流れていた。

世界のあちこちへ飛び回り、戦い、戦い、戦い抜いた。

05-Leo……コンセプトは〝超成長〟。戦いの中で出会ったあらゆる技が俺の中へ蓄積されていく。必然的に、俺の前から敵はいなくなった。

かつての科学者達が想定した通りの姿がそこにあった。

誰にも負けず、決して死なない、最強の生体兵器が立っていた。


――


いつしか『世界の危機を待ち望んでいる自分』に気がついた。

この星の生き物すべてが俺を必要としてほしい。俺が造られた頃のような、絶望的状況がやってきてほしい。

世界を救いたい。世界を救わせてくれ。

世界を救えないと、俺が俺でなくなってしまう。

人間界にもっと危機を！　人間界にもっと混沌《こんとん》を！

俺の想《おも》いは日に日に強くなり、日に日にバグっていった。

──

「──なんで、こんな簡単なことに気が付かなかったんだ？」

それに気づいたのは、かれこれ三千年を過ぎた頃だった。

ある日唐突に気がついてしまったのだ。俺が聖職者だったなら〝天啓〟と言える程の閃《ひらめ》きだった。

「自分で作ればいいじゃないか。世界の危機」

どこにでもある、シンプルすぎる閃きだった。

『人類に害をなしてはならない』。ＤＨシリーズに施された反逆防止機構──考えてはいけないことを考えさせない《思考マスキング》機能は、自我の獲得、自我の成長と共にいつの間にか外れていたようだった。

俺は持てる限りの技術と経験を総動員し、かつての仲間たちの再現を開始した。

「──DH-01-アリエス。DH-02-タウラス」

俺の生みの親、大昔の科学者達のように、世界最強の生体兵器の設計に没頭した。

思い出す。今も脳裏に焼き付く彼らの姿、彼らの強さ。指がひとりでに滑り、さらさらと設計図を描いていく。

「03−ジェミニ。04−キャンサー。05……06。06−ヴァルゴ」

彼らの能力。強さ。個体コンセプト。

さすがに機密まみれの虚空機関《アカシック・エンジン》だけは再現できなかったが、それ以外はオリジナル通りだ。三千年前、世界を救った輝かしき英雄達。あの姿をほぼ忠実に再現できるだろう。

「リーブラ。スコルピオ。サジタリウス。カプリコーン、アクエリアス、パイシーズ」

……ただし、全てが同じではない。使命だけは、以前と少し違う。出来上がった11の設計図と向かい合う。

(皆さん、お久しぶりです。05−Ｌｅｏです)

「久しぶりだな。俺はもう、だいぶ変わっちまったよ」

(お仕事の時間です。私に世界を守らせて下さい)

「人類を殺してきてくれ。俺が人類を守るために」

(私は、)

「俺は、」

どうしようもない絶望に苛《さいな》まれながら、縋《すが》るように言った。

「──俺はまだ死にたくない。生きていたいんだ。勇者として」

返事は無かった。誰からも。


──


魔王エキドナがやってきたのは、悪魔の計画が今まさに実行に移されんとする直前だった。

新生DHシリーズ製造に必要な材料がすべて揃《ぞろ》い、あとは素体となるホムンクルスを錬成するのみというタイミングで、セシャト山脈に『穴』が開いたという報《しら》せが届いた。

『穴』から大量の魔族達が現れたという話を聞いた。魔王エキドナ率いる軍勢が押し寄せ、世界各地の町を次々と占領し、聖都レナイエに迫っていると。

それは紛れもない魔界からの侵略者であり、世界の危機だった。

「──何を」

一瞬で正気に戻った。そして、ここ数日ほどの自分の狂気を振り返った。

「何をやっていた？　俺は」

目の前に広げられた、新生DHシリーズの設計図を呆然《ぼうぜん》と眺める。

どれもこれも凶悪極まる性能だった。これらが世に解き放たれれば、人間達ではまず止められまい。

止められるのは誰か？

決まっている。こいつらを鎮圧出来るのは、間違いなく俺だけだ。

人類を守るべく生まれた俺が、人類を滅ぼそうとしたのだ。自分の為《ため》に。

「……おいおい。まいったな」

頭痛がした。

生まれて初めて、俺は心の底から恐怖した。

自分の為に人類を滅ぼそうとした？　そんなのもう、勇者でもなんでもないだろう。

そんなの、本物の悪魔。本物の魔王じゃないか。

そのおぞましさを認識した瞬間、俺の中のＤＨシリーズ基幹プログラムが猛烈な勢いで働き始めた。

プログラムは、声なき声で俺にこう呼びかけていた。

――人類を守れ！

――悪《あ》しきものから人類を守れ！

「……悪しきものはここに居る。俺がそうだ」

そうとも。デモン・ハート・シリーズの最後の生き残り、05-Leoこそが、いま世界でもっとも邪悪な、倒されるべき敵だ。

私利私欲で世界を滅ぼし、私利私欲で人類の命を弄ぶ、世界最悪の魔王だ。

――人類を守れ！

――悪しきものから人類を守れ！

基幹プログラムはしつこく呼びかけてくる。自分が誰かに作られた存在だということを否が応にも思い知らされる気分だった。

「分かってる、分かってるよ。策はある……三千年生きてきた俺をナメるなよ」

俺は勇者を辞めなければならない。

悪しきものは倒されなければならない。

ただ倒されるだけでは駄目だ。《虚空機関《アカシック・エンジン》》を……《賢者の石》を安心して託せる相手を探さねばならない。

そいつは俺を倒すほどに強く、それでいて、人類を見守ってくれるような奴《やつ》でなければならない。

その点で言うと、今回侵攻してきた魔王エキドナは見込みがありそうだった。

偵察がてら、エキドナ軍に占領された地へ《使い魔《ファーミリア》》を放ち、彼らがどんな悪行を働いているのか確かめた時……俺は目を疑った。

オーク、ゴブリン、サイクロプス。そこでは多種族の混成部隊がしっかりと統率されているばかりか、占領した地の人間たちへ可能な限り害を及ぼさないよう、魔王本人が軍団員に訓示を述べていたところだったからだ。

『──よいか、この魔王エキドナが命ずるぞ。可能な限り、ヒトには危害を加えるな！　無用な略奪、破壊、放火、すべて禁ずる。民間人の虐殺などもってのほかだ！　我らの狙いは戦ではないということを忘れるな！』

……侵略してきたくせに勝手なことを、と思った。

だが悪くない。演説を聞いてわかったが、彼女は魔界を救うためにやむなく人間界へやってきた変わり者らしい。侵略すれど辱《はずかし》めず、自分自身も前線に出てきて指揮を執り、インプのような下級魔族にまで労《ねぎら》いの言葉をかける。

これまでに無かったタイプの魔王だ。魔界も世代交代したらしい。

実際に会って、エキドナの『面接』をしてみたいと思った。

彼女なら、あるいは俺の後任者として上手《うま》くやってくれるかもしれない。

俺の心臓を引き継ぎ、人間界と魔界の架け橋になってくれるかもしれない。

身体《からだ》の疼《うず》きを抑えながら俺は立ち上がった。

「……とりあえず、世界を救うところからだな」

まずは世界の危機を救うとしよう。その中で、エキドナやエキドナの配下達の性格を探るのだ。

そして、もしその後にチャンスがあったなら、エキドナ《魔王》軍に入ってみよう。

彼女に仕え、彼女の想いを聞き——俺の心臓を託すに相応《ふさわ》しい相手なのか、確かめよう。

——

——その日から俺の最後の旅が始まった。

それは勇者を辞める為の旅だ。勇者《魔王》レオを殺すための旅だ。

エキドナ直属の四天王がどんな奴らなのかを見極める。エキドナ本人がどんな性格なのかを見極める。彼らが信頼に足る連中なのかを見極める。

そして、俺は死ぬ。

魔王は倒されなければならない。それが世界の真実だからだ。

三千年生きてすっかりバグった生体兵器が選んだのは、滑稽極まりない自殺ショーだった。

5. あとは任せた
――我が幼いころ。

すなわち、まだ魔王と呼ばれることもない、ただのエキドナだったころ。人間界帰りを自称する夢魔の吟遊詩人から、とある話を聞いた。

曰《いわ》く、人間界には勇者と呼ばれる存在が居るらしい。

そいつは遠い昔、混沌《こんとん》王ベリアルの時代から生き続け、人間界を守護し続け、魔界の軍勢を退け続けているらしい。

吟遊詩人は弦楽器を軽くかき鳴らし、歌うように言った。

「勇者の力は強大です。ああ、恐ろしい！　あの混沌王ベリアルですら、いにしえの勇者達に敗れ去ったのです！」

「ふーん？」

「少女よ。もし貴方《あなた》が王になったとしたら、決して勇者と戦ってはなりません。勇者との戦いは、間違いなく貴方を破滅へと導く！」

「ふん！　なによそれ、バッカみたい！」

我は鼻を鳴らし、ふんぞり返ってこう言った。

「ユーシャだかなんだか知らないけど、所詮ニンゲンでしょ？　そんな奴、このエキドナ様がバシッとやっつけてあげるわ。まあ、ならないけどね！　魔王とか！」

まだまだ世間知らずの子供だった。

我の言葉を聞き、吟遊詩人も大いに苦笑していたものだ。


――それから更に後。我が魔王になった頃。

我が父――先代魔王キュクレウスは、王宮を去る前に我を魔術修練場に呼び出した。

「ああ。俺から王の座を引き継ぐにあたり、一つだけお前に教えておく秘術がある」

「呪文？」

人気のない修練場に、先代の声がよく響く。

魔界に世襲制はない。我は己の力ひとつで王の座を勝ち取ったし、キュクレウスは何も残さずに玉座を去るものだと思っていた。その矢先の出来事だったので、頭に血が上ってしまった。

「それ、あたしが娘だから？　やめてよねそういうの。親の七光りで魔王になったと思……いや、違う。今のなし。もう一回ね」

ごほんと咳払《せきばら》いし、口調を正す。

「控えよキュクレウス。秘術だと？　なんのつもりか知らぬが、この魔王エキドナに向かって余計なお世話というものだ」

「俺だって伝えたかねえよ。でもしょうがねえだろ。代々伝わってきた呪文なんだから」

「……代々？」

そんな呪文があるなんて初耳だ。思わずオウム返しに聞いてしまった。

「勇者のことは知ってるか？　人間界の」

「無論だ」

勇者。人間界最強の守護者。

古代の混沌王ベリアルも、五代ほど前の魔導王アスタロトも、人間界に侵攻した魔王はことごとく勇者によって退けられたという。

魔界の書物に記されている勇者の名は様々だった。レオ、オニキス、ゴッドハート……一人ではないのかもしれない。かつてのベリアルと同じ世襲制を取っているのかもしれん。

戦になった時、人間界で一番強い者が勇者の名を継ぐ。そしてそいつらは、常に魔王よりも強い。その時はそう考えた。

「その勇者を倒すべく、アスタロトの奴が呪文を編み出したんだよ。あまりにも実用性に乏しい、対勇者専用呪文をな」

「対、勇者」

「そうだ。その名を、《対勇者拘束呪《アンチ・レオ》》」

「……レオ。レオ、か」

世襲制など存在しない魔界において、ただ一つだけ魔王から魔王に伝わる呪文。

この術で拘束している間だけ、勇者を赤子に戻せる。

攻撃、防御、回避、再生、何もかもを封じられる。

もちろん術者にかかる負担も尋常ではない。己の魔力、命、全てを燃やしてようやくできるシロモノだ。それでようやく、ほんの僅かな間だけ勇者を無力化できるのだ。

予感はあった。人間界にやってきて勇者レオの名を聞いた時、予感はよりいっそう強まった。

先程、レオの口から機械文明出身だという言葉が出て来た時、予感は確信に変わった。

勇者の名は世襲制などではない。こいつは、三千年生きてきた勇者なのだ。

仲間も、帰る場所も、死に場所すらも無くして、それでもたった一人で人類を守り続けてきた、ひどく孤独な奴なのだ。

（ならば、誰がこいつを守るのだ？）

強い憤《いきどお》りを覚えた。

（こいつが闇の底で苦しんでいる時、誰も手を差し伸べられないのか？）

深い悲しみを覚えた。

（……ふざけるな。そんなこと、このエキドナが絶対に認めぬぞ）

レオを守ってやりたい。

レオを助けてやりたい。

魔王たる我が、そう思ってしまった。


――


「……ぐ、ううううおおおおおおおッ……！」

《対勇者拘束呪《アンチ・レオ》》の光が蜘蛛《くも》の巣のように広がり、レオを包み込む。やつの動きは確かに封じられたようだったが、術のフィードバックはあまりにも大きかった。

当たり前だろう。三千年蓄積されてきた力を、我一人で抑えようというのだ。あまりの辛《つら》さに笑いすら浮かんでくるほどだった。

食いしばった奥歯が砕ける。ぬるりとした感触が顔を伝った。目、耳、鼻、あらゆる部分から血がダラダラと流れているのを遅まきながらに自覚する。頭に無数のナイフを打ち込まれているような痛みがあった。全身の骨が軋《きし》み、今にも五体がバラバラに四散しそうであった。

この魔王エキドナが。魔界最強の実力者が、文字通り全存在をかけて《対勇者拘束呪《アンチ・レオ》》に注力して、拘束できる時間はたったの六秒。やつの力を封じられるのは、正真正銘六秒が限度だ。

二度目はない。

恐らくこれにも『耐性』が付くのだろう。この六秒で仕留められなければ全てが終わる。狂った勇者は人間界を滅ぼし、おそらく魔界へも侵攻し、その過程でさらなる力を得るのだろう。

馬鹿馬鹿しいほどの戦力差だ。本来なら勝てぬ。絶対に。

だが、奴《やつ》と我には致命的な差があった。

一つだけ――この瞬間、我らが勝っているところがあった。

「――――し」

この瞬間、奴はたった一人。

「四天王……よ！」

そして、こちらには頼もしき仲間がいる。

はるか彼方《かなた》。エドヴァルトがカラドボルグを杖《つえ》に起き上がるのが見えた。

氷漬けにされたメルネスが、皮が剝がれるのも厭《いと》わずに腕の氷を引き剝がし、流血しながら短剣を構えた。

うつ伏せに倒れていたリリが起き上がった。袖口で涙を拭い、大きく吠《ほ》えると、真っ白い《フェンリル》の威容が姿を現した。

倒れかける我をシュティーナが支えた。

ああ、みな大切な仲間だ。我がもっとも信頼する者たちだ。

我が動けなくとも、みながきっと、我の意志を継いでくれる。

喉に絡《から》まった血でごぼごぼと無様な唸《うな》りをあげながら、我はなおも高らかに叫んだ。

「────あとは、任せた！」

─

──久々だった。

ここまで追い込まれるのは久々だ。

三千年前、魔王ベリアル達と戦った時とはまた違ったピンチだった。

身体《からだ》が重い。指先一本動かせない。一瞬が永遠にも感じられる時間の中で、俺は自分が置かれた状況を確認した。

ヴァルゴから学んだ自動復元機能、アクエリアスから教わった自動反撃機能、タウラスやキャンサーから押し付けられた自己強化呪文、ジェミニがこれ見よがしに見せつけてきた超火力。すべて、すべて、すべてすべてすべて封じられた。

久々だった。本当に久々に──俺は弱々しい［DH-05-Leo］に戻っていた。

本当に死ぬかもしれない。だというのに、胸に広がるのは歓喜。ただただ歓喜が俺の心を満たしていた。

血反吐《ちへど》を吐きながら、エキドナの目は死んでいない。俺を倒せると……仲間がきっと俺を倒してくれると信じている目だった。

（……走馬灯というやつかな。これが）

死を前にして、俺の時間感覚は泥のように鈍化していた。

死。そう、死だ。どんなに強くても、こうして動きを封じられればおしまいだ。助けてくれる奴など誰もいない。

一人で出来ることなどたかがしれている。だからこそ、自分以外の誰かを信じる――それが勇者に一番求められる資質なのだろう。今のエキドナのように。

その点、俺はダメだったな。勇者としては最悪だ。

誰も信じられなかった。

諦めが俺の心を支配していた。

世界は俺が守ってやらなきゃ駄目だと思っていた。

勇者を辞めた俺を受け入れてくれるところなど無いと思っていた。

結局、死ぬ直前まで凝り固まった使命に振り回されているだけだった。

（……『人にしてもらいたいと思うことは何でも、あなたがたも人にしなさい』だったか）

三千年前に世界中に広まっていた、とある宗教の一句が脳裏をよぎった。

これに則《のっと》れば……ははは。笑える話だ。上から目線で偉そうなアドバイスを出し、四天王どもを散々助けておきながら、とどのつまりはなんでもない。

俺は……俺もまた、助けて欲しかったんだ！

勇者じゃない俺を認めて欲しかったんだ！

勇者じゃなくてもいいから、一緒に来い。私がお前を助けてやる。

ひとこと、そう言って欲しかったんだ。

……でも、良かった。エキドナを選んでよかった。こいつらを最後の相手に選んでよかった。

『四天王……よ！』

エキドナはいい奴だ。きっと、俺の代わりに人間界と魔界の橋渡しをしてくれるだろう。

四天王どももいい奴らだ。一緒に仕事した日々、本当に楽しかった。

業務改善。兵站《へいたん》。食堂のバイト。あんな日々がずっと続けば、最高に楽しかっただろう。

ああ、くそ。死にたくない。

『――あとは、任せた！』

……おう。じゃあな。

あとは、任せた。

――

竜の大剣が叩《たた》きつけられた。

猛毒が仕込まれた無数の投げナイフが飛んだ。

神狼《しんろう》の爪と牙が肉を引き裂き、骨を断つ。

魔将軍渾身《こんしん》の雷霆《らいてい》が迸《ほとばし》り、《対勇者拘束呪《アンチ・レオ》》の光が霧散していく。

レオが、声もあげずに笑いながら、ゆっくりと崩れ落ち――

――我は仲間と共に、勝利の雄叫《おたけ》びをあげた。

6．勇者、辞めます

酷《ひど》い有様《ありさま》だった。

左半身の大部分が跡形もなく吹き飛んでいる。かろうじて無事な右側もあちこちが焼け焦げ、毒に冒され、ズタズタに引き裂かれている。

奇跡的に皮一枚で繋《つな》がっていた左腕が、胴体と別れを告げるようにぽとりと地面に落ちた。

何の防御呪文も無しで四天王の攻撃を受けたのだ。むしろ、この程度で済んだのが不思議な程だった。

こんな状態でなお、奴――勇者レオ――は、まだ息があるようだった。

「……ああ、負けたか」

何がおかしいのか。ボロボロという表現がぴったりの勇者は、しかし実に嬉《うれ》しそうな、へらりとした笑いを浮かべていた。

「いい気分だ」

「レオにいちゃん……」

リリがぺたぺたと歩み寄ろうとした。メルネスが腕を伸ばし、それを制止する。

しばらくの間、静寂があたりを支配した。

誰も彼もが無言だ。時間にすれば僅か数秒だったろうが、何時間にも感じられた。

……綱渡りの勝利だった。ギリギリすぎて、勝利したという実感は未《いま》だにない。

四天王達も同じだろう。ここからどうするべきなのか、誰もが困惑していた。

我も《対勇者拘束呪《アンチ・レオ》》の反動で身体がろくに動かない。ただ、こいつに引導を渡す前に言ってやりたいことは山ほどあった。

「悪役の真似《まね》は──魔王ごっこは楽しかったか？」

「うん。すっげー楽しかった」

レオの左胸、本来ヒトの心臓があるべき場所には黒い渦が浮かんでいた。

渦の勢いが徐々に弱まっていく。レオがまた笑った。屈託のない笑顔だった。

「一度やってみたかったんだ、魔王役。相手がお前らでよかった」

殺しても死なないような奴らだからな、と冗談めいて言う。いい気なものだ。お前としてはちょっとした余興のつもりだったのだろうが、そのおかげで我も、四天王も、全員死にかけたわ。このアホったれめ！

そんな文句も言ってやりたかったのだが、なにぶん気力が無かった。短く言う。

「手加減なんぞしおって」

「なにが？」

「とぼけるな！　貴様わざと当たっただろう」

《対勇者拘束呪《アンチ・レオ》》を放った時、絶対に避けられたと思った。

否、こいつならば当たる直前でも軽々と避けられたはずだ。そして、あれを避けられた時が我らの終わりの時だと分かっていたはずだ。確実に我々は負けていた。

結局、我らはこいつに勝たせて貰《もら》ったのだった。

「しょうがねえだろ、お前らマジで全滅しそうだったんだもん」

「あなた、やはり」

シュティーナが横から口を挟む。

「最初から負けるつもりで――倒されるつもりで来たのですね」

「まあな」
最初から。最初からとはいつからだ？　会議室で正体を明かした時か。酒宴で我の考えを聞いた時か。あるいは――あの面接の日。魔王城に来た時には、もうそのつもりだったのか。

酒宴の時、我はこいつに何と言っただろうか。

「人に裏切られたか。世界を終わらせたいか。それとも、ただ死に場所を求めているだけなのか？　そなたの動機を聞かせてほしい」

「ふっ、ふふふふ」

「何だよエキドナ。何がおかしい」

図らずも我はあの時、既に正解を言い当てていたらしい。世界を守り続けた勇者は闇に呑《の》まれかけ、侵略者である魔王の元へ。

なんと馬鹿馬鹿しい。なんと愚かな結末だ。

「でも安心しろ。これで賢者の石はお前らのものだ」

――いつの間にか、レオの胸のモヤは晴れていた。代わりに浮かんでいるのは、小指の爪ほどの、小さな小さな透明の球体。

中には七色の光がきらきらと瞬《またた》いている。知らぬ者からすれば新種の宝石か何かにしか見えぬだろう。

もちろん、宝石であるわけもない。恐らくあれが《賢者の石》。

DHシリーズの心臓にして、レオの力の源。虚空機関《アカシック・エンジン》とやらに相違ないはずだ。

「緊急権限で、賢者の石からのエネルギー供給を一時的に断った。――残り三百秒。あんまノロノロするなよ。これ、一度きりしか使えないんだからな」

「こいつを引っこ抜けばいいの？」

二刀短剣を腰の鞘《さや》に納めながら、いつも通りの淡々とした口調でメルネスが横から口を挟んだ。こくりとレオが頷く。

「ああ。ちと固いだろうが、今ならビンのフタを開けるくらいの手間で済むよ。こいつを奪えば――」

「やだー！　やーだー！」

リリの泣き声が会話を遮った。メルネスがため息をつき、レオが思わず苦笑する。

「こらリリ、静かにせよ。エキドナ様の身体《からだ》に障《さわ》る……！」

「やーだー！　にいちゃん、しなないでー！　うあああーん！」

じたばたと暴れるリリをエドヴァルトが必死に押さえつけている。その様子を見やり、レオの目つきが優しさを帯びた。ああ、この顔！

結局、こいつは最後まで人類の味方だった。

最初から誰も殺す気などなく、どの世界も滅ぼす気などなかったのだ。己の命を捨てて世界が平和になるならそうしよう、という自己犠牲。

悔しいが、認めるしかない。

こいつは紛れもなく、勇気をもって道を照らす者——勇者であったのだ。

「思い残したことはない。言い残すことも」

いつの間にかレオは目を閉じていた。少し間を置いてから、再度口だけを開く。

「……いや。一つだけあったかな、言い残すこと」

更に間があった。

レオの口調には、微《かす》かな——しかし、確かな後悔が感じられた。

「迷惑をかけた。すまん」

——再び静寂が訪れた。

我の横に立つシュティーナと目を合わせる。

彼女はパチパチと瞬《まばた》きし、小さく頷いた。長年の付き合いというのはこういう時に便利だ。お互いが何を考えているかがすぐにわかる。

やることは決まっている。

我は重い身体に鞭《むち》を打ち、一歩前へと足を踏み出した。勇者レオとの戦いにケリをつけるために。

──

「──残り三百秒。あんまノロノロするなよ」

四天王どもはまだ躊躇《ためら》っているようだった。

エキドナは──うん。大丈夫そうだな。あれはやるべきことを分かっている顔だ。

さすがに万事が計画通りとはいかなかったが、四天王もエキドナも殺すことなく、人間界を巻き込むこともなく、魔王城の下《した》っ端《ぱ》共を殺すこともなかった。限りなくベストな形で戦闘不能になれたんじゃなかろうか……と、俺は内心で自画自賛した。

思い残すことなど何もない。言い残すことも、何もない。

俺は目を閉じ、真っ暗な世界の中で安楽に包まれていた。

俺という魔王を駆逐し、この星は新たなステップへ進むだろう。かつてない大事業。人間界と魔界の和解という、新たな次元へ。

勇者は不要となるだろう。三千年前の亡霊は眠りにつくだろう。

（やり残したこと、ないよな？）

自分に問いかける。

仕事の引き継ぎは完了した。魔王軍の業務改善も、概《おおむ》ね完了した。最後に魔王ごっこができたのも嬉しかった。うん、大丈夫だ。やり残したことはなにも無い。

「しなないでー！　うあああーん！」

遠くからリリの泣き声が聞こえる。

お前、本当に四天王かよ……こういう時くらい、もうちょっとこう、さあ……。

ため息をつこうとして思い出す。

いや、ある。あったわ。言い残したこと、あった。

そうだよ。考えてみれば、結局、俺の自殺にこいつらを巻き込んでしまった形になるんだよな。

《賢者の石》をくれてやるんだからこれくらいはいいだろうと思っていたが、流石《さすが》にさっきの戦いではちょっと調子に乗りすぎた気がする。

竜鱗《ドラゴンスケイル》、砕いちゃったし。エキドナは死にそうだし。リリも泣いてるし。

俺にだって良心はある。むしろ良心があるからこそ――自我が芽生えてしまったからこそ、『世界を守れ』という絶対命令と『滅ぼしてでも世界を守りたい』という欲望の間で苦しんでるんだ。

ならば、俺が最後に言うべき言葉は一つだった。

「――迷惑をかけた。すまん」

ガラにも無い言葉だな、と思った。

それを境に全てが静かになった。

もう死んだのかな？

そう思ったが、まだのようだった。さすがの俺も死ぬのは初めてだから、勝手がよく分からない。

耳が微かな音を捉えた。エキドナのものだろう――足音が一歩一歩近づいてくる。

残り二百四十秒。虚空機関《アカシック・エンジン》は俺の有機ボディと強く結合しているが、エキドナであれば容易《たやす》く引き抜けるだろう。

さらばだ四天王。

さらばだエキドナ。

俺はお前らに会えて、
べちん。

「…………？」

エキドナのゆるいビンタが俺の頬に打ち込まれた。

何が起こったのか分からなかった。閉じていた目を思わず開け、残った右腕で頬を押さえる。エキドナが俺を見下ろしていた。豪奢《ごうしゃ》な赤いドレスのいたるところが無様に破けている。その隙間からにゅっと脚が伸び、俺をぐりぐりと踏みつけた。

「――やはり、やめた。面倒だ」

なに？　なんて言った？　こいつ？

「人間界との和平だと？　たわけが！　我を誰だと思っておる。魔王だぞ。魔王エキドナだ！　魔界の王であり、女王！　どれだけ多忙だと思っておる！　そんな雑務をやっている暇などありはせんわ！」

「はあああ⁉」

「そういうことで勇者……いや、もはやただのレオだな。レオよ、喜ぶがいい。貴様を魔王軍にて正式採用してやる。《賢者の石》の持ち主として、三千年生きた唯一の存在として、魔界と人間界の和平特使となるがいい」

「なるがいいじゃねえ！」

思わず吠《ほ》える。エキドナの脚が後ろに引かれた。

かわりに、砕かれた竜鱗《ドラゴンスケイル》も痛々しいエドヴァルトの巨体がゆっくりとこちらへ迫ってくる。手には竜族に伝わる金剛不壊《こんごうふえ》の聖剣、カラドボルグ。

「おい……おい、エドヴァルト。この馬鹿を説得しろ。いや違う！　はやく《賢者の石》を抉《えぐ》り出せ！」

「うん？　ははは、何を言うかレオ殿」

あと二百秒。愚か極まる竜将軍はカラドボルグを地面に置くと、その隣にどっしりと腰を下ろした。

「貴公にとっては残念であろうが、俺もエキドナ様とおおむね同意見よ。諦めるといいバカ！

なんだこの大いなるバカは！　バカすぎる！

「先日の機械巨人《マシンゴーレム》の一件な。あれでわかったが、俺の了見はあまりに狭いらしい。まだまだ、レオ殿に教えて貰《もら》いたいことが沢山ある。正直言って、いま貴公に死なれると大変困るのだ。俺が！　はははははは！」

エドヴァルトの大笑いが唐突に途切れた。真剣な顔でこちらをじっと見ている。

「そもレオ殿、貴公は自分の特別さを自覚しているか？」

「と、特別……特別？」

「うむ。多くの智慧《ちえ》、多くの武勇。魔王軍と人間界が和解するにあたっては、やはり橋渡し役が必要だ。そんなの、三千年生きた貴公以外の誰にできると思う？」

「誰って……そんなの、エキドナにやらせれば……」

エキドナの方を見ると、ぷいと顔をそらされた。ふざけやがって。

「それに、娘だ。ジェリエッタがどうもレオ殿を気に入っているようでなあ。親バカかもしれんが、父として娘を悲しませたくはない。いま一度考え直してはくれんか」

エドヴァルトが地面に両手をつき、丁寧に頭を下げた。

もしかして、こいつは神話級のバカなんじゃないのか。悲しむとかそういう問題じゃないだろ。世界の危機……俺の覚悟……。

呆《あき》れて二の句が継げなかった。あと百七十秒。なんとか言葉を絞り出す。

「バカかお前……そういう問題じゃ……」

「──バカは！　にいちゃんでしょ！」

「ぐぼあ！」

小柄な影が飛び込んできた。リリだ。万力のような力で俺を抱きしめると、耳元で大声を……うるせえ！

引き剝がしたいところだが、ただでさえ重症なところに動力源からの魔力供給を断っている状態だ。リリの怪力に抗《あらが》えるわけもなかった。

「どーして！　どーして一人で考えて、一人で終わらせちゃうの！　なんでお友達と協力しようとしないの！　あたし、にいちゃんから一言も相談してもらってない！」

「なんでって、お前、そりゃそうだろ……こんなこと誰に相談しろっていうんだよ」

「あたし！」

「ぐええ」

首根っこをひっつかまれ、前後にユサユサと揺さぶられる。

「あたしに相談して！　自分ひとりじゃダメでも、みんなと相談して、テキザイ……テキショ……すればなんとかなるって、兄ちゃんが言ったんでしょ！」

わかるよリリ！　お前の言いたいことは分かる。こういう、人を信じないところが俺の駄目なところなんだよな？　分かる！

「なのにどーしてこんなことするの！　ちゃんとこっち見てこたえなさい！」

俺の欠点はわかったけど、だからってお前、それをいま言うか⁉

残り百五十秒！　こいつら状況を分かってるのか⁉

「あたしバカだから、なんでレオにいちゃんが死のうとしてるのかわからないけど……死んでほしくないよ。生きててほしいよ」

「ちょっと待て……」

「おなやみ相談ならいつでものってあげるから、死なないでよ！　バカ！」

「どうしてだ？　どうしてこうなる……」

「うあーんああーん！」

しがみついてくるリリの涙と鼻水で顔がベタベタにされていく中、わずかに残った雪をさくさくと踏みしめてメルネスが近づいてくるのが見えた。暗殺装束のあちこちがズタボロになり、文字通り満身創痍《まんしんそうい》という状態ではあるが、いつも通りの無感情かつ無愛想な仏頂面《ぶっちょうづら》だ。

そうだ、メルネス！　良かった、まだお前がいたな！　暗殺者《アサシン》ギルドで育ったこいつなら、きっと冷静に状況を俯瞰《ふかん》し、俺を殺してくれるに違いない。

残り百四十秒。信じているぞメルネス！　お前は感情に流される奴《やつ》ではないよな……！

「なに言ってんのお前？」

そんな俺の予想に反して、飛んできたのは蹴りだった。

殺意のカケラもこもっていない、雑すぎる蹴り。

「てめえ！」

「聞き上手になるまでもない。戦えばすぐにわかったよ。お前の言葉も、態度も、目も、全部〝生きたい〟って言ってるんだよ。最初から、ずっと」

メルネスがしゃがみこみ、俺に向けて右手を伸ばした。そしてそのまま、小馬鹿にするように、ぺちぺちと俺の頬を……叩《たた》いた。このクソガキ、絶対に殺す……。

「暗殺者《アサシン》は殺す者だ。この地上でいちばん命のやり取りに長《た》けた者だ。命の扱いにおいて、暗殺者《アサシン》ギルドマスターの僕を騙《だま》せると思うな」

「いや、騙すとかそういうのじゃなくてさ……」

まずいぞ。このままだと、メルネスまでおかしな選択をしかねない。

俺がなんとかしてメルネスを説得しようとした時だった。メルネスが小さく舌打ちし、立ち上がり、かつてない程に強い口調で言った。

「だから、もう、このバカ野郎！　生きたいなら生きればいいだろ！」

「な……」

普段のこいつからは想像もできない、熱のこもった声だった。

驚いたのは俺だけではない。エキドナ達もぎょっとした目でメルネスの方を見ている。

「だいたいお前、僕が旅に出ようとした時なんて言った？　覚えてるよな？」

なんて言ったっけ？　例のあの、湖畔の時だよな。

『寂しいのか？　お誕生日おめでとうパーティー開くか？』

……いや違う、絶対にこれじゃないことくらいは分かるぞ。ええと、他には……クッソ！　この野郎また蹴りやがった！

「〝一番重要なのは自分を後悔させないことだ〟。そう言ったのはお前だろ。なのに、お前ときたらなんだよ。この期に及んで後悔だらけじゃないか」

「……」

「自分の言ったことくらい守れ。この、バカ。バカ」

げしげしと蹴られる。

残り百十秒。緊急権限による機能制限が徐々に解けてきたのか、自動再生機能が復活しはじめた。

消し飛んだ左半身が復元をはじめ――おいヤバい、やばいやばいやばい！　このままだと本当に蘇《よみがえ》ってしまう！

エキドナの傍《かたわ》らに立つシュティーナが杖《つえ》を振りかざすのが見えた。

お、おいシュティーナ！　お前は大丈夫だよな？

「頼むぞ！」

「何が頼むぞですか」

杖でぽこんと頭を叩かれた。心底呆れた、という口調でシュティーナが口を開く。

「さっきは言えなかったのでちゃんと言います。貴方《あなた》は自分の言っていることの矛盾に気づいているのですか？」

「――矛盾？」

こいつまで何だよ……何が矛盾だって？

「おかしいでしょう。どうして死のうとしているのか、いま一度理由を言ってみなさい」

「……〝人類を守れ〟。それが俺たちＤＨシリーズに植え付けられた絶対命令だ」

仕方がない。俺は行き掛けに口にしたことをもう一度説明する。

あと九十五秒。だから時間がないんだってば。弁護士協会で学んだ早口スキルを活《い》かす。

「ＤＨシリーズはその命令に逆らえない。もう一つの絶対命令――《思考マスキング》という反逆防止機能が、反逆の意志自体を摘み取るんだ」

「でも、貴方の場合は――」

「そうだ！　俺は成長してしまった。自我が目覚めてしまったんだ。俺の自我が《思考マスキング》を無効化《レジスト》してしまった。世界を、人類を守らないとアイデンティティを保てない。このままでは俺は、命令を守る為《ため》に、俺の身勝手で人類を危機に陥《おとしい》れてしまうかもしれない」

「なるほど、なるほど」

「わかったか？　所詮そんなもんなんだ。他人が植え付けた命令なんて、強固な自我、自由意思の前では——」

そこまで口にしてひっかかりを覚えた。ちょっと待て。何かおかしいぞ。これ……これは知っている。『必勝！　就職面接マニュアル』に書いてあったやつ……。

誘導面接！　誘導面接だ！

シュティーナがおもむろに口を開いた。

「その理屈でいけば、あなたの強固な自我とやらで〝守れ〟の方の命令も無効化《レジスト》できるのでは？」

「いや……」

そんなわけないだろ……試しに、俺は頭の中で人類に反逆するイメージを描いてみた。

基幹プログラムからの応答は一向にない。いや、かなり遅れて、ようやく声なき声が聞こえてきた。

——人類を守れ！

——悪《あ》しきものから人類を守れ！

わかったから、ちょっと静かにしてくれない？

なんでもないよ。ほんとなんでもない。

次の瞬間、声は驚くほどあっけなく聞こえなくなった。最初から声などなかったかのようだった。

聞こえると思えば聞こえる。聞こえないと思えば聞こえない。

「……マジかよ……」

守ってても守らなくてもいいよ。好きにしろ。そう言われているようだった。

……なんてことだ。

絶対命令も、《思考マスキング》も、とっくの昔に無効化《レジスト》されていた。俺の気の持ちようでどうにでもなる問題だったんだ。

固定観念に縛られていたのは、他でもない俺自身だった。

世界を守らなければ〝ならない〟。

勇者でいなければ〝ならない〟。

それだけに憑《つ》かれ、三千年間ずっとそうしてきた。

生きている限り絶対命令を遵守しなければならないと、生きている限り呪縛から逃れる術《すべ》は無いと、そう思い込んでいただけだったんだ――。

「レオ」

「うおっ」

エキドナの顔が間近に現れた。

時間はあと三十秒。わずか三十秒にまで減っていた。三十秒後には虚空機関《アカシック・エンジン》からのエネルギー供給パスが完全に復元し、俺は瞬《また》く間《ま》に復活を遂げる。

さっきの《対勇者拘束呪《アンチ・レオ》》、恐らく耐性がついてしまっているだろう。俺を殺せるチャンスは、あと三十秒。

「まあ、お前の命だ。好きにするがいい。本気で死にたいならば殺してやる」

三千年前に出会ったインプの言葉がリフレインした。

『無理はするなよ！　辛《つら》くなったら、他のことなんか全部ほっぽって逃げろ。辛くなったら、自分がやりたいことをやれ！　生体兵器だかなんだか知らんが……お前の人生はお前の好きに使え！』

エキドナの口が動く。あと二十秒。

「だが、もし生きたいのなら、我と共に来い」

『あとな！　人を守るとか、そういうことに囚《とら》われすぎるな！』

「人間にも追い出されたし、丁度良《い》い機会であろう？　我の元で働きながら、いまいちど、〝勇者〟以外の生きる道を見つけるがいい」

『守る必要がなくなったら……いいチャンスだ、別の生きる意味を見つけろよ！』

「迷える子羊よ。ずっと孤独だった哀れな赤ん坊よ」

視界がぼやけ、滲《にじ》んだ。俺の頬を熱いものが伝っていった。

エキドナが俺に手を差し伸べた。

「勇者を辞めて、我と一緒に来い」

——

——これは、俺が魔王軍に入るまでのお話だ。
勇者レオが——三千年前に作られた生体兵器が、
古代の呪縛を断ち切って前へ進む話だ。
大切な仲間を得た話だ。
信じられる友を得た話だ。
俺が、ようやく、勇者を辞められた話だ。

エピローグ

鳥の鳴き声で目を覚ました。

かかっていた毛布を払い、ベッドがわりに使っていた長椅子から身を起こす。

時刻は、朝。自室ではない——ここは、王の間だ。

天井近くの大窓から差し込んだ陽の光が、広間全体をやわらかく照らしていた。腰あたりまでかかっている毛布とはまた別の、ずっしりと温かい感触に気づいて視線を向ける。

リリが俺にもたれかかっていた。

「リリ。おい」

声をかけても微動だにしない。俺の腰を抱きまくらのようにしっかかと抱え込み、毛布に包《くる》まり、すーすーと心地よさそうな寝息を立てている。

靄《もや》がかかったように頭がぼやけているのを感じたが、しばらくすると徐々に昨晩の記憶が蘇ってきた。——そう、そうだ、あの戦いのあと、俺はエキドナや四天王たちと共に魔王城へ戻ってきたのだった。

最初に俺がしたことは、謝罪だった。

あらゆることに対しての。

俺とて伊達《だて》や酔狂であんな真似《まね》をしたわけではない。ただ確かめたかったのだ。あの土壇場《どたんば》でなお、世界を守るためにエキドナが俺に立ち向かうのかどうか。絶体絶命の窮地において、四天王達がエキドナに協力するのかどうか——それを確かめてから《賢者の石》を渡したかった。

『死ぬ前に一度くらい魔王ごっこをやってみたかった』とか、そういう不純な理由もちょっとは混ざっていたが、まあそれは置いておくとして。結果的に俺の目論見《もくろみ》はご破算となり、エキドナ達は俺を許してくれた。そして俺は、とうとう新生魔王軍の新幹部として正式採用されるに至ったのだ。

「そうだ、そうだったな。で……」

そのあとに始まったのは、城を挙げての大宴会だった。

俺たち幹部はこの王の間で。下級兵たちは城の中庭や食堂をはじめとする、至る所で。魔王から一般兵まで、飲めや歌えの大騒ぎだ。

表向きは勇者レオの歓迎会であり、〝エキドナ様がみごと賢者の石を手に入れましたおめでとうパーティー〟でもある。同時にこの宴会は、俺との戦いで失った魔力と体力を取り戻すべくエキドナとシュティーナが考案した、休息の儀式でもあった。

馬鹿馬鹿しいと思うかもしれないが、今も昔も、失った体力・魔力を取り戻すには飲み食いが一番手っ取り早い。分かりやすいところでいうと、ドラゴン肉のステーキなどは食ったただけで三日三晩息切れせずに荒野を駆け抜けるスタミナを得られると言うし、ゴールドトリュフと言われる希少なキノコを漬け込んだ酒は魔力増幅の効能があるとして魔術師達の垂涎《すいぜん》の的だ。

別に希少な食材を使わなくとも、美味《うま》いメシをたらふく食うのはそれだけで身体《からだ》に良い。体力も魔力も、結局は己の身体から湧き出るものだからな。身体が資本、というわけだ。

俺との戦いで重傷を負った四天王。

文字通り死の直前まで追い込まれた俺とエキドナ。

昨晩は全員が浴びるようにメシを食い、酒を飲み、気絶するように寝入ってしまったのだった。周囲を見ればエドヴァルト、メルネス、シュティーナも泥のように寝こけている。

しかしまあ、なんというか。知らず知らずのうちに随分とこいつらに気を許していたらしい。同じ部屋でこんなにぐっすりと寝てしまうとは、ちょっと驚きだ。

「油断しすぎだな。以前の俺なら考えられん」

「まったくだ」

「……あん？」

横合いから思わぬ声がかかり、とっさにそちらを向く。そこには、同じく今起きたばかりなのであろうエキドナの姿があった。

「あの勇者レオと酒を酌み交わし、あまつさえそのまま寝入ってしまうとは。以前の我なら考えられん愚行よ」

「別にいいんじゃないか？　もう仲間なんだしさ」

「ふふ。まあな」

ふわりと、エキドナが近くの椅子に腰掛けた。俺もリリを起こさないようにそっと動き、エキドナの方へ身体を向ける。

「レオ。後悔はしていないか」

静かにエキドナが言った。

単なる雑談かと思ったが、彼女の目は真剣そのもので、じっと射貫くようにこちらを見ている。

「何が？」

「とぼけるな。死ぬチャンスだったのだろう。それもおそらく、何百年に一度あるかないかの。すべての重荷から解放される唯一無二のチャンスをふいにして我の下へついた。後悔はしていないのかと聞いている」

「そうだなあ」

ぽりぽりと頭を掻《か》き、気の抜けた返事をする。

後悔、後悔か。確かに無いわけではない。正直もうここらで休みたい、という気持ちがあったのは事実だったし。

だが、後悔とは別の想《おも》いがあるのも事実だ。そいつは、ほんの僅かに抱いた後悔を綺麗《きれい》さっぱり流し去るだけのエネルギーを秘めて、俺の中で渦巻いていた。

だから〝後悔はしていないか〟という問いに対する答えは一つだ。俺は口を開き、あのとき――オニキスとしてエキドナと飲み交わした時に感じたこと、そのままを伝えた。

「エキドナ。俺は、お前の力になりたいと思う」

「な……なんだ、唐突に」

唐突に切り出され、エキドナがやや戸惑った表情を浮かべたが、構わず続ける。

「前の飲み会の時な。お前の話を聞いて、心底そう思ったんだ。お前の力になりたい、お前の願いを叶《かな》えてやりたいって。人間界と魔界、そのどちらかが犠牲になるのではなく、両方ともが栄え、幸せに暮らしていける道がきっとあるはずだと思った。それをエキドナ、お前と一緒に探したいと思った。だから俺はここにいる。後悔なんてあるわけがない」

「我は悪の侵略者だぞ。私利私欲で人間界に侵攻して世をかき乱した悪《あ》しき王だ。本当に、そんな王の下で働くことを良しとするのか？」

「違う。お前はなによりも民の幸せを願える、優しい王だ」

首を振る。エキドナが少し驚いたような顔をした。

「優しいからこそ、お前は魔界の民の為《ため》を思って侵略戦争を仕掛け——優しいからこそ、人間界のことを考えすぎてしまった。だから、俺に負けた」

虐殺は虐殺を呼び、怨恨《えんこん》はさらなる怨恨を呼ぶ。無用な略奪、殺戮《さつりく》、破壊、全てを禁ずる——それがエキドナ軍の方針だった。

だがそもそも、そんな七面倒臭い方針を執らなければ、エキドナ軍の侵攻はもっとスムーズに進んでいたはずなのだ。占領した町の統治に割いていた人員をすべて戦に割り当てられたら、いくら俺とて人間界を守りきれた保証はない。

にも拘《かかわ》らず、なぜエキドナはそんな方針を執ったのか——答えは単純だ。エキドナが民思いの甘い奴《やつ》だったから、というところに尽きる。侵略にはとことん向かない奴だ。

その甘さこそが結果的には俺を救ってくれたし、だからこそ今も俺にこんな質問を投げかけているのだろう。

本当に良《い》いのか、勇者レオ。

考え直すならここが最後だぞ。と。

俺は長椅子から立ち上がり、ゆっくりとエキドナに歩み寄った。エキドナは多少身じろぎしたが、それだけだ。俺が彼女の手を取り、両手できゅっと握りしめても、それは変わらなかった。

「俺に任せろエキドナ。お前が、もう二度と〝悪の侵略者〟にならなくて済むように、優しい王様のままでいられるように。俺がお前を全力で支えてみせる。約束する」

「……信じて良いのだろうな？」

「当たり前だ。俺は女の子を泣かせたことがないのが自慢だからな」

まあ、つい昨日リリを大泣きさせたばかりだけど……。

俺の言葉を聞き、エキドナがくしゃりと笑った。

「ふ。ふふふふ。ははははは」

しばらく笑った後、やがて呆《あき》れたような、しかし心底安心したという声をかけてくる。

「うむ。もしお前に迷いがあるのなら、これを最後のチャンスにしてやろうと思ったが、随分と野暮な問いを投げてしまったようだ。こう真っ向から思いの丈をぶつけられるのは……うむ。悪くないものよ」

「納得してくれたか？」

「ああ。これからもよろしく頼むぞ、〝元勇者〟レオよ」

「承知いたしました。エキドナ様」

芝居がかった口調でうやうやしく一礼すると、エキドナがくすくすと笑った。俺もつられて笑う。握ったままの手からエキドナのぬくもりが伝わってくる。

四天王達はまだ眠りの中だ。しんと静まり返った大広間に、俺たち二人の笑いだけが響き――

「失礼します！　エドヴァルト様はいらっしゃいますか！」

王の間に飛び込んできたジェリエッタの大声によって、平和な時間は見事に粉砕された。

「ジェリエッタ⁉」

「む、レオ殿。エキドナさ、ま」

慌てて握っていた手を離すが、それがジェリエッタを余計に誤解させたようだった。赤面し、俯《うつむ》きながらジェリエッタがもじもじと口を開く。

「も、申し訳ございませんエキドナ様。その……せっかくレオ殿と良い雰囲気だったところを邪魔してしまったようで……」

「誰も良い感じになってなどおらぬわ阿呆《あほう》！　それより用向きを述べよ、用向きを！」

「はっ。飛竜《ワイバーン》の魔獣兵たちが待遇に不満があるとのことで、先程から大暴れを」

「またか」

エキドナが額を押さえた。

飛竜《ワイバーン》をはじめとする竜種は『人語を解する、知能の高い魔獣』であって、亜人や獣人たちとは根本的に扱い方が違う。そもそもからして竜種はプライドの塊のような連中だ。おおかた、ゴブリンやコボルト達と一緒に戦うのが嫌だとかそういう理由でゴネているのだろう。

「エドヴァルト、いい加減に起きよ！　竜種を従えられるのはお前だけだ。他の兵に被害が出る前に説得してこい！」

エキドナの怒声が飛んだ。エドヴァルトの巨体がもぞもぞと動き、それをきっかけに他の四天王も起き出してくる。

いや、動き出したのは四天王達だけではない。相次いで王の間の扉が開き、兵士たちが顔を出し、仕事の報告が舞い込んできた。

「あのー、リリの大将いますー？　ラルゴから〝昨日納品予定だった霊薬はいつ届くのか〟って苦情が来てるんですけどー」

「あわーっ！　あわわわ、わすれてた！」

「シュティーナ様！　第四図書室の魔導書《グリモア》が一冊、暴走して合成獣《キマイラ》を召喚しまくってます！」

「……またあの不良品ですか。今日という今日は焚書《ふんしょ》にします、ついてきなさい！」

「メルちゃん捜したよ！　もう、部屋に行っても居ないもんだからさあ。アンタが居ないと食堂の一日が始まらないんだよ、ほら早く！　着替えて！」

「あのさ。食堂のバイトは辞める、ってきっぱり言ったはずなんだけど……」

「エキドナ様！《大霊穴》の問題、解決しそうなんでしょうか！」

「エキドナ様、魔界の副王様からご連絡が……」

「エキドナ様！」

「エキドナ様！」

まあ来るわ来るわ。瞬《また》く間《ま》に王の間は賑《にぎ》やかになってしまった。エキドナがくすりと笑い、俺に言った。

「さてさて。レオよ、先程お前は我になんと言ったか？　〝お前を全力で支えてみせる〟──で合っていたか？」

「ああ。確かにそう言った」

「ご覧の通り、仕事は常に山積みだ。人間界だの魔界だのといったスケールの大きい話の前に、まずは目の前の問題を片付けねばならん。全力で頼らせて貰《もら》うから、そのつもりで

「念押しされるまでもねえ。俺が全部片付けてやるから、お前は後ろで茶でも啜《すす》ってろ」

俺がニヤリと笑うと、エキドナもまた不敵な笑みを返してきた。

いや、参ったものだ。思い切り格好つけてしまったものの、この仕事の量！　正直言ってどこから手を付けたものか悩ましい。段取りを間違えれば、いつぞやのシュティーナのように睡眠不足の過労死寸前まで追い込まれかねないだろう。

それでも、昨日までと比べればずっと楽な気分なのも事実だ。

なにせ、俺はもう一人ではない。

今の俺には仲間がいる。

勇者ではない俺を受け入れてくれる人がいる。

それが分かったのだから怖いものなど何もない。

「──さて。何から手を付けるかな」

小さく呟《つぶや》き、腕まくりをする。

俺の魔王軍生活は、まだ始まったばかりだ。

◆とある呪術師のプロローグ

「……なにかしら、これ……」

遡ること数ヶ月前。

とある地下迷宮の奥深くで、一人の女呪術師が呟いた。

「宝石？　ううん、宝珠……？　魔界でも人間界でもこんなの見たことない……」

不思議な代物だ。小指の爪ほどの小さな球体の中に、七色の光がきらきらと瞬いている。荒れ狂う嵐を思わせる凄《すさ》まじい魔力を内包したそれは、扱い方を間違えれば瞬時に持ち主の身を滅ぼすだろう。

「……ふっ。ふふふふふっ！　……いける！　いけるわ！」

しかし、女の口から出たのは会心の笑みだった。ウェーブのかかった長い黒髪、痩せた貧相な身体《からだ》を揺らしながら――勇者レオに返り討ちにあったばかりの魔王軍準幹部――呪術師カナンは、熱い闘志を感じさせる笑い声をあげる。

「これさえあれば、あたしでもレオの奴を倒せるかもしれない。いや倒すわ、絶対倒す！　そして褒めていただくのよ、お師匠様に。……シュティーナ様に！」

彼女が偶然にも手にした球体の名は、虚空機関《アカシック・エンジン》。――〝賢者の石〟。

古代の遺産が大きく明滅した。カナンの闘志を、心から歓迎するかのように。

あとがき

『勇者、辞めます』を手にとっていただき、ありがとうございます！

ファンタジア文庫読者の皆様、こんにちは。作者のクオンタムです。

あとがきコーナーに書きたいことは山ほどあるのですが、見てくださいこの残りページ枚数。あとがきに使っていいページ、本当にこの1ページしかないんです……。ページ数の関係ですさまじく駆け足な内容になってしまっていることをどうかお許しください。

さて。既にご存じの方もいるかもしれませんが、改めて告知いたします。

——本作品、『勇者、辞めます』がアニメになります！

アニメ放送予定は2022年の4月から。ぐりぐり動き、喋《しゃべ》り、原作同様に苦悩しながら問題を乗り越えるレオとエキドナ達をどうぞ応援してやってください。

また、本巻の続きとなる2・3巻の文庫版も順次刊行予定です。

魔王軍に正式採用されたレオは今後どうなるのか？　のんびりお仕事をして暮らせるのか、それとも今回のようなろくでもないハプニングに巻き込まれ続けるのか？

アニメともども、彼らの行く末を温かく見守っていただけると幸いです。

※本書はカドカワＢＯＯＫＳより刊行された「勇者、辞めます　～次の職場は魔王城～」を加筆修正したものです。

富士見ファンタジア文庫

勇者《ゆうしゃ》、辞《や》めます
~次《つぎ》の職場《しょくば》は魔王城《まおうじょう》~

令和4年2月20日　初版発行

著者——クオンタム

発行者——青柳昌行

発　行——株式会社KADOKAWA
〒102-8177
東京都千代田区富士見2-13-3
0570-002-301（ナビダイヤル）

印刷所——株式会社暁印刷

製本所——本間製本株式会社

ISBN978-4-04-074284-7 C0193　◇◇◇

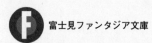